빙애 2

1판 1쇄 2014년 4월 30일
1판 5쇄 2014년 12월 29일

지은이   이재익·구현
펴낸이   임홍빈
펴낸곳   (주)문학사상
주 소   서울특별시 송파구 중대로38길 17(138-858)
등 록   1973년 3월 21일 제1-137호
전 화   02)3401-8540
팩 스   02)3401-8741
홈페이지   www.munsa.co.kr
이메일   munsa@munsa.co.kr

ISBN 978-89-7012-905-1 04810(세트)
ISBN 978-89-7012-907-5 04810

사도세자가 사랑한 단 하나의 여인

빙애

②

이재익 · 구현 장편소설

문학사상

"세자께서 인원왕후전 침방내인 빙애를 데려오셨다.
세자가 가까이한 내인들은 많지만 다들 합부로 여기시면서
빙애에게는 그리 대수롭게 구시더라.
궁 안에 빙애의 방까지 꾸몄는데 아니 갖춘 세간이 없더라."

"세자의 광증이 심해져 한번 화가 나면 사람을 죽이고서야 화가 풀리시었다.
정월 아침 화병이 나신 세자께서 그토록 총애하던 빙애마저 그릇되게 만드시었다.
제 자녀로 어린 은전군과 청근현주를 놓고 떠나니 빙애의 인생도 가련하도다."

—《한중록閑中錄》중에서

차례

서序　　9　1권

1부 운명에 이끌려　　15　1권

2부 운명을 거슬러　　229　1권

3부 그 운명이 닿은 곳　　173　2권

작가의 말　　310　2권

9

"걱정 말거라. 내 너를 해하려 부른 것이 아니질 않느냐?"

빙애는 자신도 모르게 몸이 떨리는 것을 어쩌지 못하였다. 그런 빙애를 보고 있자니 세자는 이상하게도 좀 전의 초조함이 거짓말처럼 가시는 듯하였다. 그의 앞길을 막고 섰던 괴수가 그녀의 등장에 뒤로 주춤주춤 물러난 것만 같았다.

"네, 저하."

"내 일전에 네 이야기를 듣겠다 하지 않았더냐."

굳이 이 분주한 밤, 세자와 나눌 만한 담소거리는 아니었다. 빙애는 세자의 의중을 알 수 없었다. 자신을 취하고 싶다는 말인가. 하지만 그녀는 인원왕후의 궁녀였다. 빙애도 웃어른에게 속한 궁녀를 취하는 것이 궁중 도리에 어긋난다는 것쯤은 알 만큼 궁 생활을 했다. 하지만 취하기 위해서가 아니라면, 도대체 왜 자신을 부른 것일까.

"미천한 소녀가 저하께 들려드릴 이야기가 있겠습니까."

"네 목소리가 참으로 좋으니, 무슨 이야기라도 괜찮을 성싶구나."

빈말이 아니었다. 이선은 빙애의 목소리가 실로 듣기 좋았다. 가녀리지만 가볍지 않았고, 망설임이 깃들어 있으나 그 때문에 외려 소리 가락처럼 흐름이 느껴지는 목소리였다.

"무엇을 말씀드려야 할지⋯⋯"

"무엇이든 좋다. 네 가족은 어떠하냐. 궁에 들어온 이후 만나질 못하지 않았겠느냐. 아니면 너의 어릴 적은 어떠하냐. 네 눈에 비친 슬픔은 또 무엇이냐. 네 삶은 무엇을 위한 것이냐. 왜 궁녀가 되었느냐. 어찌 할 이야기가 없겠느냐. 무엇이든 좋다. 지금 이 내 마음을 다른 곳으로 향할 수만 있게 해다오."

그 목소리가 너무 간절하여서, 빙애는 적이 놀랐다. 조선의 지존이 될 남자가 눈앞에서 자신에게 이야기를 간청하고 있었다. 무엇이 그를 자신에게로 이끌었는지 빙애로서는 도무지 알 길이 없었다. 그는 그녀가 죽이고 싶은 자의 아들이었다. 동시에 일개 나인이 범접할 수 없는 존재이기도 했다. 그런 그가, 지금 그녀와 마주 앉아 그녀에게 이야기를 청하고 있었다.

빙애는 고개를 들어 감히 세자의 눈을 바라보았다. 그래도 괜찮을 것이라는 확신이 문득 들었다. 그리고 도무지 정체를 알 수 없는 미묘한 감각이 그녀 속에서 꿈틀거렸다. 세자의 눈에 아득한 심연이 담겨 있었다. 절망에까지 이르지는 않았으나 불안과 초조함이 깃든 눈동자. 그 안에는 그녀 못지않은 슬픔과 외로움이 얽혀 있었다. 세자가 그녀의 눈에 맺힌 눈물을 대번에 알아챈 것처럼 빙애 역시 그 한순간의 일별에 그의 눈 속에 담긴 형체 없는 상흔을 목격했다.

그만 울컥해, 그녀는 저도 모르게 자신이 살아온 이야기를, 슬픈 연정의 비극적 결말을, 그녀 안에 도사린 복수의 각오를 토로할 뻔하였다. 그중 어느 하나라도 뱉어낸다면 궁녀로서의 자격은 차치하고, 당장 목이 날아갈 터였다. 그럼에도 모든 것을 토로하면 후련할 것만 같았다.

물론 그런 일은 일어나지 않을 것이었다. 그녀는 속삭이듯 말했다.

"소녀는 중인 박가의 소생입니다. 내세울 것 없는 평이한 삶을 살다, 사정이 여의치 않고 궁궐의 삶을 바랐기에 입궁하였습니다. 천운이 소녀 곁을 따른지라, 대왕대비마마의 은총을 입고 무탈하게 지내고 있사옵니다. 모든 것이 대왕대비마마의 은혜이옵니다."

"아니다, 거짓말이다."

이선이 대뜸 단언했다.

"무탈한 삶을 살아온 자가 가질 수 있는 눈이 아니다. 나를 우습게 보지 말라. 나는 일국의 국사를 다루는 자다. 하여 나는 사람을 좀 볼 줄 안다. 네 진실을 듣고 싶다."

빙애는 순간 말문이 탁 막혔다. 그런 빙애를 보며 이선이 다시 말했다.

"무엇이 두려운 게냐. 내가 오늘 너를 택하여 불렀다. 궁중 법도에 어긋남을 알면서도 너를 불렀다. 너를 보기 위해 나는 위험을 무릅썼다. 그런데 어찌하여 너는 내게 거짓으로 대하는가. 혹여 네 마음에 두려운 것이 있다면, 내 약조하마. 네가 오늘 여기서 이야기한 그 무엇 하나도 책을 잡지 않을 것이며, 벌하지 않을 것이다. 또한 너는 어제와 다름없는 내일을 맞게 될 것이니 걱정 말아라. 나는 너라는 아이를 진정으로 알고 싶을 따름이다."

그녀는 내면에서 치밀어오르는 그 무엇을 내리눌러야만 했다. 자칫 한마디의 실언이 모든 것을 끝장낼 수도 있었다. 그녀 자신의 죽음이야 두려울 것 없었으나, 시도조차 하지 못하고 구선과 시훈의 영령英靈을 만나러 갈 수는 없었다. 그런데 어찌하여 그녀의 마음이 이리 요동치는 것인지 알 수 없었다.

그녀의 입에서 저도 모르게 말이 먼저 튀어나왔다.

"소녀가 궁녀로서 품지 말아야 할 마음을 품었다 해도 말씀이옵니까?"

이선의 눈이 순간 번뜩였다. 빙애는 신기한 아이였다. 한없이 무겁게만 느껴지던 숙의 문씨의 일이 그새 심중에서 맥없이 사그라지고 있었다. 그 기이한 느낌 때문에 이선의 눈에 빙애는 더욱 특별해 보였다. 그래서일까, 그녀가 진심으로 궁금하였다.

"그렇다. 네가 혹여 역심을 품었다 해도 내 너를 용서할 것이다."

빙애는 침을 삼켰다. 그리고 천천히 말했다.

"소녀에게는 아잇적부터 마음에 품었던 정인이 있사옵니다. 허나 그 사람은 제게 허락된 사내가 아니었고, 그리하여 결국 잃고 말았습니다. 불귀不歸의 객이 되어 소녀 곁을 떠나버린바, 소녀는 더 이상 바깥세상에서 그이를 기억하며 살 삶이 감당키 어려워 궁에 들어왔나이다. 궁녀가 이런 마음을 품어서는 아니 될 것이나, 소녀의 마음에서 정인을 지울 수가 없어 때때로 울었나이다."

이선은 빙애의 말에 알 수 없는 쓸쓸함을 느꼈다. 하지만 왜? 그는 이해할 수 없었다. 빙애의 눈에 그새 눈물이 아롱지는 것을 본 이선은 동정의 마음이 일어 우스갯소리를 했다.

"궁녀가 되어서는 아니 될 아이를 궁에 들였구나. 네가 아니라 감찰상궁을 경을 칠 일이다."

빙애가 화들짝 놀라 대답했다.

"아니옵니다. 소녀의 육신은 깨끗하고 심중의 것이야 확인할 방도가 없으니 상궁마마님의 잘못이 아니라 소녀의 허물입니다. 부디 용서하여주시옵소서."

"내 너를 책하고 벌하지 않겠다 하였고, 너의 어제와 내일이 다르지 않으리라 하였다. 나는 한 입으로 두말을 하는 사내가 아니다. 감찰상궁은 궁녀들 사이에서는 드물게 나의 사람이다. 벌할 리가 있겠느냐. 그냥 농이었을 뿐이니 심려치 말아라. 그보다 네 마음속의 정인은 어쩌다 젊은 날에 고인이 되었는가?"

'당신의 아버지가 역적으로 몰아 죽였습니다. 그리하여 저는 임금을 죽이고 싶습니다.'

빙애는 마음속의 말을 꿀꺽 삼킨 다음 말했다.

"사실 그는 먼 길을 떠났는데, 도시 돌아올 기미가 보이질 않아 죽은 줄로 여길 따름입니다. 생사를 알 수 없으나 소식을 물어온 자들이 죽었다 하기에 한참을 기다린 연후에 받아들였사옵니다."

"그리하여 그리 슬픈 눈을 하고 있는 것인가. 어쩌면 좋을까. 내가 네 눈의 슬픔을 견디질 못하겠구나. 네 눈의 슬픔을 없애줄 방도가 없겠는가."

'당신의 아버지를 죽여주소서. 그리하면 그 슬픔의 반이라도 갚음이 되겠지요.'

"소녀같이 미천한 계집의 이야기를 들어주시는 것만으로도 실로 큰 기쁨이옵니다."

그것은 거짓이면서도 참이었다. 모든 것을 속 시원히 밝히진 못하였으나, 내내 움켜둔 진실의 한 자락을 뱉어내고 나니 마음이 한결 후련했다. 빙애는 다시 한 번 세자의 얼굴을 보았다. 이번에는 좀 더 오래, 그리고 편안하게 바라보았다. 호방한 인상에 늠름한 자태가 실로 용상에 오를 만한 위인이었다. 시훈의 용맹한 자태가 그 위로 겹쳐 보였다. 가슴이 찡했다. 그래서일까, 빙애는 스스로 정한 선을 또 한 번 넘고 말았다.

"소녀의 정인은 저하처럼 무예에 능하고 호방하였습니다. 저하를 모실 수만 있었더라면 좋은 무사가 되었을 것입니다."

"허허, 그렇더란 말인가. 그런 언재가 빛도 보기 전에 세상을 등졌다니 실로 애석하구나. 네 마음을 사로잡았다 하니, 그자가 더욱 궁금하다. 그런데 네가 내 무예와 기질을 이미 알고 있다니, 그 또한 기분이 나쁘지는 않구나."

이선은 한낱 궁녀의 말에 이토록 기분이 달뜨는 것이 실로 이상하였다.

"저하의 출중하심에 대해서는 궁녀들 사이에서도 익히 알려진 사실입니다."

"허허, 그것은 거짓이다. 궁녀들은 자신이 모시는 상전의 의중을 따르게 마련인데, 노론의 사람들로 가득한 궁에서 나에 대한 좋은 말이 나올 리가 없다."

그 말을 하는 이선의 목소리에 자기 세력을 두지 못한 사람의 패배감이 느껴졌다. 궁 안에서 혼자만의 결기를 가지고 살아온 그녀이기에 낯설지 않은 감정이었다. 빙애는 그를 위로하고 싶다는 생각이 들었다. 하지만 한낱 궁녀가 어찌 장차 이 나라의 임금이 될 자를 위로할 수 있단 말인가.

"저하께서는 어찌 그리 슬픈 눈을 하고 계시온지요?"

빙애의 느닷없는 질문에 이선이 그녀를 빤히 쳐다보았다. 속내를 드러내지 않았건만, 그의 마음을 읽은 빙애에게 적이 놀란 얼굴이었다.

"글쎄다. 다 가진 듯이 보여도 정작 가진 것이 없는 탓이겠지. 꿈꾸는 것은 원대하지만 그 길에 이르는 법을 알지 못하는 탓일지도 모르고."

빙애는 이선의 말에 공감할 수 있었다. 궁녀인 그녀와 세자인 그의 마음이 그 기저에서는 별반 차이가 없는 것이었다.

"숙의 문씨가 오늘 밤 생산을 할 것이다. 너도 알고 있느냐?"

"네, 저하. 하여 소녀도 그리로 불려가는 줄 알고 따라왔사옵니다."

"숙의가 아들을 낳으면 정국은 또 한 번 요동치겠지. 그자들은 어떤 짓을 저지를지 모를 자들이다."

노론을 지칭하는 것임을 빙애는 알고 있었다. 그녀는 구선의 딸로 가장 좋은 시절을 보냈다. 구선 역시 소론이었다. 심정적으로 소론에 기울고 노론이 미운 것은 인지상정이었다. 그런 점에서도 빙애와 이선은 통하는 바가 있었다.

"네게 무슨 말을 하고 있는 것인지 모르겠구나. 왜일까? 왜 네게 이리 속내를 털어놓고 싶은 것이냐. 아마 그것은 내가 너를 동류로 생각한 탓일 것이다. 내 판단이 틀린 것이냐. 아니면 이리 네게 속을 터놓는 것이 나를 위태롭게 할 일이냐?"

"그렇지 않사옵니다. 소녀, 저하마마께 들은 이야기는 절대 함구할 것입니다. 소녀 역시 노론보다는 소론이 좋나이다."

"그것은 또 무슨 말이냐?"

빙애는 세자의 반문에 순간 당황하여 아무 말이나 둘러댔다.

"장차 국본이 되실 저하께 이리 심려를 끼치는 자들이니, 신하된 도리에 어긋난 자들이 아니겠습니까."

"허허, 네 말이 옳다. 응당한 말인데, 어찌 이리 고마울까."

이선의 낯빛이 이내 어두워졌다.

"오늘 밤 너를 부른 것은, 문 숙의의 생산 소식을 대하는 내 마음이 너무 갑갑하고 괴로워서이다. 문득 네 얼굴이 떠오르니, 이 어찌한 신묘일까. 또한 너를 보니 내 마음이 한결 위로가 되는 것은 또 무슨 연유일까. 내 너를 본 처음부터 마음이 이상하더니, 참으로 기이한 일이지 않느냐. 어떠냐, 오늘 밤 너는 나와 함께 머물며 나를 위로할 수 있겠느냐."

빙애의 낯빛이 어두워졌다. 세자가 그녀를 여인으로 본다는 말을 하였다. 그리고 이 밤을 함께 지새우자 하였다. 빙애는 어찌 해석해야 할지 몰랐다. 빙애는 아직 사내의 손길을 모르는 여인이었다. 복수를 위해 궁에 입궐하였는데, 마음속의 정인을 육체로 배반하게 되는 일을 어찌 감당할 수 있을까. 복수가 우선인가, 아무도 알아주지 않는 정절이 우선인가. 그녀는 혼란스러웠다. 그런 내심이 그녀의 낯빛에 그대로 드러났다.

이선은 빙그레 미소를 지으며 말했다.

"방금 네가 마음속 정인을 잊지 못한다 하였는데, 이 밤에 어찌 너를 취하겠는가. 또한 너는 대왕대비마마의 궁녀인데, 이리 불러낸 것도 모자라 너를 취하였다가는 일이 커질 터. 걱정 말라. 너는 오늘 밤 이리 나와 있어주기만 하면 된다. 듣자니 네가 글과 그림에도 조예가 있다 하더구나. 참으로 신기한 일이지. 중인의 가정에서 나서 어찌 그런 재주를 익혔을까. 오늘 밤 나와 시를 논하고 그림을 보며 이야기나 하자꾸나. 되었느냐?"

빙애는 안도했다. 말 한마디면 자신의 모든 것을 가질 수 있음에도 자신을 배려해준 세자의 마음 씀씀이가 고마웠다. 그 순간 빙애의 마음에 아버지와 아들 사이를 확연하게 가르는 선이 생겼다.

"소녀, 저하의 명이라면 무엇이든 따를 수밖에 없는 처지이오나, 이리 배려해주심에 진심으로 감읍드리옵니다. 미천하나마 충심을 다해 이 밤에 저하를 모시겠습니다."

"그래, 고맙다. 그것이면 이 밤에는 내게 충분하겠구나."

달이 이울도록 그들은 많은 이야기를 나누었다. 고매한 문장가들의 시를 외고 솔직한 감상을 주고받았다. 이선이 빙애에게 보여준 그림들 가운데는 세자 본인이 그린 그림도 있었다. 어딘가 음울하고 서글픈 정서가 깃든 그림들이었다. 얼마 뒤에는 붓을 가져와 빙애가 글씨를 썼고, 그 글씨의 유려함에 이선이 새삼 탄복했다. 그들 사이를 배회하는 공기 속에는 불안과 초조함이 깃들어 있었으나, 둘의 대화 속에는 서로에 대한 공감과 이해에서 비롯된 따스한 위로가 담겨 있었다.

그렇게 동이 틀 무렵까지, 졸린 줄도 모르고 이선과 빙애는 담소하였다. 마침내 새벽 어스름이 깃들 무렵, 우익장이 문가로 다가와 기척을 냈다.

순간 세자는 꿈속의 배회를 마치고 막 현실로 돌아온 사람처럼 흠칫 놀랐다.

"무슨 일이냐?"

"저하, 문 숙의가 옹주를 생산하였다고 하옵니다."

이선은 잠시 무슨 얘기인가 멍하였다가, 퍼뜩 그 의미를 깨달았다.

문 숙의가 아들 생산에 실패한 것이다. 이선은 노론의 낭패감을 느낄 수 있었다. 눈앞에 빙애가 앉은 것도 개의치 않고 크게 웃었다.

"하하하하, 하하하하! 낭패하였을 노친네들을 생각하니 웃음이 다 나는구나."

그의 얼굴에 한순간 생기가 돌았다. 그가 빙애를 보고 말했다.

"이 또한 네가 가져다준 행운인 것이냐? 고맙구나, 고마워."

빙애는 얼른 고개를 조아리며 대꾸했다.

"소녀는 그저 부름을 받아 여기 앉아 있었을 뿐이옵니다, 저하."

"내 간밤에 너를 너무 피곤케 하였구나. 오늘은 이만 돌아가보거라. 허나 내 너를 조만간 또 부르게 될 것 같구나."

빙애를 바라보는 이선의 얼굴이 붉게 상기되었다.

빙애가 측실 밖으로 물러나오자, 감찰상궁이 매서운 눈을 하고 서 있었다. 함께 처소로 돌아오는 길에 감찰상궁은 다시 다짐을 두었다.

"간밤에 저하마마와 무슨 일이 있었건, 너는 절대 함구하여야 한다. 알아들었느냐?"

10

"오라버니, 이것 좀 들어보셔요."

향아는 들고 있던 산딸기를 시훈의 손에 한 아름 안겼다. 시훈은 손에 담긴 새빨간 딸기를 내려다보았다. 바로 옆에서 둘의 하는 양을 보던 명선이 샐쭉하게 눈을 뜨고는 한마디 했다.

"내가 시훈이 네놈을 건진 게 천추의 한이다, 한. 내 너를 그냥 내버려두기만 했어도 저 산딸기는 죄다 내 것이었거늘. 어찌 내 손은 이리 허하단 말이더냐."

향아가 또 고운 눈으로 장난스레 스님을 흘겨보며 말했다.

"요 산딸기가 남정네에게 그리 좋다 하네요. 스님이 뭔 필요가 있겠어요?"

"어허, 그럼 네 눈에는 내가 아녀자로 보이느냐."

스님의 반문에 셋 다 웃음을 터뜨렸다.

"고맙다, 향아야. 이리 많으니 스님도 드리고, 너도 함께 먹자."

시훈이 움막으로 들어가 사발에 담아 내놓자, 스님이 게걸스레 먹기 시작했다.

"오라버니도 어서 들어요. 저러다 스님 혼자 다 들겠네."

"뭐, 어떠냐. 남자도 아니라 효험도 없으니 이 맛을 제대로 즐기는 건 나뿐일 것인즉."

시훈도 향아의 정성을 생각해 한 줌 쥐어 입에 털어넣었다. 맛이 달달하고 시큼하니 좋았다. 그런 시훈을 보며 향아는 뭐가 좋은지 방긋 웃었다. 시훈은 그런 그녀가 참 귀엽다 생각하면서도 그때마다 빙애가 더욱 그리워 마음이 아팠다. 그가 향아에게 때때로 거리를 두는 것은 그런 연유였다. 이 아이가 싫지는 않으나 사랑할 수 없는 까닭이고, 그렇기에 향아가 크게 상처를 입지 않도록 나름대로 배려하는 것이었다.

향아에게는 이미 빙애라는 마음속 정인에 대해 알아듣게끔 털어놓았다. 그래서 향아도 그가 때로 거리감을 표출하는 그 연유를 알고 있었다.

"맛있구나. 너도 좀 들거라."

"나는 이미 따면서 많이 먹었어요. 오라버니나 많이 드세요."

그러면서 향아는 또 얼굴을 발그레 물들였다. 산채에서는 두드러진 미색이라, 산적 패 내에서도 남몰래 향아를 연모하는 자들이 많았다. 아귀도 그중 하나였다. 일전의 충돌 이후 시훈과 아귀 사이의 긴장감은 폭풍 전야와 같이 고조되어 있었다. 향아에 대한 아귀의 흑심과 시훈을 향한 향아의 연심이 그런 갈등을 더욱 부추기고 있었다.

향아는 그걸 아는지 모르는지 오늘따라 시훈에게 적극적이었다.

"오라버니, 온 산에 새싹이 돋아나고 봄꽃이 피기 시작해 무척 예뻐요. 묘향산에 봄이 늦게 오긴 해도, 한번 오면 정말 반할 정도 지요. 천하의 절경이라는 말이 가히 틀린 말이 아니랍니다. 제가 자주 찾는 곳이 있는데 가보지 않으려오?"

시훈은 적이 난감했다. 향아의 접근을 마냥 거부할 수는 없는 노릇이었다.

시훈은 빙애와 함께했던 대동강 지류의 둔덕을 떠올렸다. 거기 서 빙애를 안았더랬다. 그리고 거기 빙애를 두고 죽음으로 내몰렸 다. 그런 자신을 향아가 구했다. 무턱대고 거부할 수는 없었다. 하 지만 이대로 계속 가다간 향아의 마음을 농단하게 될 수도 있었 다. 아주 먼 훗날이라면 어쩜 향아를 받아들일 수 있을지도 모른 다. 하지만 아직은 아니었다. 아직 그의 마음에는 빙애가 살아 있 었다. 어쩌면 빙애와의 이별을 받아들이는 순간은 이 생에서는 영 영 오지 않을지도 모른다.

"스님도 함께 가시지요? 겨우내 산채에만 계셔서 몸이 찌뿌드 드하실 터인데."

"됐네, 이 사람아. 저 아이의 원성을 내 또 어찌 듣누. 자네나 좀 즐기다 오게. 봄이 오면 산천을 거닐기도 하고, 곁에서 따르는 아 이가 있으면 그 아이 마음도 헤아리고. 그게 사람의 짧은 생이 누 릴 전부일지도 모른단 말이네."

그러더니 스님은 얼른 몸을 돌려 자리를 떠났다.

시훈은 스님의 말을 잠시 곱씹어본 후, 별수 없다는 듯이 향아를 따라 산책을 나섰다. 산에서 나고 산에서 자란 탓인지, 향아는 거친 산길에서도 움직임이 민첩했다.

우악스런 산적들이 우글거리는 산골에도 봄은 여지없이 찾아와 꽃을 피우고 싹을 틔웠다. 묘향산은 절경을 선사했다. 살랑거리는 바람에 향아의 머릿결이 어깨 너머로 나부꼈다. 시훈과 함께 산길을 나선 것이 마냥 좋은지 향아의 얼굴엔 밝은 미소가 한가득 걸려 있었다. 실로 봄과 어울리는 미소였다.

느닷없이 사내들이 뛰어나와 산통을 깨지 않았더라면, 시훈은 그 미소에 잠시나마 마음이 흔들렸을지도 몰랐다.

아귀 패였다. 대략 스무 명이 넘었고, 패거리 안에서도 가장 포악한 자들이었다. 향아가 대뜸 소리부터 질렀다.

"이게 무슨 짓이오? 산채에서는 다툼이 있으면 아니 된다는 걸 모르시오? 울 아버지가 알면 큰일 날 게요."

그들 사이를 비집고 아귀가 잔인한 미소를 흘리며 모습을 드러냈다.

"이미 향아 네 아비의 시대는 끝났다. 내가 저놈을 아작내고 나면 네 아비도 슬슬 물러나야 할 것이야."

"아니, 울 아버지를 어찌하기라도 하겠다는 거요?"

"암만, 너 하기 나름이지. 저놈이나 그 땡중은 어떻게든 요절이 나겠지만, 네가 내 여자가 된다면 네 아비의 목숨만은 살려주마."

"허튼소리 마시오. 울 아버지가 어디 그냥 당한답디까. 내 당장 이르고 말 테요."

향아가 얼른 길을 돌아설 채비를 하자, 뒤에서도 수풀을 헤집고 십여 명 남짓한 사내들이 모습을 드러냈다. 보아하니 굳게 작정하고 따라온 듯하였다. 아마 한참 동안 이 순간을 별러왔을 터였다. 시훈은 우선 싸움판에서 향아부터 내보낼 궁리를 했다.

향아는 그런 시훈의 낌새를 눈치채고 계속 아귀의 시선을 끌었다.

"참 못났소. 오라버니 하나를 어찌하려고 이리 많은 장정을 끌고 오셨소? 그러고도 두목감이라 생각하시오?"

"이년이, 곱게 봐주었더니 막 지껄이는구나. 어디 저놈이 예서 뒈지고 나서도 그런 소리가 나오나 볼 것이다. 잠시 기다려보거라."

아귀는 눈짓으로 부하들에게 지시를 내렸다. 다음 순간 사내들이 사방에서 일제히 달려들었다. 뒤에서 아귀가 짐짓 두목 행세를 하며 한마디 했다.

"저놈의 양반 자식만 쳐라. 향아는 형수가 되실 몸이니 상하지 않게 하는 게 좋을 것이야."

사방에서 철퇴며 단창이며 무딘 칼들이 시훈을 향해 날아들었다. 시훈은 재빨리 향아의 몸 위로 솟구쳐 자기 머리통만 한 철퇴를 버겁게 휘두른 사내의 정수리를 발로 가격했다. 덩치 큰 사내가 철퇴와 함께 뒤로 나자빠지며 좁은 산길을 메운 사내들을 연거푸 넘어뜨렸다. 손에서 날아간 철퇴가 다른 사내의 허벅지를 뭉갰다. 단번에 길을 낸 시훈이 향아에게 소리쳤다.

"가거라!"

아귀가 바락바락 소리를 질렀다.

"향아 저년을 잡아라! 놓치면 일이 어그러진다!"

뒤쪽을 봉쇄하고 있던 사내가 얼른 향아를 쫓아가 옷깃을 잡아채려는 찰나, 향아가 다급히 몸을 틀어 간신히 손아귀에서 벗어났다. 재차 누군가의 손이 다가왔으나, 어느새 시훈이 그자의 목을 잡아 뒤로 내쳤다. 그새 향아는 온 힘을 다해 길을 달렸다.

"젠장, 이리되면 이제 어쩔 수 없다. 적만이 오기 전에 이놈부터 요절을 내자. 적만이 데려올 수 있는 자들이라봐야 다들 우리 밥이다."

그들 서른 남짓이 좁은 산길을 빈틈없이 메웠다. 아귀가 어찌나 악다구니를 퍼부었던지, 그들은 자기편이 다치는 것도 개의치 않고 무작정 창을 찌르고 칼을 휘두르고 각목 따위를 집어던졌다. 하지만 시훈이 보기에는 오합지졸에 불과했다. 힘은 좋아도 그 힘을 제대로 활용하는 법은 배우지 못한 탓이었다. 겁 많은 과객이나 어설픈 관군 무리는 상대할 만하였으나, 제대로 준비를 갖춘 상대를 만난다면 순식간에 일망타진될 터였다. 일대에 탐관오리가 많고 백성 구휼에는 손을 놓은 관리들이 많은지라, 산적 패가 산 하나를 장악하고 위세할 수 있었을 뿐이다.

시훈은 덩치가 큰 자들을 먼저 쳤다. 그러면 우왕좌왕하며 두셋이 함께 넘어졌다. 하지만 포위망을 뚫고 나갈라 치면 어느새 후열의 사내들이 몸으로 밀고 들어와 길을 막았다. 그들도 나름 각오가 단단한 것이었다. 결국 피를 볼 수밖에 없나. 시훈은 패월도를 뽑았다. 명검에 서린 검기에 그들이 흠칫 놀랐다. 하지만 돌아가기엔 늦었다는 낭패감 때문인지 그들은 더욱 독하게 치고 들어왔다. 아귀가 겁을 잔뜩 먹여놓았거나 어마어마한 포상을 약속했을 것이다.

검이 사내들 사이를 헤집었다. 피가 몇 사내에게서 동시에 솟구쳤다. 그들의 공격이 한층 둔해졌다. 그때였다. 패가 싹 갈리더니, 아귀가 민첩하게 달려들어왔다. 그의 검은 상대적으로 매서웠으나, 시훈이 받아넘기지 못할 검은 아니었다. 가볍게 퉁겨내 그를 뒤로 밀치는 순간, 아귀의 소매 적삼에서 무언가가 시훈의 눈을 향해 흩날렸다. 매서운 가루였다. 시훈이 재빨리 몸을 피해 직격은 피하였으나, 가루가 공기 중에 퍼지며 내뿜는 독기에서 완전히 벗어나진 못했다. 암기였다. 시훈의 눈이 순간적으로 흐려지며 앞을 가렸다. 눈물이 절로 터져나왔다. 아귀의 검이 틈을 놓치지 않고 다시 들어왔다. 시훈의 몸이 반사적으로 그 검을 막아내며 외려 아귀의 어깨를 찔렀다.

회심의 일격이 막힌 것도 모자라 자신의 팔까지 베인 아귀가 뒤로 나자빠지자, 무리들이 다시 뒤로 한발 물러섰다. 새삼 시훈의 실력을 실감한 듯했다. 하지만 그대로 포기할 아귀가 아니었다. 집요함만큼은 타의 추종을 불허하는 인물이었다.

"뭐 하는 것이냐! 이 기회를 놓치면 우린 모두 죽거나 쫓겨날 운명이다. 저놈만 죽이면 된다. 저놈만. 저놈 눈이 매운 지금이 기회다! 다 같이 밀어붙이면 끝낼 수 있다. 어서!"

아귀의 악다구니는 마치 지옥에서 올라온 짐승의 절규 같았다. 그런 놈에게 꼬투리를 잡히느니 시훈의 칼에 맞는 게 나을 것 같았다. 그들이 다시 한 번 함성을 내지르며 시훈에게 몰려들었다. 시훈은 눈이 침침해 다음 공격을 막아낼 수 있을지 자신할 수 없었다.

그때 활 하나가 날아와 가장 앞선 사내의 어깨에 꽂혔다. 시훈에게 몰려들던 자들이 일제히 고개를 돌렸다. 거기 적만이 활 통에서 활을 꺼내 다시 재며 서 있었다. 그의 뒤로 한 무리의 사내들이 몰려와 있었다.

"네 이놈들, 이게 무슨 짓이냐! 당장 그만두지 않으면 예서 몽땅 요절을 내고 말 테다."

그의 목소리는 여느 때처럼 위압감이 있었다. 하지만 이전과 달리 옅게 떨리고 있었다. 딸을 잃을 뻔하였다는 분노와 무리를 제대로 통솔하지 못했다는 자책감이 깃든 탓이었다. 향아가 바로 곁에서 눈이 흐릿한 시훈을 보며 안절부절못하고 있었다.

적만이 다시 소리쳤다.

"네 이놈, 아귀야! 내 네놈 천성이 포악하나 아우로 여겨 곁에 두었거늘, 어찌 이리하는 것이냐?"

"형님이 이 애송이에게 눈이 멀어 망치신 거요. 우리 같은 놈들은 산적질하고 남의 것 뺏어먹는 게 일인데, 그걸 군자처럼 해서 어찌 먹고살 것이오? 이놈을 죽이는 것이 우리가 살길이오. 형님이 이를 인정하지 않으니, 별수 없소. 이제 우리는 물러날 길도 없지 않겠소. 이미 이렇게 된 거, 어디 누가 이기나 한번 해봅시다."

그와 함께 아수라장이 되었다. 아귀 패와 적만 패가 엉켜 싸움이 벌어졌다. 아귀 패는 산채의 동료를 베는 일에 망설임이 없었다. 시훈이 빨리 회복하지 못하면, 어떻게 끝날지 모를 싸움이었다. 그때 전장 한가운데 뛰어든 명선이 민첩하게 칼날을 피하며 시훈에게 다가와 허리춤에서 이파리 몇 개를 꺼내 시훈의 눈을 닦아냈다. 놀랍게도 시훈의 시야가 흐릿하게나마 형체를 분간할 정도로 밝아졌다. 시훈은 막 아귀 패의 칼에 등을 찔릴 뻔한 적만을 구해내고, 매섭게 패월도를 휘두르기 시작했다. 칼을 한 번 휘두를 때마다 그의 시력이 조금씩 더 또렷해졌다.

얼마 지나지 않아, 싸움의 향배는 한쪽으로 급격히 기울었다. 이미 어깨를 상한 아귀가 쓰러지자, 그들 무리도 무너지기 시작했다. 마지막까지 항거한 자들은 시훈의 패월도에 이곳저곳을 베여 피를 보았다. 적만의 패 중에서도 사상자가 제법 났다. 적만도 등을 살짝 베여 옷 뒤섶이 피로 얼룩져 있었다.

향아가 적만의 상처가 깊지 않은 것을 확인하고, 얼른 시훈에게 달려왔다.

"오라버니! 괜찮아요?"

"나는 괜찮다. 두목은 어떠시냐?"

"살짝 긁힌 것뿐이오. 내 저놈의 아귀를 그냥……"

화가 머리끝까지 치솟은 향아가 바닥에 떨어진 칼을 집어들고 아귀를 향해 달려가려는 것을 시훈이 막았다.

"되었다. 네 손에 피를 묻혀서는 안 된다."

이미 적만이 아귀의 목에 칼을 올려두고 있었다.

"네 이놈, 너는 죽어 마땅한 놈이다. 예까지 생사고락을 같이한 동료를 어찌 이토록 도륙할 수 있단 말이냐? 네놈의 잔악성을 알고도 같은 처지라 품은 내 잘못이다."

"허허, 형님. 어찌할 것이오. 그냥 나를 죽이시오. 죽을 각오하고 시작한 일이니."

아귀가 작심한 듯 눈을 감았다. 명선이 얼른 달려와 적만의 손을 잡았다.

"두목, 그만하시게. 나랏일도 아니고 산채 하나 유지하는 일로 사람을 처형함이 옳겠는가. 더는 함께할 자는 아닐 듯하니, 내보내면 그만일 터."

적만이 칼을 내렸다. 적만은 자신의 유약함을 맘속으로 저주했다. 사람을 죽이는 일은 일생에 한 번으로 족했다. 그리고 그 일을 그는 내내 후회하고 있었다. 그때는 그 수밖에 없다고 생각했으나, 세월이 지나 뒤돌아보니 참으로 못할 짓이었다.

"오늘 스님이 너의 목숨을 살린 것이다. 아귀 네놈은 이 근방엔 발도 붙이지 마라. 썩 꺼져라. 너희 아귀 패 또한 들어라. 지금 아귀를 따를 자는 함께 떠나라. 이곳이 너희 같은 놈들에게 얼마나 좋은 곳이었는지 곧 알게 될 것이다. 허나 남고자 하는 자가 있다면 응당한 죗값을 치른 후에 다시 기회를 주겠다. 어찌하겠는가?"

그들 모두 갈 곳이 없다는 것을 알고 있었다. 애초에 그런 자들이 모인 곳이었다. 아귀 패의 상당수가 무릎을 꿇고 남았다. 격렬하게 저항하며 동료의 몸에 칼까지 찔러댄 자들 대여섯만이 마지못해 부상당한 아귀를 부축해 산채를 내려갔다. 아귀는 마지막 순간까지 말없이 눈을 부라렸지만, 더는 위협적이지 않았다.

"저대로 보내주어도 되겠습니까?"

시훈이 적만에게 물었다.

"놈은 네 칼에 벌써 팔 하나를 잃었다. 놈이 어디 가서 세를 불릴 것이냐. 게다가 놈은 살인죄로 쫓기는 몸이라 제 한 몸 간수하기도 어려운 처지다. 설령 다시 쳐들어와도 너와의 실력 차가 훤히 드러났으니 제놈도 머리가 있으면 그러지 않겠지. 그보다……"

적만은 그렇게 말하고는 산채를 한 차례 훑어보았다.

"이제 어찌할 것이냐. 아귀를 데리고 있었던 건, 그 패거리가 가장 산적질에 능했기 때문이다. 놈이 악한 자임은 분명하나 놈의 말이 마냥 틀린 것은 아니다. 산적이 군자연君子然할 수는 없다. 이제 어찌하란 말인가. 너는 이 일에 책임이 있다. 말해보아라. 어떻게 할 것이냐? 이제 우리가 어찌 살아야 하겠는가?"

적만은 스스로 두목으로서의 위엄을 내려놓았다. 이미 그 마음에 자괴감이 깊어진 까닭이었다. 그래서 그는 시훈에게 스스럼없이 물었다. 명선 역시 시훈의 대답이 궁금하다는 듯이 바라보았다.

"실은 오래전부터 생각해온 바가 없지는 않소. 남의 것을 노략질하느니 우리 것을 만들어 팔아봄이 어떻겠소? 나는 술을 빚는 법을 알고 있소. 우리가 도구만 제대로 갖추면, 이 조선에서 제일 가는 명주를 만들어낼 수 있을 것이오. 시간은 좀 걸리겠지만, 이 제라도 배우면 아니 될 일도 아니질 않소? 게다가 대동강 이북으로는 임금의 금주령도 유명무실하다 하니, 좋은 술만 빚으면 먹고 살 방도는 될 듯하오. 그편이 더 낫질 않겠소?"

명선이 놀란 얼굴로 물었다.

"네가 술도 빚을 줄 안단 말이냐? 양반 도령이 별 재주가 다 있구나. 그래, 어떤 술을 만들 셈이냐?"

"조선에서 가장 좋은 술, 한잔 술에 세상 시름을 다 잊게 만드는 그런 술입니다."

11

"밤이 이리 따사로우니, 절로 취기가 돌지 않느냐?"

휘가 고운 치마폭에 싸인 자운의 무릎에 드러누워 농을 걸었다. 취기가 돌 리 없었다. 한양에서는 술독 비스무레한 것도 찾기 어려웠고, 그리 만든 장본인 중의 하나가 바로 자신이니, 실로 농에 불과했다.

자운이 곱게 눈을 흘기며 교태를 섞어 말했다.

"나리, 이제 마실 술은 찾아볼 길이 없으니 제가 곧 술이지요. 나리의 술."

"내 말이 그것이다. 네 옆에 누워 따사로이 밤바람을 맞고 있자니 이리 취기가 도는구나."

하지만 이내 자운은 한숨을 푹 내쉬었다. 벌써 이십여 년째 금주령이었다. 술도 없는 기방이 성할 리 없고, 취흥 없는 노래 자락이 그리 매혹적일 리가 없었다. 이리 정분이 오래된 나리 하나 정도는 끼고 있어야 겨우 입에 풀칠할 지경이었다. 금하는 것을 더 하고 싶은 게 인간의 본성이고, 또 여자를 탐하는 것이 남자의 본 능인지라, 암암리에 술을 파는 기방이 운영된 것은 사실이지만, 청풍회가 활개를 치면서는 그야말로 도성에 기방과 술독의 씨가 말랐다.

어찌 보면 참으로 원수 같은 자인데도, 자운은 김휘의 서글서글 한 농을 들어주다 그만 마음에 정이 쌓이고 말았다. 자운은 언젠 가는 자신을 첩실로라도 들어앉히리라 약조한 휘의 말을 그저 믿 고 싶었다. 그의 씀씀이가 헤프고 본디 넉넉지 않은 살림인지라 그것이 현실이 될 일은 참으로 요원하다는 것을 알면서도 그랬다. 아마 이런 것이 정분인가 보다, 생각할 따름이었다.

이번엔 자운이 휘의 이마를 쓸며 농을 걸었다.

"나리, 한양에서 기녀 노릇 하긴 글렀으니, 저는 이참에 짐을 꾸 려 관서로나 가볼까 해요."

"관서라니? 그 춥고 허허로운 땅에 뭐하러? 거긴 너처럼 어여쁜 여인이 살 만한 곳이 아니다."

"하지만 거기서는 아직 술을 암암리에 즐긴다 하더이다. 술이 있는 곳이라야, 저희 같은 기녀들이 이름을 얻지 않겠습니까? 이 대로 늙은 퇴기가 되어 살길이 영영 막히기는 참으로 싫습니다."

"허, 걱정 마라. 퇴기라니. 내 너 하나는 반드시 책임져줄 것이 다. 그런 생각은 가당치도 않다."

그러면서 휘는 자운을 아래에서 올려다보았다. 절세미녀라 하

기는 어려웠다. 그 정도로 대단한 미녀였다면 서출인 자신에게 순
번이 돌아오지도 않았을 터였다. 그런데도 묘하게 첫 만남부터 끌
렸다. 그런 운명이 있는 것인지, 한번 자운에게 눈길을 주자 다른
여인들은 눈에 들어오지도 않았다.

　서출의 설움을 일찍 안 탓에, 그는 어려서부터 밖으로 많이 나
돌았다. 미색과 풍류를 찾는 성정은 그렇게 생긴 것이었다. 그 역
시 청풍회에 들기 전에는 알음알음으로 술을 찾아 마시고 계집을
품곤 하였다. 그러던 것이 청풍회에 들어 돈도 벌고 간접적으로나
마 임금의 총애도 얻고 명성 자자한 박문수 대감의 위세도 등에
업게 되니, 그도 마음을 다잡고 돈을 모아 집도 넓히고 자운을 들
일 계획까지 세웠다.

　그런데 청풍회가 흐지부지되었다. 사라진 것은 아니되, 제대로
운영되는 것도 아니었다. 박문수 대감이 물러나자 그 위세가 많이
반감되었다. 도규 형님이 이어받았다고는 하나, 서자 출신의 무인
장도규와 양반 명문인 박문수 대감의 위상 차이가 그대로 조직의
위세에 투영되었다. 그나마 도규 형님의 열성으로 근근이 유지되
던 것이, 어쩐 연유에서인지 도규 형님이 갑자기 세자익위사로 영
전榮轉하면서 그야말로 명맥만 남은 형국이었다.

　"그래도 그때가 내 한창때였네그려. 관서에도 진출해 밀주단을
색출해버렸으면, 네가 그런 고민을 품을 일도 없었을 것을."

　"청풍회는 이제 없어지는 것입니까?"

　부쩍 맥이 없어 보이는 휘가 안쓰러워 자운이 물었다.

"글쎄다. 나 같은 아랫것이 알겠느냐. 모이라 하면 모이고, 일없다 하면 일없는 것이지. 너나 나나 다를 바가 없다. 서자 출신이 무얼 해볼 수 있는 세상이 아니니라. 도규 형님이야 정말 운이 좋아 세자 저하의 호위무사가 되었다고 하지만, 서얼에게는 참으로 박한 세상 아니냐. 사실 도규 형님도 언제 팽을 당할지 모르지. 아무렴, 서자에게 금군별장 같은 직책을 내릴 리 있겠나. 그저 무예 실력이 출중하니 써먹는 것뿐이야. 청풍회라는 조직도 그렇지 않은가. 필요할 때 쓰고 버리는 거지. 그 공정하고 인품 높으신 박문수 어른만 해도, 용도가 다하니 발을 슬쩍 빼고 저리 영전해 가버리셨잖느냐. 너나 나 같은 보잘것없는 것들은 우리끼리 살길을 찾고 아옹다옹하며 그리 한세월 흘려보내면 되는 것이지."

휘는 자신이 풀어놓은 넋두리에 괜히 마음이 허해졌다. 그 마음을 또 재빨리 알아챈 자운이 얼른 소반에 놓인 전을 집어 휘의 입에 물려주었다.

"힘내시어요. 제겐 나리뿐이잖아요. 절 봐서라도 그리 낙담하시면 아니 되어요. 아니 그러심, 저는 관서로 가버릴 겝니다."

"나보고 죽으란 소리다, 그건."

휘가 자운이 넣어준 전을 우걱우걱 씹어먹었다. 맛난 안주를 먹고 보니, 술 생각이 더욱 간절했다. 한바탕 신세타령 다음이라 그런지 더 갈하게 느껴졌다.

"어찌 이리 술이 마시고 싶으냐. 이럴 줄 알았으면 적당히 한 군데 정도는 모른 척 내버려두는 건데 말이다."

"소녀도 술이 그립습니다."

"자운이 너도 술이 마시고 싶은 것이냐? 그저 먹고살기 위함이
아니라?"

"그럼요. 술 한잔 받아 마시고 가야금을 타면 그 흥이 더 나고,
나리와 몸을 섞으면 그 맛이 더 농밀해지겠지요. 술이 그러라고
있는 것 아닌가요?"

그 말을 듣고 보니, 휘는 아랫도리가 불끈해지면서 더욱 술이
당겼다. 갑자기 휘가 몸을 벌떡 일으켰다. 그러고는 주위를 휘둘러
살핀 뒤 사람이 없음을 확인하고는 자운의 귀에 대고 속삭였다.

"그럼 나랑 둘이 술 한잔하려느냐? 그리하면 정말 네 농밀함을
더 맛볼 수 있겠더냐?"

"그건 그러하오나…… 이 한양에서 어디 술이 있겠어요? 호호
호."

자운은 휘의 진지함이 사뭇 재미있어 웃었다. 하지만 휘의 표정
은 한층 더 심각해졌다.

"내게 정말 좋은 술이 있다. 청풍회 무사로 평양에 갔을 때, 술
도가를 하던 양반가에 비축되어 있던 술동이를 보았는데, 슬쩍 맛
을 보니 기가 막히더라. 아랫놈 하나와 함께 맛만 볼 정도로 빼돌
렸다. 언젠가 금주령이 풀리면 네게 맛을 보여줄 생각이었으나,
내 보니 그날은 영영 오지 않을 듯하다. 나와 너, 우리 둘만 은밀
하게 한잔하면 어떻겠느냐. 가히 조선 최고의 명주임에는 틀림없
다. 오늘 이토록 술맛이 간절하니, 어찌 미룰까. 너와 나 우리 둘

만 입을 다물고 있으면 될 것이다. 어떠냐?"

자운은 놀란 표정이 되었다. 하지만 입에 침이 고이기는 마찬가지였다. 언젠가는 휘의 부인이 되어 그에게 술 한잔을 따르고 싶었다. 비밀은 두 사람의 농밀한 연정을 더 단단하게 만들어주리라.

"저야 나리의 뜻에 따를 뿐입니다. 그 좋다는 술맛을 보여주시면, 저는 나리께 자운이의 모든 것을 드리지요."

휘의 입에 미소가 걸렸다. 일탈의 쾌감과 불안, 그리고 그 너머에 존재할 희열에 대한 갈망이 어우러진 미소였다.

12

한양에 또 한차례 매서운 바람이 불었다. 그 바람엔 피비린내가 깊게 스며 있었다. 그 서슬 퍼런 냉기에 빙애 역시 살이 떨리고 마음이 흔들렸다. 속에 무시무시한 작정을 품은 여인이라도, 매일같이 사람들의 비명 소리와 곡소리가 지척에서 들려오는 상황에선 마음을 강건하게 먹기가 어려웠다.

나주의 객사客舍에 정국을 비방하는 벽서壁書가 붙었고, 이 일로 조정이 발칵 뒤집혔다. 연일 사람들이 의금부로 끌려왔고, 국청 뜰에서 고초를 당한 후 죽어나갔다. 실로 눈 뜨고 보기 어려운 능지처사도 있었다. 죽어가는 사람들은 대부분 소론 선비들이었으나, 사람 죽는 일은 누구에게나 어려운 일인지라 노론 편향인 궁녀들 또한 숨을 죽였다. 피비린내가 진동했다. 성문 밖에는 연일 죄인들의 효수된 머리가 걸렸다.

그런 일련의 상황을 지켜보던 빙애의 마음에 세자에 대한 걱정이 스며들었다. 자신이 왜 그러는지 알 수 없었지만, 이번 사건으로 가장 마음이 힘들고 고통스러울 이가 세자라는 사실을 떠올리자 안쓰러운 마음이 차올랐던 것이다.

'그간 정이 든 것일까? 그렇담 그건 또 얼마나 우스운 일인가. 원수의 아들을 염려하다니.'

세자는 숙의 문씨가 아이를 낳던 날 밤 이후로도 몇 차례 그녀를 은밀히 불렀다. 매번 감찰상궁을 통해서였고 야심한 밤에 은밀하게 이동해야 했다. 잦은 만남은 아니었다. 궁중 규율의 문제도 있었고, 대리청정 중인 세자의 일이 바쁜 탓도 있었다. 근래 들어 몸이 좋지 않은 인원왕후가 빙애를 더욱 끼고 돌아 그녀 역시 넉넉한 틈이 없었다.

어찌하다 보니 세자빈 또한 빙애의 재주를 아껴 자주 부르곤 했다. 빈은 동년배인 빙애를 편히 여기는 듯했다. 하여 어느 날엔가는 그녀에게 넋두리를 하기도 하였다.

"가끔 그런 생각을 하네. 내가 그냥 사대부 가문의 양반 도령에게 시집가 사가私家의 안방마님으로 살았더라면 어떠했을까, 하고. 위세가 별로 없는 남편일지라도 나를 한없이 아끼고 보듬어주고, 내 아버지와 남편이 서로를 신뢰하고 믿을 수 있는 그런 집안 말일세. 그랬다면 나는 더 유하고 평온한 삶을 살 수 있지 않았을까. 어찌하여 그분은 이런 내게도 분명히 보이는, 가장 쉽고 바른 선택에서 눈을 돌리는 것일까. 그 결국이 어찌 될지 왜 그분은 모르시는 것일까."

그때 빙애는 빈의 마음에 공감하기보다, 아내에게서조차 인정과 지지를 얻지 못하는 세자의 처지를 동정했다. 왜 그런 마음이 들었는지 모른다. 남모르는 만남이 반복되면서 그런 감정이 쌓인 것일지도 모른다. 자신처럼 그도 내내 고립감과 무력감을 겪기는 마찬가지라는 동질감을 느낀 탓인지도 모른다. 빈은 빙애를 신뢰하여 속말을 터놓았을 터. 빙애가 세자의 은밀한 부름을 받고 있다는 것을 알게 된다면 빈은 어찌 반응할까. 빙애는 두려운 마음이 들었다.

임금의 양위 소동이 벌어지거나 세자를 향한 노론의 공격이 거세질 때면, 세자는 빙애를 불렀다. 언제나 사람을 물려두어서, 그녀는 감찰상궁 외에는 누구와도 마주치지 않은 채 세자를 만났다. 별다른 일은 없었다. 세자는 그녀의 목소리를 듣고 싶어했고, 그녀에게 마음속의 울분을 터놓고 싶어했다. 같이 그림을 보고 시를 읊고 청나라에서 들여온 귀한 차를 나누어 마셨다. 그뿐이었다. 그것만으로도 세자는 늘 고맙다고 했다.

그리고…… 그녀 역시 그런 순간들이 나쁘지 않았다. 아니, 때로 기다려지기도 하였다. 그리고 그런 마음이 깃들 때마다 시훈이 떠올라 그녀는 가슴이 저몄다.

벽서 사건은 파장이 컸다. 궁에서는 크고 작은 일들이 늘 벌어졌지만, 이번에는 그 규모가 상당했고 그 결과는 더욱 무서웠다. 벽서 사건이 주상의 심기를 더욱 자극했기 때문이었다. 양부 구선 대감이 목숨을 잃은 것도 궁극적으로는 밀주가 아니라 독살설에 대한 임금의 분노 때문이었다. 주상은 재위 후 한순간도 선왕 독살설에서 자유롭지도 대범하지도 못했다. 도둑이 제 발 저린 것처럼 한사코 이를 부인하고, 관련된 자를 응징하거나 신원하는 일을 거듭했다. 양위 소동을 일으켜 세자를 곤욕스럽게 만들 때도, 대전 앞에서 거적을 깔고 석고대죄를 하는 세자에게 황형을 들먹였다.

그런데 나주 객사에 조정을 비방하는 벽서가 떡하니 붙었고, 얼마 지나지 않아 이인좌의 난 때 연루되어 유배되었던 윤지尹志가 자백하면서 피 냄새가 진동하기 시작했다. 연루자들에 대한 극형이 이어지는 와중에, 역적을 토벌한 기념이라 하여 토역경과討逆慶科를 열었다. 이 과거장에서 소론 선비 심정연沈鼎衍이 영조의 치세를 부정하는 시권試券을 올림으로써 기름을 부었다. 심정연 역시 이인좌의 난 때 사형당한 심성연沈成衍의 아우였다. 이인좌의 난이 무엇인가. 금상을 인정할 수 없었던 신하들의 역란逆亂이 아니었던가.

주상은 대로大怒했다. 연이어 피바람이 불었다. 임금은 광기를 띠었고, 노론은 물 만난 고기마냥 활개를 쳤다. 죽어나가는 것은 여지없이 소론 세력들이었다. 이번 일과 직접적인 관련이 없어도 연 하나만 닿으면 목이 날아가거나 관직을 삭탈당했다. 그간 노론이 눈독을 들인 대상들이 차례로 연루되어 옥고를 치렀다. 세자가 또 한 번 고립무원의 상태에 처하였을 것은 자명한 일이었다.

궐 안의 잡무를 맡는 기능인이라 해도, 궁녀들은 모시는 상전이 지닌 당색을 그대로 띠게 마련이었고, 누구보다 앞서 정보 수집의 기능을 수행해야 하기도 했다. 그것이 진실이든 헛소문이든 혹은 누군가가 고의적으로 퍼뜨린 비방이든 모조리 수집해 입방아를 찧고 저들 상전의 귀에 들어가게 하는 것이 궁녀들의 암묵적인 의무이기도 했다.

빙애 역시 인원왕후의 궁녀이기에 여지없이 노론의 사람이어야 했다. 하지만 그녀는 그러지 않을 응당한 이유가 있었다. 당파를 운운할 목적으로 궁에 들어온 것은 아니나, 그녀의 적인 임금이 노론을 지지했고, 동정하는 세자가 소론의 편에 선 것을 보니, 더더욱 이번 사태의 파장이 끔찍하게 여겨졌다.

빙애는 어떤 예감에 끌려, 그날 일과가 끝나자 목욕을 하고 깨끗한 옷을 차려입었다. 그런 빙애를 명주가 의아한 듯 바라보았다.

"빙애 언니, 오늘은 왜 그리 갖춰 입었어요? 또 대왕대비마마께서 부르셨어요?"

명주가 부러움을 숨기지 못한 채 물었다.

"아닙니다, 항아님. 그저 궁 안이 시끄럽고 요란하다 보니, 마음이 괜히 울적하여 몸가짐이라도 단정히 해볼까 한 것이지요."

"언니의 성실함은 정말 따라갈 자가 없어요. 실력도 좋은데 성품까지 좋으니 대왕대비마마나 빈궁마마 모두 언니만 찾는 거겠죠. 처음엔 언니를 시기하는 목소리도 많았는데, 이제는 언니와 자기들의 차이를 확실히 알았는지 그런 목소리가 쏙 들어갔지 뭐예요. 진짜 언니의 반의반만이라도 닮았으면 좋겠어요."

"항아님도 나무랄 데 없는 좋은 사람인걸요."

빙애의 칭찬에 명주의 얼굴에 해맑은 미소가 걸렸다.

"빈말이라도 언니 칭찬을 들으니 꼭 대왕대비마마의 칭찬을 들은 것같이 좋네요."

그때, 밖에서 기척하는 소리가 들렸다.

"빙애 있느냐."

감찰상궁이었다. 마치 어떤 교감이 사전에 있었던 것처럼 세자의 마음과 빙애의 마음이 통한 것이다. 빙애와 명주가 얼른 대청에 나가 섰다.

"네, 상궁마마님."

"내 오늘 너를 또 빌려야겠다. 채비하여 나오너라."

"네."

감찰상궁은 매서운 눈길로 명주에게 경고하는 것도 잊지 않았다. 이미 익숙한 일이라 명주는 입을 꾹 다물고 고개를 숙였다.

빙애가 곧 채비를 갖춰 나왔다. 감찰상궁이 말없이 앞장서고, 빙애가 그 뒤를 따랐다. 이제 곧 세자를 만나게 되리라 생각하니, 빙애의 가슴이 미묘하게 떨렸다.

13

세자는 눈물을 보이지 않았다. 일개 궁녀 앞에서 눈물을 보일 수는 없는 노릇이었다. 하지만 이선의 마음속에서는 통한과 분노의 울음이 내내 그치지 않았다. 벽서 사건을 겪으며 세자는 그 어느 때보다도 무력감을 느끼고 있었다. 그는 장차 이 나라 조선의 임금이 될 자였고, 지금 당장도 대리청정을 하며 국사를 운영하는 위치에 있었지만, 이대로는 그 모든 권력이 실로 허상에 불과하리라는 것을 실감하고 있었다. 이제는 부왕의 권력조차도 허상으로 보였다. 부왕이 힘을 지닌 군주인 것은, 부왕의 생각이 노론의 당론과 일치하는 것이기 때문이었다. 부왕이 만약 노론에 반하는 임금이었더라면……

세자는 그 생각을 멈출 수 없었다. 나주 벽서 사건은 부왕의 자기 의구심과, 세상이 노론의 것임을 만천하에 드러내 보인 일대 사건이었다. 이 나라 조선은 노론 사대부들의 것이었다. 벽서 사건을 대하는 그들의 강기剛氣를 보고 있자면, 세자라도 목을 벨 기세였다.

선이 마음속으로 피눈물을 흘리는 것은 비단 자신의 권력 때문만이 아니었다. 그의 사람들이 죽어가는데도 당장 할 수 있는 일이 없기 때문이었다. 죽을 각오를 하고 사건을 일으킨 윤지를 비롯한 소론 강경파들이야 어찌할 수 없는 일이고, 한편으로는 그 미숙함이 한심하기까지 하였으나, 파장이 커진 이후 소론의 핵심 인사들이 연루되어 속절없이 베여나가는 국면은 그를 찢어지는 아픔으로 몰아넣었다. 관직을 삭탈당하는 정도는 감지덕지한 경우였다. 처자식까지 노비로 전락해, 자신의 지아비와 아비를 죽인 노론 대감들의 집으로 보내졌다. 저들이 죽이기로 작정하면, 사람 목숨 하나가 너무나도 쉽게 사그라졌다.

선은 언젠가 자신이 임금이 되면 반드시 이 한을 갚아주리라 생각했다. 하지만 그날이 언제가 될지, 아니 과연 오기나 할 것인지 앞이 캄캄하기만 하였다. 또 설령 그날이 온다 해도, 자신이 노론을 혁파할 힘을 지니고 있을지 의문이었다. 그는 다시 한 번 몸을 부르르 떨었다.

'힘이 필요하다, 힘이. 나만의 군사와 나만의 사람들이 필요하다. 하지만 그들을 어디에서 어떻게 구한단 말인가. 노론의 눈과 귀는 어찌 또 피할 수 있단 말인가.'

울분 때문에 심장이 터질 것만 같았다. 그리고 그럴 때면 응당 그렇듯이 빙애의 얼굴이 떠올랐다. 나긋하지만 단호한 결기가 느껴지는 빙애의 목소리와 한없이 슬프지만 위무의 힘을 지닌 그녀의 눈동자가 그리웠다.

그는 밤을 기다려 빙애를 불렀다. 기대감에 들뜬 시간이 흐르고 나서, 마침내 그의 앞에 다시 빙애가 앉았다. 그녀의 모습을 보는 것만으로도 마음이 한결 나았다. 어찌 된 연유인지는 알 수 없으나, 선은 빙애를 처음 본 순간부터 그녀가 자신에게 속한 사람이라는 확신이 있었다. 지금껏 빙애를 여러 차례 만나 마음을 털어놓았으나 뒷말이 나오지 않는 것도 한 증거였다. 혹여 비밀이 새어나가 궁 안팎의 구설수에 오른다 해도 이제 그녀를 만나는 일을 포기할 수는 없을 듯하였다. 그것은 이 고독한 자리에서 그가 누릴 수 있는 유일한 위안이었다. 그것마저 포기하기에는 그가 가진 것이 너무 적었다.

한순간 그는 강한 욕정을 느꼈다. 그리고 또한 불현듯 그녀의 마음을 가져간 그 죽은 정인에게 이해할 수 없는 질투가 치밀었다. 그간 그녀를 품고 싶다는 생각이 들지 않았던 것은 아니나, 그녀를 강제로 취하고 싶진 않았다. 그녀가 대왕대비마마의 궁녀라는 사실을 상기하는 것도 그런 자제력을 발휘하는 데 도움이 되었다. 하지만 오늘 그는 유달리 그녀를 안고 싶었다. 그녀를 온전히 자신의 것으로 만들고 싶었다. 그래서 내내 곁에 두고 싶었다. 그러나 그는 가까스로 자신의 마음을 다잡았다.

'지금 이 감정은 지나치다. 지금 상황이 너무 고통스럽다는 뜻이리라. 장차 임금이 될 자가 여인의 마음 하나 얻지 못해서야 되

겠는가.'

그것은 정정당당한 대결을 선호하는 이선의 무인 기질에서 나온 오기이기도 했다. 내 기필코 너의 마음속 정인에게서 너를 당당히 빼앗으리라. 그런 결기에도 불구하고 그의 마음은 그녀에게서 풍겨오는 살내에 위태롭게 흔들렸다.

이선의 마음속에서 벌어지는 갈등을 아는지 모르는지 빙애가 이선을 바라보며 말했다.

"저하, 마음이 편치 않으신지요?"

"그렇다. 너는 언제나 내 마음을 잘 아는구나."

"나주에서의 일 때문인지요?"

이선이 한숨을 내쉬며 고개를 끄덕였다. 그가 뱉어낸 입김에 촛불이 설핏 흔들렸다.

"나는 참으로 무기력하구나. 내 사람들이 죽어가는데, 내가 할 수 있는 것은 저들을 죽이자는 주청을 따르지 않겠다, 미루는 것뿐이다. 하지만 그게 무슨 소용이냐. 그들은 전하에게 달려가 다시 주청하고, 그럼 전하께서 내게 어찌 역적을 비호하느냐 꾸지람을 하시지. 저들은 그렇게 목숨을 잃고 관직을 삭탈당하고 유배를 가고 멸문을 당하는데……"

빙애가 예의 그 슬프고도 맑은 눈빛으로 이선을 바라보며 말했다.

"저하께서 장차 보위에 오르시어 성군이 되시면 필시 지금의 일을 다시 되돌리실 수 있을 것이옵니다."

이제는 곧잘 정국에 대한 발언도 할 줄 아는 빙애가 이선은 조금도 가소롭게 여겨지지 않았다. 외려 그 어떤 충신의 말보다도 든든하게 와닿았다. 빙애가 그리 말하니, 당장 내일이라도 보위에 오를 것만 같았다. 어찌하여 이 아이 앞에서는 이리도 마음이 해제되는 것인지, 이선은 알 수가 없었다. 빈에게서는 좀처럼 느낄 수 없던 감정이 빙애를 마주할 때마다 그의 가슴에 요동쳤다.

"하지만 전하께서 건재하시니 그런 날을 바랄 수도 없고 바라서는 아니 될 일이지."

"왜 아니 되는 것입니까? 저하께서는 젊으시고 주상 전하께서는 연로하셨습니다. 사람의 수가 얼마나 될지 누가 알겠나이까. 그러니 저하께서 장차를 계획하심이 어찌 온당치 않겠습니까. 아니, 외려 지금부터 그날을 준비하여 큰 뜻과 구상을 품으심이 옳은 것 아니겠습니까."

순간 이선은 저도 모르게 눈이 동그래졌다. 일개 궁녀가 할 수 있는 말이 아니었다. 하지만 그 말을 하는 빙애의 눈에서는 한 점의 후회나 두려움도 보이지 않았다.

'정녕 이 아이 속에는 무엇이 담겨 있단 말인가.'

그러면서도 이선은 자신을 향한 빙애의 진심을 본 듯해 새삼 설레기까지 했다. 밖으로 꺼내지 않을 뿐, 자신의 마음 또한 그렇지 않던가. 그래서 이선은 짧게 답했다.

"그런 말은 오직 나와 있을 때만 하여라. 누가 들으면 경을 칠 소리가 아니냐."

"소녀가 주제넘었다면 용서하여주시옵소서. 저하와의 일은 오로지 소녀의 가슴에만 둘 것입니다."

어쩌면 이 아이가 자신이 구상하고 있는 계획의 일부가 될 수 있을지도 모른다는 생각이 이선의 머리를 퍼뜩 스쳐갔다. 단순한 위무를 넘어 깊은 동지애로 발전할 수 있다면 나쁠 것이 없었다. 궁에 자신의 사람이 부족한 이때에 궁녀 하나라도 얼마나 소중한가. 더더군다나 그 아이가 그의 마음을 설레게 한다면.

"너를 내 곁에, 여기 가까이 두고 싶구나. 네 마음은 어떠하냐?"

그 질문에서야 빙애의 얼굴에 당황한 기색이 깃들었다.

"무슨 말씀이신지 소녀는 잘……"

"너와 내가 이리 담소를 나누고 마음을 나눈 지 꽤 되었다. 나는 너를 볼 때마다 귀애하는 마음이 생긴다. 너와 내가 또한 동년배이기도 하니 실로 마음이 잘 맞는 지우知友 같기도 하다. 허나 남자와 여자이기도 하니 은밀한 마음이 생기는 것 또한 부인할 수가 없구나. 네가 정녕 미색이니 내 마음이 동한다."

이선은 직설적으로 이야기했다. 빙애의 얼굴에 당혹감이 어렸다. 오늘 이런 이야기가 오가리란 생각은 하지 못한 터였다.

"소녀는 대왕대비마마께 속한 궁녀인지라 이 만남도 실로 조심스러운 것인 줄 알고……"

"그것은 내가 알아서 할 일이다. 내가 묻고자 하는 것은 이것이다. 아직도 너는 너의 마음속 정인에 대한 그리움을 지우지 못하였느냐? 여태 내가 그자보다 네 마음을 차지하지 못하였느냔 말이다."

빙애는 고개를 떨구었다. 시훈 오라버니. 오라버니에 대한 마음을 세자 저하가 묻다니. 그녀의 가슴속에 난 동공洞空으로 바람이 든 것처럼 몸이 시렸다. 빙애가 아무 답도 하지 못한 채 고개를 숙이자, 잠시 그 모습을 바라보던 이선이 침묵을 깼다.

"알았다. 아직이로구나. 그 정인이 네게 그토록 소중한 자였더냐. 너와 그 사내가 어떤 추억을 쌓았는지 실로 궁금하다. 허나 그것을 묻는 것은 너에게도, 그리고 나에게도 좋은 일이 아니겠지. 내 너무 답답한 마음에 너를 보니 마냥 도피하고 싶어 해본 말이다. 허나…… 내가 이리 말한 이상, 너도 네 마음을 다잡고 내게 마음을 열도록 노력하라. 네가 궁인이 되었고 내가 너를 좋아하니, 때가 되어 너를 취함은 피치 못할 바다. 그러니 너도 마음을 추스르도록 하여라."

이번에도 빙애는 아무 말도 못한 채 머리만 조아렸다. 세자가 그녀를 원하리라는 것은 그녀의 계획에 없던 일이었다. 하지만 세자의 여인이 되면, 임금에 대한 복수에 한 걸음 더 다가설 수도 있었다. 아니다, 그것은 변명에 불과했다. 사실 빙애는 세자가 싫지 않았다. 자신의 몸을 취하겠다는 명에 극심한 거부감을 느끼지 않은 것은 그런 까닭이리라. 그에게 공감하고 연민을 느꼈기 때문이리라. 하지만 그것은 시훈 오라버니가 자신의 몸을 힘껏 안았을 때 그녀 안에 영원히 각인된 그 열기와는 다른 종류의 것이었다. 세자에 대한 이 감정을 무어라 불러야 할지 빙애는 아직 알지 못했다.

이제 어떻게 하나. 시훈에 대한 마음의 정절을 지켜야 하나, 세자의 명을 따라 목표를 향해 한 걸음 더 나아가야 하나. 정절을 지키는 것이 가능한 일인가. 세자의 명을 거부할 방도는 자결밖에 없질 않나. 아무것도 이루지 못한 채. 그렇다면 궁녀로 보낸 지난 몇 년은 무슨 의미를 지니는 것일까. 자신의 삶은 무슨 의미를 지니고 무엇을 향하고 있는가. 빙애는 자문하였다.

갈등하는 빙애의 모습을 물끄러미 바라보는 이선의 심사 역시 미묘했다. 죽은 사내를 질투하다니 스스로가 못나게 느껴지기도 했고, 기껏 범부凡夫 하나 때문에 궁녀에게 거절당했다는 사실에 분이 치밀기도 했다. 하지만 빙애의 눈망울에 어린 눈물을 보자 가슴이 미어졌다.

'오늘은 빙애를 괜히 불렀구나. 마음의 위로를 얻고자 불렀는데, 내 마음의 갈등만 더 깊어졌으니. 그러나 어찌할까. 이 아이만은 진정으로 갖고 싶다.'

이선은 짐짓 위엄을 가장해 말하였다.

"나를 위로하라 너를 불렀거늘 외려 나를 가슴 아프게 하는구나. 다시 부를 터이니, 오늘은 그만 나가보아라."

"소녀, 송구하옵니다."

빙애는 절을 올리고 세자 앞에서 물러났다.

선은 빙애가 떠난 방에 홀로 앉아 잠시 상념에 젖어들었다. 빙애가 나간 지 얼마 되지도 않았는데 벌써 세상이 차갑게 식어버린 듯했다. 다시 그에게 외로움이 깃들었다. 한차례 한탄과 번민이 스쳐간 다음에도, 여전히 빙애의 얼굴이 떠올랐다. 그는 빙애가 앉았던 곳을 향해 속말을 뱉어냈다.

"내, 너만은 필경 내 것으로 가지고 싶다."

14

    도규는 눈앞의 사내가 청풍회를 진두지휘하며 밀주단들을 격파하던, 영원한 암행어사 박문수 대감이 맞는지 실로 의심스러울 정도였다. 그의 연한年限이 얼마 남지 않았다는 것을 실감할 수 있었다. 세월 앞에 장사가 없다지만 그럼에도 불구하고 왠지 모르게 서글펐다. 그에게는 아버지 장붕익 대감보다도 더 자신을 들여다보아준 어른이었다. 아버지는 적출 자식에 애정을 쏟느라, 도규를 살뜰히 돌봐주진 못했다. 그래서 그가 아버지인 줄은 알았고, 그런 아버지가 자랑스럽긴 하였으나 부정을 따사로이 느껴본 적은 없었다. 응당 이리 살아라, 저리 살아라 하는 말도 듣지 못했다. 그저 그가 자신의 아버지처럼 살고 싶어 그리 살아왔을 뿐이었다. 정작 아버지의 원수들에게 화를 입은 건 도규 자신이었지만.

    그렇게 그저 보잘것없는 무사로 살아가던 도규를 청풍회라는 이름 아래 불러 목표를 주고, 한층 크게 키워준 이가 바로 박문수 대감이었다. 복수에 대한 그의 열망을 늘 우려하고 누그러뜨리려고 했던 것도 박문수 대감뿐이었다. 그런 말을 들을 때마다 듣는 둥 마는 둥 하였으나, 그것이 다 자신을 아끼는 애정에서 나온 것임은 의심할 수 없었다. 서출 출신의 무인을 장차 보위에 오를 세자에게 붙여준 것도 바로 박문수 대감이 아니던가.

그런 대감이 눈앞에 초췌한 몰골로 누워 있었다. 몸은 마르고 생명의 기운은 거의 바닥까지 타들어갔으나, 그의 표정은 평온해 보였다. 세상을 당당히 살아낸 자만이 누릴 수 있는 죽음의 한 모습이리라. 도규는 안쓰럽고 동시에 존경스러웠다.

박문수가 힘겹게 손을 들어올렸다. 도규가 얼른 그의 손을 잡았다.

"대감, 도규입니다. 알아보시겠습니까?"

"허허, 이 친구가. 내 기력이 쇠하고 오늘내일하기로서니 사람 하나 못 알아볼까 싶어 그러나. 그래, 세자 저하를 지척에서 모시느라 바쁠 터인데 어찌 이 먼 걸음을 하였는가."

"어찌 먼 걸음이겠습니까. 세자 저하께서도 직접 오시지 못함을 아쉬워하시며 제게 안부를 전하셨습니다. 어서 쾌차하셔야지요."

하지만 도규의 시선에 비친 박문수의 용태는 자못 심각해 보였다. 다시 소생하기는 어려울 듯했다. 박문수가 도규의 시선을 느끼며 말했다.

"보다시피 내 연한은 이미 끝난 것이나 마찬가지네. 이만한 인생이면 나무랄 게 없질 않겠나. 사람이 때가 되어 흙으로 돌아가는 것은 자연의 이치이고 세상의 순리라네. 이처럼 죽음에 임박해서야 비로소 알게 되고 보이게 되는 것들이 있으니, 인간의 삶이란 얼마나 우둔한가 말일세."

도규의 가슴에 먹먹함이 깃들었다. 지금 그의 눈앞에서 위대한 위인 하나가 소진되어가고 있었다. 그 스러짐이 덧없이 느껴져 그는 아련했다.

박문수는 다시 도규를 잡은 손에 미약한 힘을 불어넣었다.

"아직 먼 일 같겠지만, 자네도 결국엔 알게 될 걸세. 세상에는 온전히 옳은 것도 없고 온전히 그른 것도 없다네. 사람들은 저마다의 살아갈 이유가 있는 법이고 그것은 그것대로 온당한 법일세. 내가 절대적으로 옳다고 믿고 어떻게든 좇으려 아등바등했던 것들이 막상 죽음 앞에 서면 실로 부질없는 일이었다는 생각, 그런 것들도 있다네."

도규는 박문수의 이야기가 어디로 뻗어갈지 알고 있었다. 근래 들어 박문수 대감을 만날 때면, 늘 화제가 되어온 이야기였다. 마치 그 자신의 마지막 소명이라도 되는 듯, 그는 도규를 개심시키려 했다. 하지만 도규의 마음에는 아직도 그날의 아픔이 선연했다.

"그래, 자네도 알게 될 걸세. 자네가 좇는 것, 그 부질없는 복수를 향한 일념이 얼마나 자신의 삶을 갉아먹었던 것인지 말이야. 내 곰곰이 생각해보았는데, 내가 자네를 안 이후로 자네 웃는 모습을 한 번도 본 적이 없는 것 같네. 자네 아픔이야 알겠지만, 그래서야 어찌 사람 사는 맛을 알겠나."

"소인도 홀로 있을 때 외따로 웃을 일이 종종 있습니다. 중권이

나 휘나 만석이가 농을 할 때도 그랬고 말입니다."

박문수는 힘겹게 고개를 저었다.

"진짜 마음 깊은 곳에서 우러나오는 즐거움을 말하는 걸세. 자네에겐 늘 어두움이 드리워 있어. 남은 생이 얼마가 될지도 알 수 없는데, 그 남은 생은 좋은 처를 만나 새로 자식을 보며 그리 사시게. 결국 죽을 날이 오면 곁에 있어줄 사람 하나가 가장 소중한 법이라네."

"소인, 새겨듣겠습니다."

그는 곧 떠나려는 자에 대한 예의를 갖춰 대답했다. 하지만 정작 그럴 마음은 들지 않았다. 모든 것이 부질없다 해도 그놈의 목을 쳐야 눈을 감고 편히 죽을 수 있을 것 같았다. 이 땅에서 새로 처자식을 보는 것보다, 비명에 간 처자식을 저세상에서 만나 원수를 갚았다는 이야기를 들려주고 싶었다.

박문수 역시 그의 말을 곧이곧대로 믿지 않았다. 하지만 이제 다시 만날 수 없을 터이니, 그는 허심탄회하게 할 말을 해주고 싶었다.

"내 한평생 옳고 그름의 원칙을 지키며 성실히 살았다 자부한다네. 그리고 또한 이만한 위세와 부를 누렸으면 한 사람의 생으로 부족함이 없다 여기네. 허나 마음에 걸리는 것은 늘 있게 마련이라, 여기 몸져누워 있으니 이것저것이 떠오르네. 젊어서 아내와 살가운 정을 나누지 못했던 것하며, 자식놈들 클 때 전국을 떠도느라 정을 도타이 하지 못했던 것도 돌이킬 수 없는 후회이지. 내가 조금 더 열심히 했더라면 더 좋은 세상을 볼 수 있었을 터인데, 하는 후회도 없진 않다네. 그런 후회들 가운데 자네와 내가 나눌 만한 것이라면 구선 대감의 일이 있다네. 그이는 역적으로 그리 죽을 사람은 아니었네. 그저 자신의 대의에 따라 살았고, 소박하게 귀향하여 살던 사람이었어. 그 마음의 곧음은 내가 잘 알고 있었건만, 나는 그이를 사지로 몰아넣었지."

박문수가 힘겹게 말을 이었다. 도규가 한마디 하려 하자, 박문수가 손을 내저었다.

"듣기만 해주게. 우리는 그이의 하나뿐인 아들도 죽였지. 그이가 전처에게 얻은 아이들도 하늘이 무심한 탓인지 다 죽고 그 아이 하나뿐이었는데. 우린 오랜 내력을 지닌 한 가문의 대를 끊어버린 것이라네. 그리고 그 딸아이. 그이가 양녀로 들였다던 아이 말일세. 살았는지 죽었는지 알 길 없는 그 아이가 요즘 종종 생각이 난다네. 그 아이 손을 잡고 미안하다고 말해주고 싶네. 만일 자네가 살아가는 동안 그 아이를 만나거든 해치지 마시게. 구선 대감에 대한 자네의 입장까지는 뭐라 할 수 없어도, 그 아이는 실제로 그이의 딸도 아니질 않나. 그 일로 그 아이의 삶도 얼마나 팍팍해졌겠는가. 연민과 자비의 마음을 가지시게. 살아 있다면, 그 또한 하늘의 뜻으로 받아들이고 자네가 보살펴주게. 이건 내 친구를 위해 부탁하는 걸세. 자네 마음이 내키지 않아도 날 보아 그리 해주게."

도규는 까마득하게 잊고 있던 윤구선의 양녀를 떠올렸다. 이미

가물가물했다. 그 아이의 문제는 이미 끝난 것이나 마찬가지였다. 구선의 호적에도 이름이 없고, 행적도 알 수 없으니. 그리고 세월도 많이 흘렀다. 구선의 일로 내내 괴로워하던 박문수의 기억에만 남은 일이었다. 도규는 알았노라 대답했다.

"그리고 내 부탁이 또 하나 있네. 세자 저하를 잘 모시게. 헛된 복수에 목을 매지 말고, 세자 저하의 든든한 버팀목이 되어주게. 내 그분을 잘 아네. 그분은 서출이라 하여 사람을 차별하는 분이 아니야. 그분이 임금이 되시면 서얼들도 능력에 따라 인정받는 세상이 열릴 걸세. 내가 자네를 그분에게 추천한 건 그런 까닭도 있었어. 그분은 성군이 되실 걸세. 자네는 모르는 조정의 불합리하고 추악한 것들을 일소하실 수 있는 분일세. 내가 소론 쪽이라 하는 말이 아닐세. 내 비록 소론이나 당색 없이 지금껏 살아왔네. 이것은 내가 보는 사람 됨됨이의 문제라네. 그분을 잘 보필하게. 적이 많은 분이니 자네가 그 곁을 지켜주게. 자네의 무예라면 능히 그러고도 남을 걸세. 그것은 세자 저하와 자네 모두를 위해 최선의 길이 될 걸세."

도규는 역시 고개를 끄덕였다. 하지만 이번에는 그의 마음도 불편했다. 도규의 머릿속에 노론 영수들과의 약조가 떠올랐다. 이후 종종 우상 대감의 부름에 응하곤 하였다. 그런 이중생활은 그의 성정과 맞지 않던 것이라, 그도 마음이 편치만은 않았다. 그런 심적 갈등이 자연스레 표출된 탓인지, 세자도 그에게 어느 정도 거리를 두는 것이 느껴졌다. 세자는 종종 주변 사람들을 모두 물리곤 하였다. 그를 비롯한 익위사의 호위무사들 또한 먼발치에서 보초를 서야 하는 밤도 있었다.

"소인, 그리하겠습니다."

도규는 꺼림칙한 마음을 애써 누르며 대답했다. 박문수가 만족한 듯이 고개를 끄덕였다.

"고맙네, 고마워. 내 자네를 노년에 얻은 아들처럼 여겼다네. 내 비록 살아 지켜보지는 못해도 저세상에서 자네의 평안을 내내 바라겠네."

그 대목에서는 다부진 도규도 눈시울이 붉어졌다. 처자식을 잃고, 아버지 사후 적출인 형제에게서도 멀어져 그는 내내 혼자였다. 그런 그를 아들처럼 대해준 것은 박문수 대감뿐이었다. 잔소리가 듣기 싫으면서도 그가 부르면 한달음에 달려오곤 했던 것도 결국 그런 따스함 때문이었다.

"소인에게도 대감은 실로 아버지 같은 분이셨습니다."

"그래, 고맙네. 내 아버지의 마음으로 한 충고, 그냥 버리지 말고 챙겨두시게. 그리고 부디 웃으며 사시게."

도규는 마지막이 될지도 모를 큰절을 올린 후 방을 나섰다.

그 마지막 만남이 있은 지 채 보름이 안 돼, 영원한 암행어사 박문수가 세상을 떠났다. 가족들 품에 둘러싸인 채 맞이한 평안한 죽음이었다.

15

첫 술을 받아내는 순간, 산채에 요란한 함성이 울려퍼졌다. 필요한 장비를 갖추고, 산적질밖에 모르던 산채 사람들의 시행착오를 거치느라 거의 일 년의 시간을 쏟았다. 시훈은 이왕 다시 술을 빚을 것이라면, 어설픈 흉내만 내서는 안 된다고 생각했다. 그것은 아버지 구선이 품었던 자부심을 그대로 물려받은 것이었다.

그 일 년은 시훈에게 소중한 시간이었다. 감홍로를 부활시킨다는 일념 덕에 자신을 억누르던 죄책감과 그리움에서 조금이나마 해방될 수 있었던 것이다. 마치 미친 사람처럼 그는 감홍로 주조에 목을 맸다. 그런 열의에 전염된 까닭인지, 수차례의 실패와 수천 개의 술동이를 깨는 경험을 반복하면서도 산채 사람들은 묵묵히 따랐다. 이 일은 산채 전체에, 나이는 어려도 시훈의 지도력이 탁월하다는 인상을 남겼다. 막상 술도가를 꾸리면서부터는 적만이 두목으로서 할 일이 별로 없었다. 아귀 패와의 분열로 그의 지도력이 사실상 금이 간 상태였던지라, 사람들은 자연스레 시훈의 목소리에 더 귀를 기울였다. 시훈은 그럴 의도가 전혀 없었지만, 주조를 업으로 삼은 산채에서 새로운 권위는 그에게 있었다.

그사이 시훈이 한 일은 술 제조뿐만이 아니었다. 그는 아귀 패와의 일전을 통해 산채가 스스로를 지킬 역량이 결여되어 있음을 새삼 깨달았다. 그래서 그는 매일 한두 식경씩 꼭 무예 훈련을 시켰다. 연령대별로 소화할 수 있는 기술들을 가르쳤다. 느리긴 해도 점점 무도를 익혀나가자 그들 사이에서도 자연스레 질서가 잡혔다. 일 년 전과 지금의 그들은 전혀 다른 사람들 같았다. 그런 변화를 몸소 느끼는 사람들이 시훈을 남달리 대하는 것은 자연스러운 일이었다.

그리고 마침내 명맥이 끊겼던 감홍로가 다시 세상에 모습을 드러냈다. 그것은 고생한 보람이 있을 만큼 달고 쓰면서도 깊은 맛을 냈다. 모처럼 산채에 큰 잔치가 벌어졌다. 고기가 올라왔고, 각종 산나물과 색색의 전들이 성대한 잔칫날처럼 펼쳐졌다. 이날만큼은 누구 하나 빠지는 법 없이 우두머리에서부터 저 망보는 종자까지 모두 흥에 빠졌다. 땀 흘려 생산하는 기쁨을 오랫동안 등지고 살아온 터라, 그 흥은 더욱 크게 느껴졌다. 주안상의 주빈은 그들이 직접 빚어낸 감홍로였다.

음률을 제대로 아는 자가 없어 명선이 피리를 불었다. 고기를 먹지 않는 그도 술은 두어 모금 입에다 댔다.

"내 술맛은 잘 모르고 살아왔다만, 이 술이 기가 막힌 것은 혀 잃은 자라도 알겠구나."

향아 역시 시훈이 따라준 술을 들이켜고는 어지럼을 느끼면서도 헤벌쭉했다.

"실로 맛난 술이오. 이리 좋은 술을 나라님은 왜 금하실까."

시훈은 아버지가 떠올라 잠시 생각에 잠겼다. 예전처럼 괴롭지만은 않았다. 적어도 저세상에 가서 아버지에게 감홍로의 명맥만큼은 이었다 말할 수 있으리란 생각에 씁쓸하면서도 한편으로는 뿌듯했다. 실로 오랜만에 맛보는 만족감이었다.

다들 술에 취해갔으나, 무도를 배운 탓인지 크게 흐트러지지는 않았다. 그것도 변했다면 변한 일이었다. 무엇보다 술을 미친 듯이 탐닉하던 아귀 패가 떠난 후인지라 평안한 분위기가 내내 이어졌다. 아귀 패에서 전향한 자들 몇몇의 속내가 여전히 의심스럽기는 하였지만, 적만과 시훈이 지켜보는 앞에서는 감히 어찌할 수 없는 노릇이었다.

한창 흥청망청 취흥이 좌중에 퍼져갈 때, 갑자기 적만이 자리에서 일어섰다. 시선이 일제히 두목에게 쏠렸다. 그가 굵은 목소리를 가다듬었다. 그의 목소리가 옅은 취기에 흔들렸다.

"오늘은 실로 경사스런 날이다. 우리 같은 도적놈들이 남의 것만 훔치다가 이제 우리 손으로 이런 값진 것을 만들어냈으니 어찌 기쁜 일이 아니겠는가. 나처럼 무뚝뚝한 사나이도 이 술이 녹여내니, 이걸 내어다 팔면 전국 팔도에 아니 사갈 자가 없을 것이다!"

좌중이 일제히 와와 하고 소리치며 화답했다. 적만이 다시 사람들이 잠잠해지기를 기다려 말을 이었다.

"이 모든 것이 시훈이 이 친구 덕분이다. 우리가 늘 사람들을 해치기만 했지 구해본 적은 별로 없는데, 이 친구를 스님과 향아가 구하고 우리 산채가 받아들인 것이 복 중의 복이다. 다들 그렇지 않은가."

그러자 이번에는 모두들 시훈의 이름을 연호했다. 시훈이 계면쩍은 마음에 손을 내저었다. 적만이 그런 그를 보며 계속 말을 이어갔다.

"이제 이 산채에서 내 역할은 끝났다."

갑작스런 선언에 흥청거리던 좌중이 일순 잠잠해졌다. 무슨 말을 하려나 싶어 다들 눈이 동그래졌다.

"그간 모자란 내 밑에서 다들 애썼다. 나름 노력했으나 어차피 내 능력을 넘어선 일이었다. 이제 주조의 업으로 갈아탔으니, 우리 산채로서도 새 시대를 맞은 셈이다. 새 일은 새로운 사람과 함께함이 좋을 것이다. 나는 이제 두목 자리를 시훈이 이 친구에게 넘기려 한다. 나 때문에 걱정할 것은 없다. 나는 그것으로 짐 하나를 내려놓고 후련하게 살고자 하니, 다들 함께 새 두목을 기쁨으로 맞이하라. 이견이 있다면 지금 이야기하라!"

시훈이 자리에서 벌떡 일어났다.

"그게 무슨 말입니까, 두목. 두목이 이 모든 일을 승인하고 밀어주었기에 가능했던 일이었소. 나처럼 어린 자가 감당할 일이 아니오."

적만은 바로 손을 내저었다.

"겸양 떨 것 없다. 너를 위해서가 아니라 이 산채의 모두를 위함이니. 내가 이리 하는 일 없이 자리만 보전하고 있으면 욕을 먹을 거다. 애초에 이 자리도 내가 맡고 싶어 맡은 것이 아니라 떠맡겨진 것에 불과하니 사양 마라. 나 역시 산채의 일원으로 힘을 보탤 것이다. 이미 스님과도 이야기가 된 바니 더는 사양치 말고. 게다가 이 술을 내다 팔기 시작하면 이 산채가 더욱 주목을 받게 될 터이니, 그때도 나보다는 무예가 탁월하고 전술을 아는 네가 적임이야. 그러니 그만 산채의 뜻을 받아들이도록 해라."

시훈은 어리둥절한 전개에 명선을 바라보았다. 명선이 고개를 끄덕여 동의를 표했다. 시훈이 어쩔 줄 몰라 하자, 산채의 사람들이 다시 환호성을 올렸다.

"윤시훈! 두목! 윤시훈! 두목!"

누구 하나 반대하는 자가 없었고, 적만은 후련한 표정을 지어 보였다. 향아도 빙그레 웃고만 있었다. 말은 투박하게 해도 속 깊은 효녀인지라, 여느 때 같으면 시훈에게 냉큼 달려와 매달릴 그녀도 이번에는 가만히 웃고만 있었다.

스님이 다가와 그의 어깨를 툭 쳤다.

"두목의 말은 진심이야. 그러니 너도 그만 받아들이거라. 어쩌면 너를 이리 보낸 것도 이들을 이끌라는 하늘의 뜻일지도 모르지. 자, 새 두목을 기다리는 저치들에게 인사 한마디 하시게나."

시훈이 좌중의 간절한 눈들을 바라보며 마침내 결심을 굳혔다.

"적만 두목에 비해 내가 모자란 것이 많음은 주지의 사실이나,

일이 이리되었으니 내 열심히 이끌어보겠소. 내 미처 깨닫지 못하였는데, 방금 적만 두목이 말한 대로 어쩌면 이 나라의 금주령과 정면으로 부닥칠지 모르니 그에 대한 대비도 철저히 해야겠다는 생각이 드오. 허나 이 술은 조선 제일의 술이니 실로 자부심을 누려도 될 것이오. 우리 모두가 세상으로부터 배척받고 버림받아 예까지 이른 자들이지만, 사람답게 살지 못할 이유가 어디 있겠소. 우리가 한마음으로 힘을 모으면 누구도 우리를 해하지 못할 것이고, 하나의 사람으로서 임금 못지않은 자부심을 가슴에 품고 살 수도 있을 것이오. 우리, 그리 한번 살아봅시다!"

산채가 떠나갈 듯한 환호가 터져나왔다. 발을 구르고 소리를 지르는 통에 산 전체가 들썩이는 듯했다. 시훈이 적만에게 가서 술을 따랐다.

"두목, 수고 많으셨소. 두목이 이루어놓은 것에 누가 되지 않게 하겠소."

"내가 이룬 것이 뭐가 있다고. 다들 불쌍한 자들이니 잘 이끌어주게. 그리고…… 우리 향아도 잘 부탁하네."

향아가 뒤에서 수줍게 얼굴을 붉혔다. 부끄러워서인지, 감홍로의 취기가 오른 탓인지 알 수 없었다. 아마도 둘 다일 터였다. 시훈은 잠시 당황했으나, 이내 스님이 그를 돌려세워 그의 이름을 연호하는 사람들 사이로 밀어넣었으므로 자연스럽게 자리를 벗어났다.

그들에게 둘러싸인 채, 그는 생각했다.

'참으로 인생은 알 수 없는 일투성이로구나. 내가 산적 두령이

되다니. 여기 빙애가 함께 있었더라면……'

그랬다면 그로서는 더 바랄 나위가 없었을 것이다. 비록 몰락한 양반으로 산채에서 남은 생을 소진한다 하더라도 후회는 없을 것이었다.

16

일개 나인에 불과한 빙애를 아껴주던 대왕대비가 정축년丁丑年 (1757년) 봄날의 늦은 밤 운명하였다. 빙애가 궁에 입궐한 지도 어느덧 칠 년째를 맞고 있었다. 그녀의 목표는 향배 없이 휘둘렸고, 예측 불가한 기이한 끌림에 의해 세자와 이렇다 저렇다 특정할 수 없는 관계가 되기에 이르렀다. 그 초조한 나날들 사이에 마침내 일대 전환이 될 일이 벌어진 것이다.

대왕대비의 죽음을 대하는 빙애의 마음은 여느 궁녀들과 사뭇 달랐다. 자신을 알아주고 보살펴준 어른이었다. 칠 년의 세월을 복수를 향한 집념에 가득 차 있었다 해도, 사람살이의 정을 느끼지 못할 리는 없었다. 빙애의 마음에 깃든 첫 감정은 슬픔이었다. 그녀 주변의 소중한 인연들은 왜 이리도 다들 먼저 떠나버리는 것인가. 구선이 그랬고 김씨 부인도 그러하였으며, 그녀의 하나뿐인 정인도 마찬가지였다. 친부와 친모는 말할 것도 없었다. 이제 그녀는 무엇을 더 잃을 수 있을까 하는 생각이 들 정도였다. 심중의 목표 때문에 스스로 고립될 수밖에 없었던 빙애에게 살가운 정을 보여준 노대비의 죽음은 그녀의 마음을 서글프게 만들었다.

그 슬픔 사이를 비집고 불안감이 차올랐다. 그녀는 입궐만 하면 어떻게든 임금에게 접근해 그를 시해할 수 있으리라 기대했다. 칠 년의 세월을 궁에서 보내며, 그것이 얼마나 순진한 계획이었는지 깨달았다. 접근은커녕 얼굴 보기조차 힘들었다. 임금은 범접할 수 없는 장막 안에 가려져 있었다. 그럴수록 더욱 애가 탔지만, 궁녀 한 사람의 의지는 거대한 궁의 세계에서 아무것도 아니었다. 그녀는 무기력에 빠졌다. 아무것도 할 수 없고 아무것도 이루지 못했는데, 그녀의 보호막마저 사라졌다. 더욱 두려운 것은, 때로 모시던 상전의 죽음이 출궁으로 이어지기도 한다는 점이었다. 그것은 희망의 소실, 삶의 목적의 상실을 의미했다. 최소한 임금의 최후를 보고 싶었다. 곁에서 저주라도 던지고 싶었다.

빙애는 문득문득 세자의 얼굴이 떠올랐다. 세자를 생각할 때마다 빙애의 마음은 한층 더 복잡해졌다. 대왕대비도 그랬지만, 세자도 어찌 된 영문인지 일개 궁녀에 불과한 자신을 진심으로 대해주었다. 그의 아버지와 달리, 그는 속내가 어둡지 않고 공평한 사람이었다. 어쩌면 그가 마지막 희망일지 모른다. 이상하게도 빙애는 세자를 만날 때면 마음이 은근히 들떴다. 그의 아버지가 그를 영 못마땅해한다는 소문을 들어서일까. 그가 보위에 올라 만들 세상은 구선과 시훈을 죽음으로 몰아간 세상과는 다를 것이라는 믿음이 생겨서일까. 아니면 그저 그가 자신을 한 여인으로 다정히 대해주어서일까. 하지만 세자에게 기대는 것은 결국 시훈을 향한 마음을 배반하는 일이 될 수도 있었다. 세자는 언젠가 자신을 품겠다는 의지를 공연히 하지 않았던가.

곡소리가 궐에 울려퍼졌다. 구슬펐다. 대왕대비를 생각하니 구슬프고, 자신의 무기력함을 생각하니 서러웠다. 구선과 김씨 부인, 시훈은 죽어 곡소리 한번 듣지 못했다는 생각에 미치자 그녀는 기어이 눈물이 났다.

대왕대비가 입관할 때 입을 수의의 마감을 잡다 눈물을 흘리고 있으니, 곁에서 거들던 명주가 이해한다는 듯이 고개를 끄덕였다. 그러더니 저도 울먹이며 말했다.

"나도 이리 슬픈데, 대왕대비마마께 귀애를 듬뿍 받은 언니는 얼마나 슬플까. 마마께서 돌아가셔서 슬픈 건지, 언니가 슬퍼서 슬픈 건지, 나도 모르겠소. 그냥 막 슬프네."

이상하게도 그런 명주도 가여웠다. 그래서 빙애는 명주를 꼬옥 안아주었다. 이제는 친동생 같은 명주였다. 자신이 큰 사고를 치면 이 아이에게도 화가 미칠지 몰랐다. 새로운 관계가 생길 때마다 마음이 흔들리는 자신을 보는 것 또한 빙애로서는 고역이었다.

명주가 빙애의 품에서 울먹이며 말했다.

"언니, 우린 이제 어찌 될까요? 도는 소문을 들어보니 대왕대비전의 궁녀들을 출궁시킨다는 말이 있더라고요. 이제 나가면 혼인도 못할 몸인데, 무얼 하고 살아야 한단 말이에요? 언니처럼 재주도 없는데 나는 어찌 살아야 할까요?"

명주 역시 미래가 두려운 것이었다. 궁에 입궐할 때 이미 평생 혼약하지 않기로 맹세한 몸이었다. 출궁된다 해서 그 맹세가 효력을 잃는 것은 아니었다. 이 얼마나 비참한 일인가. 빙애는 명주의 등을 어루만지며 말했다.

"항아님, 너무 걱정 말아요. 아직 어찌 될지 모를 일이니, 우리 마음을 단단히 먹어요. 혹 밖에 나가게 된다면 나와 같이 옷을 깁고 살면 되니 어떻게든 되겠지요."

그 말에 명주가 눈물로 얼룩진 얼굴을 들고 반색했다.

"언니, 참말이오? 나처럼 재주 없는 것도 언니 곁에서 일 거들며 살 수 있는 거요?"

빙애는 고개를 끄덕여주었지만, 속내는 달랐다. 누가 누구를 거둔단 말인가. 빙애는 출궁을 당하면 더는 살 수 없을 것 같았다. 하지만 당장은 명주에게 힘이 되어주고 싶었다.

명주는 마음이 좀 놓인 듯 차분해져서 빙애와 함께 말없이 하던 일을 계속했다. 둘이 수의의 마감을 짓고 있는데, 대왕대비전의 지밀상궁이 얼굴을 내비쳤다. 그 뒤로 옷감을 수거해갈 어린 나인들이 줄줄이 들어왔다.

"다 되었느냐?"

"네, 마마님."

상궁의 눈가에도 눈물 자국이 얼룩졌다. 대왕대비 못지않게 나이를 먹은 노상궁의 눈물은 진심이리라. 삶의 팔 할을 대왕대비를 모시며 소진해온 인생이었다. 대왕대비처럼 뼛속까지 노론의 사고로 무장한 채, 그리 살아온 세월이었다. 대부분의 궁녀들처럼, 자기 소신이 있어서라기보다는 그 길 말고는 달리 생각할 여지가 없었기 때문이리라.

"잘 지었다. 마마께서 네 옷을 참 좋아하셨는데, 그 옷을 입고 가시게 되었으니 잘되었다."

그녀가 눈물을 감추며 애써 위엄을 보였다. 아직 철모르는 새앙각시들이 얼른 옷가지를 챙겨들고 나섰다. 상궁이 빙애에게 말했다.

"밖에 널 찾는 자들이 기다리고 있다. 가보거라."

"네."

빙애의 가슴이 뛰었다. 세자가 보낸 사람일 터였다. 설렘과 두려움이 혼재되었다. 어느 쪽도 이유가 분명치 않은 감정들이었다. 빙애가 얼른 밖으로 나갔다.

하지만 감찰상궁이 기다리고 있을 거란 예상과 달리, 몇 차례 만난 적이 있는 동궁전의 궁녀 둘이 그녀를 기다리고 있었다. 마흔 줄로 보이는 여인이 다짜고짜 빙애에게 말했다.

"빈궁마마께서 자넬 보자시니 채비하여 따르게."

빙애는 순간 자신이 실망감을 느꼈다는 사실에 스스로 놀랐다.

17

세자빈은 상중이라 몸가짐이 여느 때보다 단정하고 복색이 소박했다. 그녀는 장차 국모가 될 자질이 충분한 사람이었다. 사람들에게 고루 공평했고, 칭찬을 할 때와 다스릴 때를 알았으며, 벼락출세한 아비와는 달리 타고난 기품이 있었다. 검소하였고, 아리땁기도 모자람이 없었다. 경국지색이라 할 정도는 아니었어도, 그 단아함이 그녀를 미색으로 보이게 했다.

'이런 분이 세자 저하의 든든한 편이 되어주었더라면, 그분의 허허로운 마음을 조금만 헤아려주었더라면……'

빙애는 눈앞에 앉은 세자빈을 보며 그런 생각이 먼저 들었다. 그랬더라면 세자는 한결 평안한 얼굴을 가질 수 있었을 것이다. 빙애 자신을 불러 위로를 얻으려 들지도 않았을 것이다. 그랬다면 세자는 자신과는 무관한 인물이 되었을 것이고, 빙애는 자신의 길만 묵묵히 걸었을 터였다. 그 모든 일이 어쩌면 세자에 대한 세자빈의 몰이해에서 비롯된 듯하여 빙애는 마음이 불편했다.

"너도 참으로 슬프지 않느냐?"

빈은 낮은 목소리로 빙애에게 물었다.

"네, 마마. 소녀가 대왕대비마마께 입은 은혜를 생각하오면……"

말을 꺼내고 보니, 빙애는 정말로 서글픈 마음이 솟구쳤다. 하지만 남편과 아들을 잃고 자결로 생을 마감한 김씨 부인에 비하면 그 얼마나 평안한 죽음인가, 하는 생각 또한 불현듯 들었다.

"그래, 마마는 정말 훌륭한 어른이셨어. 의지할 데 없는 궁중 생활에 그분이 계시지 않았더라면 얼마나 적막하였을까."

진심이 어린 목소리였다.

"궁중 생활이 이리 슬픈 것인 줄 알았더라면, 내 다른 길을 택할수도 있었을까. 어때, 너도 그런 생각을 할 때가 있지 않느냐."

골백번도 더 했다. 아무 일도 없었더라면, 그 모든 굴곡을 만들어낸 순간들이 그저 꿈일 뿐이었더라면. 그랬다면 어떤 삶을 살았을까. 시훈과 혼인하였을까. 아니, 그것은 그리되지 않았을 것이었다. 결국엔 다른 남자의 여인이 되어 시훈을 가슴에 품고 살아야 했을 터였다. 어쩌면 그녀는 이 세상에서는 시훈과 연을 맺을수 없도록 운명 지어진 것일 수도 있었다. 하지만 그렇다 해도, 그가 살아 있어 간간이 들려오는 소식과 오누이 사이의 정다운 서신만으로도 행복했을지 모른다.

"저같이 미천한 것에게 다른 길이라는 게 있겠사옵니까, 마마."

"알 수 없는 일이 아니냐. 신분이 다르다 해서 사람 마음의 생각하는 바까지 다르진 않겠지. 너도 나처럼 궁에 들어올 때는 어떤 뜻이 있지 않았겠느냐."

세자빈이 어찌하여 그런 말을 하는지 빙애는 의아하였다. 막연하게 빙애는 자신의 거취를 세자빈이 해결해주지 않을까 생각했다. 그런데 어찌 자꾸 마음을 떠보는 것인가. 빙애는 불안감을 드러내지 않으려 애썼다.

"그저 살다 보니 떠밀리어 여기까지 이른 것이옵니다. 궁에 들어가 나라의 어른들을 모시고 살다 보면 제 삶도 좀 더 나아지리라 여겼을 따름이옵니다."

"사실 궁녀가 되는 일은 민가에서 기피되는 일이 아니냐. 많은 궁녀들이 저들의 부모에 의해 어린 나이에 팔려오거나 지방의 공노비 가운데 차출되어 의지와 상관없이 입궁하는 경우가 태반이다. 하지만 그렇게 들어오는 아이들도 궁에 입궐하게 되면 품은 마음 한둘은 생기게 마련이지. 아마 궁녀가 누릴 수 있는 최고의 출세는 왕혈의 승은을 입어 후궁이 되는 것일 테지. 아니 그러냐?"

모를 일이었다. 왜 그런 이야기를 자신에게 하는가. 빙애는 새삼 세자빈의 얼굴을 훔쳐보았다. 그 단아함 뒤에는 속내를 알 수 없는 무서운 무엇이 도사리고 있는 듯하였다.

"하오나, 모든 궁녀들이 언감생심 그런 꿈을 꾸는 것은 아니옵고, 또 그것이 계획한다고 되는 일 또한 아닌 줄로……"

"너는 재주도 많고, 미색도 참으로 곱다. 듣자 하니 네가 글월도

곧잘 읊고, 그림에도 식견이 있다면서? 사대부 선비 못지않게 글씨도 잘 쓴다 하고."

세자빈이 빙애의 말을 잘라먹었다.

"밖에 있을 때 아비로부터 배운 잔재주가 조금 있을 뿐이옵니다, 마마. 하온데, 어찌하여 제게 이런 이야기를……"

"궁에서는……"

세자빈은 잠시 말을 끊어 뜸을 들였다. 무언가 스스로를 헤아리는 듯했다. 그 침묵의 간극이 주는 암시에 빙애는 모골이 송연해질 만큼 소름이 돋았다.

"비밀이란 게 오래 지속될 수 없는 법이다. 가장 어둡고 캄캄한 곳에도, 모든 것이 비어버린 듯한 곳에도, 쥐도 새도 없을 것 같은 곳에도 항상 눈과 귀가 있는 법이지. 마치 궁궐의 담벼락들마저 생명을 지니고 살아 움직이는 듯이 말이야."

빙애의 가슴이 격하게 뛰기 시작했다. 내면의 동요가 겉으로 드러날까 보아, 빙애는 평정심을 유지하려 온 힘을 짜내야 했다. 그런 빙애를 세자빈이 말없이 빤히 바라보고 있었다. 마치 그녀의 가장 깊은 속내까지 꿰뚫고야 말리라는 듯이.

"소녀는 무슨 말씀이신지……"

빙애는 침착을 가장했다. 그래야만 했고, 그럴 수 있으리라 믿었다. 하지만 스스로 생각한 만큼 목소리가 담대하진 않았다.

세자빈이 입을 열었다. 이상하게 그녀의 목소리도 떨렸다.

"내 너를 어찌하면 좋을까. 너를 품는 것이 세자 저하에게도 도움이 될 리가 없지 않나. 어찌 되었건 너는 대왕대비마마께 속한 사람이다. 이것이 궁중 법도에 어긋남은 저하께서도 잘 알고 계실 터인데."

빙애는 저도 모르게 눈을 질끈 감았다. 빈은 모든 것을 알고 있었다. 세자의 은밀한 부름은, 세자나 빙애가 생각한 것만큼 은밀하지 않았던 모양이다. 기실은 은밀할 그 무엇도 없었고, 그저 마음의 위안을 얻고자 한 것뿐이었는데. 하지만 남녀의 은밀한 회합이 어찌 해석될지 모를 나이가 아니었다.

빙애는 두려웠다. 복수의 꿈이 허망하게 부서지려는 까닭일까, 아니면 시훈처럼 세자 또한 영영 잃게 될까 두려운 탓일까. 스스로도 알 수가 없었다. 당장 빈의 처분에 따라 자신의 신변 또한 어찌 될지 알 수 없는 터였다.

"저하께서 내게 마음이 떠난 것을 알고 있고, 그분이 후궁을 간택하여 둘 수 있음 또한 알고 있다. 그래도 세손의 어미로서, 왕가의 한 여인으로서 나는 역시 네가 탐탁지 않다. 혹여 너와의 사이에 아이라도 생기면, 세손에게도 누가 될까 그 또한 염려스럽구나."

분이 가득할 속내를 꾹꾹 눌러 담고 저리 평정심을 유지하고 있는 세자빈이 빙애는 새삼 무섭게 느껴졌다. 유약한 것은 빙애 자신이었다. 속절없는 세월의 흐름에 독기조차 흐릿해지고 마는 범인凡人에 불과한 자신이 원망스러웠다.

"가장 좋은 것은, 이대로 너를 궁에서 내보내는 것일 테지. 네 재주를 생각하면 아쉬움이 있으나 모든 일을 뒷말 없이 무마하는

데는 그것이 가장 좋을 터. 하지만……"

빙애는 그저 담담히 세자빈의 말을 듣고 있었다. 그녀가 할 수 있는 것은 세자빈의 처분에 따르는 것뿐이었다.

"하지만 내 그리한다면, 세자 저하는 나를 또 미워하시겠지. 요즘 부쩍 그분의 기행이 느셨다는 것을 아느냐. 아랫사람에게 불같이 화를 내기도 하고, 얼마 전에는 이유도 없이 궁녀 하나의 목을 졸랐다 하더라. 한밤에 사람 몇을 모아 궁 밖의 기녀를 찾기도 한다 하고. 주상 전하께 자꾸 꾸지람만 들으시니, 그분의 심기가 불편하시기도 하겠지. 하지만 그것이 지나치면 광증이 되는 법. 그러니 너를 내보내면 저하께서 또 어떤 일을 저지르실지 나는 모르겠구나."

금시초문이었다. 지난번 벽서 사건으로 심중에 좌절이 컸다 함은 들었으나, 기행과 광증에 대한 이야기는 들어보지 못했다. 그 담백하고 호방하셨던 분이, 거듭된 좌절에도 불구하고 다시 일어설 용기를 스스로 북돋우던 분이 미쳐가고 있다니. 빙애는 어리둥절한 마음을 감출 길이 없었다. 그런 빙애의 혼란에는 아랑곳하지 않고 빈은 말을 이었다.

"그런 분이 너를 만나면 그리 평안을 얻으신다 하니, 내 너를 어찌 내치랴. 어찌 되었건 그분은 내 부군이시고 장차 이 나라의 주군이 되실 분이 아닌가."

죽을죄를 지었습니다, 라는 말이 나와야 했다. 하지만 빙애는 그러고 싶지 않았다. 죽을죄는 이 나라의 임금이 지었다. 선왕을 독살하고, 평범한 백성의 삶을 박살내었으니 죽어 마땅하다. 자신이 정녕 죽을지언정, 그들에게 그리 비굴하게 굴지는 않으리라. 빙애의 독기가 새삼 다시 피어올랐다. 그리고 그들이 그토록 무너뜨리려 하는 세자 저하가 반드시 왕위에 오르는 것을, 후대에 길이 남을 성군이 되는 것을 보고 싶었다.

"이제 너의 처분은 세자 저하께 달렸다. 다만 나는 네게 이 말만은 해두려 한다. 그분이 너를 품는 것은 내 어찌할 바 아니나, 혹여 세손을 위협하는 일이 벌어지면 나는 내가 할 수 있는 모든 조치를 취할 것이다. 전하께 아뢰든, 사람을 시켜 너를 상하게 하든, 그 무슨 짓이라도 나는 기꺼이 할 것이란 말이다. 오늘 너를 부른 것은 나의 이 의지를 확실히 하고자 함이다. 알아들었느냐."

"네, 마마."

빙애는 담담하게 대답했다. 시인을 하지도, 용서를 구하지도, 패배감을 드러내지도 않았다. 창피하지도 않았고, 더 이상 두렵지도 않았다. 빈 역시 두려운 것이다. 저들도 두려움을 가진 인간이었다.

짧게 답하는 빙애의 대담함에 세자빈이 놀란 듯했다.

"대왕대비마마께서 너를 아끼시었고 나 또한 네 재주를 높이 사 귀애하였건만, 너는 보기보다 참 무서운 아이로구나. 그만 나가보아라."

빙애는 자신이 얼마나 무서운 속내를 숨기고 살아왔는지를 알면, 빈이 어찌 반응할까 생각하며 몸을 일으켰다.

18

이선은 희정당 내실을 나서며 속에서 차오르는 울분을 어찌할 줄 몰랐다. 주상이 그를 불러 또 한 차례 호된 꾸지람을 내린 까닭이었다. 듬직한 체구와 매서운 눈매를 갖춘 그도, 늙고 왜소한 부왕 앞에서는 한없이 움츠러들었다.

어린 시절, 자신을 애정과 자상함으로 대하던 아버지는 이제 어디에도 없었다. 세자는 총명했다. 어린 시절이나 지금이나 한결같이. 그런데 그런 그를 대하는 아버지의 마음은 바뀌었다. 형님인 효장세자가 일찍 죽은 탓에, 뒤늦게 자신을 낳아 세자 책봉을 하고는 삼종의 혈맥이 비로소 이어졌다며 크게 기뻐했던 부왕은, 이제는 그를 자신과는 정견政見이 다른 정적政敵으로 여기는 듯했다. 그런 변모에 노론 간신들이 지대한 역할을 했음은 말할 것도 없었다. 저들 입장에서는 대안만 있다면 세자를 바꾸고 싶을 것이었다. 백부인 경종임금이 노론에 대항하다 맥없이 사그라진 것처럼.

세자는 이제 항간에 떠도는 선왕 독살설을 거의 확신하고 있었다. 그러지 않고서야 황형의 이름을 무시로 들먹이는 부왕의 처신을 해석할 길이 없었다. 과한 것은 아니한 것만 못한 법이고, 거듭 반복되는 신원은 도둑이 제 발 저리는 형국이라 여길 수밖에 없었다. 게다가 지난번 나주 벽서 사건과 토역경과 투서 사건에서 보인 주상의 광분은 실로 의아한 것이었다. 탕평을 운운하던 임금이 소론 세력을 뿌리째 뽑으려 든 것도 그러하고, 경종 시절 뚜렷한 역모의 증거로 처형당한 노론 대신들의 신원까지 이룬 것이 그러했다. 그들에 대한 신원은 결국 자신의 정당성을 입증하려는 처사였다. 이미 재위 삼십 년을 훌쩍 넘겼는데도 임금은 여전히 두려운 것이었다.

부왕이 자신을 더 이상 살가운 아들로, 마땅한 후계자로 여기지 않는 것은 세자로서는 실로 심각한 위협이었다. 그런 부왕의 마음에 들기 위해, 또한 아들로서, 세자로서 소홀함이 없도록 애썼다. 허나 부왕의 마음은 냉랭하기만 하였고, 늘 트집을 잡아 그를 꾸짖었다. 마음껏 대거리라도 하고 싶었으나 그는 세자였고, 그것도 자리보전이 위태로운 세자였다. 자리를 잃으면 목숨을 내놓아야 할 처지였다. 그런 온갖 압박감이 그를 내리눌렀다. 시간이 흐를수록 부왕 앞에서 입을 열기가 어려웠다. 종내는 아찔하여 현기증까지 일고, 며칠 그런 일이 반복되기라도 하면 그 건장한 몸이 폭삭 내려앉고 말았다.

지난번 일이 다시 떠올라 선의 가슴을 무겁게 짓눌렀다. 벽서 사건이 소론의 붕괴로 마무리되어가던 즈음, 노론이 조재호趙載浩 대감의 파면을 촉구했다. 우의정까지 지낸 조재호는 조정 내에서 세자가 믿을 수 있는 가장 든든한 우군이었다. 마음을 토로할 수 있었던 박문수 대감과 이종성李宗城 대감마저 세상을 등진 후였다. 조재호 대감마저 화를 입으면, 사실상 소론은 그 중추가 사라지고 마는 형국이었다. 세자의 실낱같은 희망도 물거품처럼 사라질 터였다. 만에 하나라도 그렇게 된다면, 그는 노론에 의해 축출되거나 전향의 뜻을 내비치고 노론에 머리를 숙이는 수밖에 없었다. 후자의 방법은 소론 내부에서도 제안된 바 있었다. 조재호도 한때 그랬다.

"때를 기다리소서. 저하께서는 결국 보위에 오르실 것입니다. 그러면 이 나라 조선을 위해 많은 일들을 하실 수 있을 것입니다. 그러니 그때까지는 꾸미어 저들의 마음을 사는 것도 한 방편이 되지 않겠습니까?"

그 말에도 일리는 있었다. 하지만 그는 그러고 싶지도, 그럴 수도 없었다. 그의 성정이 노론의 고까운 행태를 그냥 머리 숙이고 받아들이고 있기에는 너무 강직했다. 게다가 그 제안에는 늙은 부왕이 언제라도 세상을 떠날 수 있다는 전제가 깔려 있었다. 하지만 아버지는 장수했다. 지금도 여전히 정정했다. 때로 조정을 주무르고 자신을 꾸짖을 때면 마치 영원히 살 것처럼 그 기백이 외려 젊어진 듯하였다. 자신이 노회한 노론 세력을 얼마나 속일 수 있을지도 자신할 수 없었다. 이번 벽서 사건만 해도 세자 자신이 나서지 않았더라면 소론 세력이 아주 궤멸되어버리고 말았을 것이다.

어쨌거나 그는 축출되고 싶지도, 머리를 숙이고 싶지도 않았다. 그는 이 나라 조선을 강력하고 웅대한 나라로 만들고 싶었고, 그럴 자신도 있었다. 보위에 오를 수만 있다면, 그리고 자신의 사람들을 쓸 수만 있다면. 그랬기에 그는 더더욱 조정 내에서 노론과 상대할 수 있는 영향력이 있으면서 든든한 지원군이 되어줄 조 대감이 필요했다.

그가 부왕에게 목소리를 높인 것은 실로 오랜만이었고, 그만큼 그 파장이 컸다. 그는 떨리는 목소리를 애써 다잡고 아뢰었다.

"주상 전하, 이번 벽서 사건의 처벌이 너무 지나치어 외려 반발을 불러올까 염려되옵니다. 기실 조재호는 급격하고 미숙한 소론 계파와는 거리를 두고 올바른 정치를 해온 자이옵니다. 그를 존경하고 따르는 대신과 유생들이 전국에 산재하니 자칫 더 큰 분란을 가져올 듯하옵니다. 부디 통촉하여주시옵소서."

그는 에둘러 말했다. 임금은 이미 자신의 필요를 달성한 다음이었다. 이미 그 여파가 지나치다 여기고 있었고 조재호를 파문할 근거가 빈약함을 알고 있었다. 그럼에도 임금은 매섭게 몰아치고서야 마지못해 청을 들어주었다.

"못난 놈. 한 나라의 대리청정을 하는 국상의 지위에 있고도 이만한 일을 제대로 다스리지 못하여 분란을 만드느냐. 한번 일을 다잡기로 하였으면 국본의 본이 되리라는 각오로 독해져야 하느니. 네 하는 것이 그 모양이니, 조정 대신들이 그 답답함을 내게 가져오는 것이 아니냐. 이 노구를 이끌고 번거로이 죄인들을 적발하고 국문하여 처벌하며 심신을 피곤케 하여야 하겠느냐. 네가 어려 경전과 학문 쌓기에 여념이 없어 내 믿고 안심하였더니, 어리석게 투기와 놀이에 빠져 국정을 그르치는구나. 내 이제 곧 죽어 황형을 뵐 면목이 없다. 대리청정을 맡긴 너의 위신을 보아 받아들일 터이나, 그 결과는 직접 감당토록 하라."

그러더니 임금은 그냥 고개를 돌려버렸다. 마치 더러운 버러지를 보듯이. 세자는 치욕감을 느끼면서도 어찌할 바를 몰랐다. 그날 대전을 나온 이후 그는 한동안 몸져누웠다. 그리고 작심하고 대전에 문안도 나가지 않았다. 그것이 부왕과의 거리를 더 멀게 만들리라는 것은 알았으나, 도무지 견뎌내기가 힘들었다.

그리고 방에 틀어박혀 효종대왕이 남긴 글들을 읽었다. 북벌에 관한 효종대왕의 원대한 꿈이 사라져버린 것이 안타까웠다. 조선이 웅크린 기상을 활짝 펴지 못할 이유가 없었다. 하지만 그가 임금이 되어야 가능한 일이었다. 노론의 세상이 격파되어야 비로소 이루어질 일이었다. 그리고 그 어느 것도 자신만의 힘이 존재하지 않으면 불가능한 일이었다.

국사도 마다하고 방에 틀어박혀 그는 구상을 시작했다. 위기감이 그를 몰아붙였다. 자신의 사람들을 만드는 것이 핵심이었다. 문제는 그것을 어떻게, 어떤 식으로 하느냐는 것이었다. 모든 병권과 무기고를 노론이 장악한 이 조선에서 어떻게 자신만의 힘을 키울 것인가. 어떻게, 어떻게. 그것이 그의 모든 정신을 빨아들였다. 현재로서는 망상에 가까운 꿈이었다. 하지만 그 꿈을 그리는 동안, 세자의 가슴은 다시 뛰기 시작했다.

그는 조 대감을 불러들여 수차례나 머리를 맞대고 궁리에 궁리를 거듭했다. 세자는 반전을 일으키고 싶었다.

"저하, 이 계획은 만에 하나 잘못되면 완전한 궤멸을 가져올 수도 있습니다. 충분히 숙성되기 전에 발각이라도 되면, 그것이 역모로 비칠 수도 있습니다."

"나도 압니다. 허나 내 힘이 없이, 나의 군사가 없이는 아무것도 할 수가 없질 않습니까. 왕위에 오른다는 보장도 없고, 설령 왕위에 오른다 해도 나의 사람 하나 없이 무엇을 할 수 있겠습니까. 저들 노론의 허울뿐인 말들이 결국 나를 질식시키고 말 것입니다."

"하지만 저하, 설령 일이 잘되어 우리가 군사를 가지게 된다면, 그때는 어찌하실 작정이십니까. 실로 변란變亂이라도 일으키실 생각이십니까?"

"손재損齋 대감, 그런 말을 입에 담지 마십시오. 나는 지금 나라를 다스리는 국상입니다. 나라의 통치자가 하는 일이 어찌 역모일 수 있겠습니까. 내 보기에 부왕께서는 장수하실 듯하나, 그렇다 해도 사람은 모두 천명이 있는 법입니다. 아버지의 죽음을 바랄 수는 없는 일이나, 그때를 대비함은 마땅하지 않겠습니까. 또한 장차 내가 왕위에 오른 이후 우리 조선의 대업을 위해서라도, 나의 군사를 조직하는 것은 실로 바람직한 일입니다. 그 규모가 미미하더라도 필경 도움이 될 것입니다. 어디 방법이 없겠습니까?"

"저하, 저하의 뜻이 정녕 확고하시다면 이 일에 소신이 제 여생을 바치겠나이다. 소신은 이제 벼슬을 물리고 향리鄕里에 은거할 작정이온데, 그리하면서 은밀히 이 일을 도모해보겠습니다. 저하께서는 궁내에 믿을 만한 자를 두고 함께 일을 도모하십시오. 다만 빈말 하나라도 새어나간다면 저하께서도 큰 곤궁에 처하시게 될 것입니다."

"알고 있습니다. 비록 명목뿐인 대리청정이라 하나, 내 열다섯 살부터 국정에 간여해오질 않았습니까. 다만 우리 사람으로 쓸 자들이 얼마나 될지…… 내가 확실히 믿을 수 있는 자라면, 동궁전의 궁녀 몇몇과 익위사의 호위무사 몇몇이 있습니다. 박문수 대감이 세상을 떠나기 전에 추천해준 자도 하나 있는데, 내 그간 살펴보건대 입이 무겁고 중심이 두터운 자로 보입니다. 조정에 딱히 알려진 인물은 아니니 그를 연통으로 쓰면 어떻겠습니까."

"좋습니다. 기은이 추천하였다면 믿을 만한 자이겠지요. 또 제게 은혜를 입은 자 가운데 정휘량鄭翬良이라는 자가 있습니다. 제가 아들처럼 여기고, 그도 저를 아비처럼 대하니 믿을 만합니다. 감각도 영민하고 민첩하니 두고 쓰면 도움이 될 것입니다. 그를 적기에 적소로 관직을 주어 보내둔다면 큰 도움이 될 것입니다."

세자는 이리 논의하는 것만으로도 가슴이 뛰었다. 그것은 한편으로는 두려움에서 기인하는 것이지만, 동시에 어떤 희망을 보는 것이기도 하였다.

"고맙습니다, 손재 대감. 이 위험한 계획을 받아들여주어 말입니다. 나 또한 이 일의 위험을 잘 알고 있습니다. 여차할 경우, 목숨을 내놓아야 할 수도 있음을 알기에 대감의 결단이 실로 고맙고도 고맙습니다."

"저하, 사내대장부란 모름지기 대의를 위해 살아야 하지 않겠습니까. 여태 일신의 안녕을 위해 살아온 것은 아니니 저는 심려치 마소서. 오직 저하께서 보위에 오르시어 펼칠 원대한 뜻만 내내 품으십시오. 소신의 바람은 그것으로 족하나이다. 허나 이 일이 끝내 이루어지려면 그야말로 경계 또 경계하셔야 할 것입니다."

세자는 이런 두근거리는 긴장감이 실로 오랜만이었다.

조 대감이 물러간 다음에도 세자는 한동안 흥분을 가라앉힐 수 없었다. 하지만 그는 철없는 어린아이가 아니었다. 모든 것을 이룰 수 있다고 들뜬 감상으로 믿기에는 실로 많은 좌절을 겪어온 사내였다. 게다가 가만히 앉아 결과를 마냥 기다리는 것은 그의 성정에도 맞지 않았다. 그도 부지런히 움직여야 했다. 그 어느 때보다도 더 그리해야 할 터였다.

그때 밖에서 기척이 났다.

"저하, 지밀상궁이옵니다."

부르지도 않았는데 노상궁이 입실을 청하였다.

"들라 하라."

곧 문이 열리고 지밀상궁이 안절부절못하며 들어왔다.

"무슨 일인가. 이리 갑작스럽게."

"저하, 궁녀 빙애를 빈궁마마께서 부르셨다 하옵니다. 헌데 동궁의 나인에게 듣자 하니, 빈궁마마께서 저하와 빙애의 만남을 아신 듯하다 하옵니다."

"그렇단 말인가. 그래서 일이 어찌 될 것 같은가?"

의외로 세자는 담담했다.

"이 일이 공론화될 수도 있을 것인데, 그러면 궁중 규율의 문제가 될 수도 있을 것이옵니다. 조용히 처리하시려 한다면, 빙애를 출궁시킬 터이지요."

"내가 그리하게 두지 않을 것이다. 내게도 뜻이 있으니, 오늘 밤 빙애를 내 처소에 들이도록 하라."

"네, 저하."

노상궁이 불안한 얼굴로 물러나려 할 때, 세자가 한마디 덧붙였다.

"내 오늘 그 아이를 취할 작정이니, 채비를 갖추도록 하게."

19

기이한 밤이었다. 불안이 현실이 되고, 운명이 삶을 한 치 앞도 보이지 않는 어둠 속으로 잡아채는 듯한 그런 밤. 이런 은밀한 밤에도 누군가의 눈과 귀가 지켜보고 있을지 모른다는 생각이 그녀의 가슴을 두렵게 했다. 저세상에서 시훈이 모든 것을 지켜보고 있는 것은 아닐까 하는 가슴 시린 통증도 있었다.

어쩌다 예까지 이른 것일까. 이런 때는 어떻게 해야 하는 것일까. 처음 달거리를 경험했을 때처럼, 빙애는 어찌해야 할지 알 수 없는 모순된 감정에 휩싸였다. 친아버지가 자결했을 때처럼, 양아버지가 한양에서 온 선비들과 칼부림을 했을 때처럼, 시훈을 영영 잃어버렸다 느꼈을 때처럼 나아갈 방향을 잃었다. 오래 간직하며 키워왔던 독기도 이런 상황에서는 아무 소용이 없었다.

빙애는 침상을 향해 다가오는 남자의 모습을 보며 생각했다. 기어이 자신을 품으려는 저 남자를 어떻게 이해해야 하는 것일까.

자신에게 마음속 정인이 있다는 것도 알고, 이런 행동이 궁중의 법도를 어기는 일이 된다는 것도 잘 아는 남자가, 그 모든 것을 감내하고서라도 자신을 가지려 들 때, 그리고 그 남자가 죽음이 아니고서는 거부할 수 없는 신분의 사내라면. 머릿속은 복잡했지만 몸은 미동도 할 수 없었다. 그녀는 얇은 속치마 하나만 걸친 채 그저 조용히 누워 있을 뿐이었다.

이선이 그녀 옆에 걸터앉았다.

"두려운 것이냐? 무엇이 두려운 것이냐? 네 마음속의 정인 때문이냐, 아니면 한 여자로서 첫날밤을 맞는 것이 두려운 것이냐?"

빙애는 떨리는 목소리로 응대했다.

"저하께서 부르시면 소녀가 따름은 당연한 일일 것이오나, 지난번 뵈었을 때만 하여도 제 마음을 헤아려주실 듯하셨는데, 어찌 이리 급박하게 저를 취하려 하시는 것인지……"

빙애의 몸이 자신도 모르게 떨렸다. 아늑한 온돌이 몸을 따뜻하게 데워주었지만, 그녀의 마음은 한겨울에 헐벗은 것마냥 사정없이 떨리고 있었다.

"네 마음속의 정인은 이제 지워라. 이미 죽은 자를 가슴에 품고, 그를 바라며 사는 삶이 어찌 산 사람의 삶이 되겠느냐. 죽은 자는 잊고, 산 자들과 더불어 살아야 한다. 네 마음이 아직 가닥을 잡지 못한 것은 너를 바로잡아줄 이가 없었기 때문이다. 이제 내가 네게 그 일을 해주려 한다. 너는 이제 나를 바라보고 사는 것이다."

빙애는 가슴이 먹먹했다. 죽은 자와 산 자의 세상이 이렇게 나

뉘는구나. 시훈은 이제 자기 안에서 영영 이별하는 것인가. 그것
이 가능한 일인가. 그녀는 입술을 세게 깨물었다. 먹먹해진 가슴
이 그녀의 울음을 속으로 삼켰다. 아직은 물러설 때가 아니었다.
입궐할 때 이런 일이 있을 것은 전혀 염두에 두지 않았지만, 생각
해보면 궁녀가 된다는 것은 항상 그럴 가능성에 노출되어 있는 것
이나 매한가지였다. 달리 생각하면 어쩌면 이것이 그녀의 뜻을 실
현시킬 하나의 방법이 될지도 몰랐다. 빙애의 마음은 걷잡을 수
없이 혼란스러웠다.

어쩌면 그것은 난생처음 느끼는 사내의 살내 탓인지도 몰랐다.
세자가 웃옷을 벗어 내려놓았다. 장수처럼 단련된 옹골찬 근육들
이 흘깃 보였다. 무예로 다져진 탄탄한 몸이었다. 어릴 적 멋모르
고 등물을 해주기도 하며 스스럼없이 지내던 때 보았던 시훈의 몸
과 닮았다. 머릿속에 한 남자와의 오랜 추억을 품은 채, 그와 많이
닮은 다른 남자와 몸을 맞대는 것이다. 빙애는 반쯤은 체념에 싸
여 가만히 눈을 감았다.

"어찌 대답이 없느냐. 네 마음이 아직도 번민하고 있단 말이냐.
그 정인이란 자가 부럽구나. 이미 죽은 자이나 그래도 부럽다. 하
지만 내가 너를 가지는 것 역시 더는 미룰 수가 없다. 이미 내가
네게 그리될 것이라 하지 않았더냐. 또한 빈궁이 너를 불러 겁박
하였은즉, 역시 미룰 일이 아니다. 내 너를 귀애하는 마음이 불같
으니, 너도 마땅히 내 마음을 헤아려다오."

일국의 세자가 한낱 궁녀에게 이리 청하는 것은 또 무슨 연유란

말인가. 빙애는 만일 시훈과의 연분이 없고 복수라는 목표가 없었더라면, 눈앞의 남자를 기꺼이 받아들였을지도 모른다는 생각이 들었다. 하지만 그것이 연모의 감정일까? 그를 대할 때마다 빙애가 느끼는 가장 큰 감정은 연민이었다. 고립되고 버림받고 나아갈 바를 미처 알지 못하는 것은 자신과 다를 바가 없었다. 그만한 자리에 있고도 내일을 걱정해야 하고, 태생이 고귀한 빈이 있음에도 연정을 받지도 주지도 못하는 그가 안쓰러웠다. 그런 권력을 가지고 있으면서도 일개 궁인에 불과한 자신에게 마음을 토로하며 위로를 얻어야 하는 그 처지가 안타까웠다. 그가 성군의 자질을 갖추고 있음을 알게 되었기에 더더욱 그러했다.

그래서 빙애는 대답했다.

"소녀는 본디 궁에 속한 계집인지라, 저하의 뜻에 따를 뿐이옵니다."

세자는 그 의례적인 대답에 만족하지 않는 눈치였으나, 몰아붙이거나 강요하지 않았다. 그저 조용히 곁에 다가와 그녀의 어깨를 감쌌다. 뜨거운 열기가 느껴졌다. 그녀에 대한 그의 마음 씀씀이가 느껴져 그녀는 더욱 울컥했다. 그리고 몸이 먼저 감응했다.

그는 더 이상 말하지 않았다. 그의 손길이 그녀의 모든 번민을 해소해주리라 믿는 듯이. 천천히, 그러나 부드럽고 강하게 그녀의 몸을 어루만졌다. 곧 그녀의 옷가지가 벗겨지고, 속곳이 그의 손 아래에서 천천히 떨어져나갔다. 그녀의 몸이 어른거리는 달빛에 훤히 빛났다.

새하얀 속살을 드러낸 채 여리게 떨고 있는 그녀를 세자가 잠시 바라보았다. 그의 눈길을 감당할 수 없어 빙애는 눈을 질끈 감았다. 잠시 후, 세자가 그녀의 몸 위로 포개져왔다. 강인하지만 부드러운 손길이 그녀를 훑었다. 이내 아랫도리에 통증이 느껴지면서 세자의 몸이 들어왔다. 그녀는 이를 악물었다. 어떤 아픔도 견디고 어떤 소리도 뱉어내지 않기 위해, 그것이 첫날밤 그녀가 시훈에게 갖출 수 있는 최소한의 정절이라도 되는 양.

세자의 헐떡임이 잦아들고, 한순간 그녀의 몸이 공중에 붕 뜬 듯 떠올랐다가 뜨거운 열기 속에서 다시 내려앉았다.

버티려고 했는데, 끝까지 이를 악물려고 했는데, 눈물이 빙애의 두 눈가를 촉촉하게 적시더니 이내 뺨을 타고 흘러내렸다. 세자가 자애롭지 않았더라면, 당장 요절이 났을 행동이리라.

하지만 세자는 그저 곁에서 묵묵히 그녀의 눈물을 바라보기만 했다. 빙애는 한 음절의 소리도 내뱉지 않은 채 조용히 눈물만 흘렸다. 머릿속에서 온갖 생각들이 스쳐갔다. 열두 살 나이에 기녀로 팔려가다 도망친 일, 구선의 집에서 딸처럼 자라며 김씨 부인과 수를 놓던 일, 시훈과 놀고 농을 나누며 연애라 불러도 무방할 어떤 순간들을 겪은 일들. 한없이 몸이 떨렸던 구선과 도규의 일전, 영영 이별이 될지도 모른 채 과것길을 나서는 시훈의 마지막 일별, 장독에 갇혀 죽음을 미리 경험했던 그 처참한 밤의 기억, 입궁을 위해 앵무새 피를 손목에 떨어뜨리며 가슴 졸였던 그 은밀한 순간들까지. 새어나오려는 오열을 애써 막자니, 눈물은 걷잡을 수 없이 흘러내렸다.

빙애는 한참을 그렇게 울었다. 그녀가 그렇게 울 동안, 세자는 한마디도 하지 않았다. 마침내 빙애는 정신이 아득하고 몸이 기진하여 잠에 빠져들고 말았다.

얼마나 그렇게 누워 있었을까. 새벽빛이 엷은 창호를 뚫고 그녀의 눈가에 와닿았다. 그녀가 화들짝 놀라 몸을 일으켰다. 몸을 일으키다 맨살에 손이 닿는 바람에, 그녀는 자신이 여전히 알몸임을 알고 다급히 이불을 그러모았다.

세자가 거기 앉아 있었다. 빙애가 자신의 몸을 감싸며 말했다.

"저하, 소녀가……"

"괜찮다. 아무 말 말고 내 말을 들어라. 어젯밤 너와 나는 운우지정을 나누었다. 그리고 너는 울었고, 나는 그런 너를 내버려두었다. 나는 그 눈물이 네 오랜 마음속 정인에 대한 작별의 의식이었다고 믿으려 한다. 그리고 너 역시 그것을 그렇게 받아들이기를 바란다. 네 눈에 가득한 슬픔은 그것으로 족하다. 네가 심중에 무슨 마음을 품고 계획을 품었든, 그것은 이제 시절이 지나버린 것이다. 더 이상 그것을 애써 끄집어내지 말라. 이제부터 너는 나를 바라고 나를 섬기고 나를 마음에 품어라. 그렇게 너와 나는 이제 산 사람의 세상을 살아가는 것이다. 알겠느냐."

빙애는 더 이상 눈물이 나지 않았다. 마음속은 여전히 쓰라리고 분노 역시 그대로인데, 몸은 더 이상 그에 반응하지 않았다. 그리고 그것으로 빙애는 어제와는 다른 오늘이 되었음을, 이제와는 다른 내일이 될 것임을 깨달았다. 시훈에 대한 정절은 이제 무의미한 것이 되었다. 어쩌면 이제 정말 무슨 짓이든 할 수 있을 것 같았다. 임금에게 비참한 죽음을 선사하고 싶었다. 이렇게 주저앉아 버린 자신처럼 패배감을 느끼게 하고 싶었다. 세자와 함께라면 가능할지도 모를 일이었다.

"네, 저하. 이미 소녀는 저하의 것입니다. 더는 울지 않겠습니다. 다만…… 청이 하나 있사옵니다."

짐짓 걱정스럽던 세자의 표정이 환해졌다. 그가 빙그레 웃으며 물었다.

"무엇이냐? 내 오늘은 네가 무엇을 구해도 들어주리라."

"소녀도 저하께서 꿈꾸시는 세상을 만드는 데 미력이나마 보태고 싶습니다. 그리하면 필시 제 마음속 정인을 지우고 저하를 더 깊이 연모하게 될 것입니다. 하다못해 잡스러운 염탐이 될지라도, 저하의 꿈을 위한 하나의 도구로 쓰이고 싶습니다."

"하하하. 네가 그리 말해주니, 내가 더 힘을 내어야겠구나. 네가 내 사람이 되었으니, 응당 그리될 것이다. 네 도움 또한 기꺼이 받을 것이다. 이제 너는 안팎으로 괴로움을 받게 될 수도 있으나, 네 뒤에 언제나 내가 있음을 잊지 말라. 이것은 일국의 세자로서도 그러하지만, 한 사람의 사내로서 내 여인에게 하는 약조이다. 네 눈물은 이제 내가 닦아줄 것이다."

시훈도 과거를 보러 떠나기 전 그녀에게 그리 약조했었다. 하지만 시훈은 그 약조를 지키지 못했다. 세자는 그럴 수 있을까. 자신의 처지도 나을 바 없는데. 하지만 빙애는 그 마음이 고마웠다.

'이제 운명이 이끄는 대로 가리라. 그 여정에 나의 소임을 할 수 있는 순간이 온다면, 그 기회 또한 놓치지 않으리라. 임금을 권좌에서 끌어내리고, 세자를 성군의 자리에 올리는 데 도움이 된다면 그 또한 어떤 일이든 마다하지 않으리라.'

20

 세자는 도규를 데리고 북원北苑을 거닐었다. 오로지 도규만 대
동한 걸음이었다. 도규는 세자의 호위무사이긴 해도, 주로 궐 밖
으로 나설 때에야 곁을 맡았다. 그 외에는 동궁의 외부를 감독하
고 순찰하는 역할이 주어졌다. 박문수 대감의 천거와 김상로 대감
의 지시가 있을 때만 해도 그는 세자의 지척에 머물 줄 알았는데,
막상 호위무사 중에서도 가장 밖으로 도는 위치에 서다 보니 괜스
레 서자 신분에 대한 자괴감이 치밀었다.
 세자와 사이가 나쁜 것은 아니었다. 세자는 무예를 좋아하고 그
기질이 호방하여, 자주 호위무사들과 어울려 검술을 겨루었다. 효
종대왕의 검인 청룡도青龍刀를 쓰는 세자의 실력 또한 만만찮았다.
도규처럼 매일 검술을 가다듬는다면 조선에서 내로라하는 무사가
될 수 있을 터였으나, 그는 일개 장수가 아니라 조선의 임금이 될
운명이었다. 세자를 보필하는 다른 무사들도 실력을 알아주는 자

들이었으나, 제대로 겨루기 시작하면 도규의 상대가 되지 못했다. 그런 도규에게 칭찬을 아끼지 않은 세자이지만, 곁을 내주지는 않았다.

어떤 면에서 그는 안도하는 마음도 있었다. 자신의 목적을 위해 김상로 대감의 명을 받아들였다 하나, 염탐과 고자질은 그의 성정과 맞지 않는 것이었다. 더군다나 박문수 대감이 그에게 당부한 유지는 세자를 잘 보필하라는 것이었다. 김상로의 지령이 그에게 내내 꺼림칙하게 남았던 터라, 보고할 거리가 없는 쪽이 오히려 다행스러운 면도 없지 않았다. 그렇다 해도 서자로서의 설움이 사라지는 것은 아니었다. 따지고 보면 처자식을 잃은 것도 자신이 서출이기 때문이었다.

그런 그를 불러내 세자가 외따로 북원을 거닐고 있는 것이었다. 실로 그윽한 운치였다. 도규는 왜 하필 자신만 불러 대동하였는지 의아했다. 이토록 달이 밝은 밤, 궁 안의 환한 정원에서 세자에게 위해를 가할 세력이 있을 리도 만무했다.

무언가를 궁리하는 듯 세자는 말없이 걸음을 옮기다 멈추기를 반복했다. 그러더니 불쑥 입을 열었다.

"지난겨울은 실로 어마어마한 한파였지. 몸도 그러하였지만, 마음은 더더욱 그랬네. 하지만 이리 겨울이 가니 다시 봄이 오는군 그래. 참으로 따뜻한 밤이질 않은가."

곁에 자신밖에 없으니, 자신에게 한 말이라 여기고 도규가 대답했다.

"예, 저하. 하지만 아직 밤바람이 차오니 옥체를 보전하심이 좋을 듯하옵니다."

"하하하. 그대는 내가 이 정도 추위에 고뿔이나 들 사람으로 보이는가. 이래저래 그대도 내 호위무사로 해를 넘기는데, 아직도 나를 잘 모르는가."

"송구하옵니다, 저하. 제가 주제넘게 나섰습니다."

"아니, 아닐세. 그대를 탓하는 것이 아닐세. 그저 이 봄기운이 참으로 좋다 하는 말일세. 한동안 내 마음이 꽉 막힌 듯 고통스럽더니, 요 근래 모처럼 기분이 상쾌하네. 글쎄, 무엇이든 할 수 있을 것만 같은 기분이랄까."

도규는 조용히 입을 다물고 다시 걸음을 옮기는 세자를 따랐다. 밝은 달빛이 정원을 어스름히 비추었다. 자그마한 연못에 잉어들이 잠을 잊은 채 물결을 만들어내고 있었다. 세자는 무슨 흥이라도 난 듯 사뿐사뿐 걸음을 옮겼고, 그 뒤를 도규가 소리 없는 바람처럼 따랐다.

정원 앞에서 다시 멈춰 선 세자가 잉어 떼를 한참 바라보더니 다시 말했다.

"이들도 더 큰 세상을 만나고 싶을까. 아니면 이 좁은 세상에 만족하며 그냥 한평생을 배불리 먹고사는 데 기꺼워하는 것일까."

이번에도 도규는 자신에게 한 물음이라 생각하여 답했다.

"그깟 미물이 무슨 생각이 그리 많겠습니까. 그냥 처한 대로 살아갈 뿐인 것 아니겠습니까."

"그리 생각하는가. 그렇다면 그대는 어떠한가? 아, 물론 내 그대를 저 미물과 비교하는 것은 아니네. 다만 묻고 싶을 뿐이네. 그대 역시 그냥 처한 대로 살아갈 뿐인가?"

도규는 뜨끔했다.

"소신 같은 자들이야 그저 명을 받아 움직일 따름입니다. 그것이 소신의 소임이지 않사옵니까."

"허나 그대도 꿈꾸는 목표가 있고, 살아가는 이유가 있질 않은가."

도규는 정말로 세자가 무언가를 알고 자신을 떠보는 것인지 내심 불안했다. 그리고 그렇게 불안함을 느껴야 하는 것이 스스로 불쾌했다.

"소신도 그런 것이 있사옵니다만, 참으로 소박하고 일천한 것이라……"

"어째서 그대의 꿈은 소박하고 일천한 것인가. 그대가 서출이기 때문인가?"

도규는 세자가 그 사실을 적시하는 데 깜짝 놀랐다. 무슨 말을 하려는 것인지 종잡을 수 없었다. 무슨 대답을 해야 할지 잠시 망설이는 틈에 세자가 말을 이었다.

"하긴 그렇겠지. 이 나라는 반상의 구별도 실로 엄격하고, 양반 가운데도 적서를 따지니, 그럴 수밖에 없을 테지. 그대가 원대한 꿈을 품었다 해도 관직에 오를 직책은 한계가 있으니 꾸어보지 않음만 못한 것일 테고. 하지만 그것은 이 조선으로서도 진정 큰 손실이 아닐 수 없네. 그대같이 탁월한 무사가 장수가 되지 못하고 백면서생이 양반 적출이라는 이유만으로 그런 직을 떠맡는다면, 조선이 풍전등화의 위기에 처했을 때 실로 얼마나 애석하고 두려운 일이 되겠는가."

갑작스런 칭찬에 도규가 화들짝 놀랐다.

"과찬이옵니다. 저같이 미천한 자에게 어찌 그런 말씀을……"

"그대는 미천하지 않네. 그대가 미천하다면 양반 혈통에 한 발도 걸치지 못한 대다수의 백성들은 무어란 말인가. 그들은 미천하다 못해 저 잉어 떼처럼 생각 없고 한심한 미물에 불과하단 말인가. 아닐세. 그대는 미천하지 않네. 그대는 내가 이제껏 만나본 무인 중 가장 뛰어난 무사일세."

"소신 실로 몸 둘 바를 모르겠습니다."

도규의 이마에서 식은땀이 흘렀다. 동시에 가슴도 뛰었다. 실로 오랜만에 느껴보는 살아 있음의 징조였다.

"나는 반드시 보위에 올라야만 하네. 비단 권력을 누리고 호의호식하고자 함이 아닐세. 당리당략黨利黨略에 빠져 상대를 죽이는 일이 마치 역사의 대업인 양 굴며 반상의 틀과 적서의 계급을 공고히 하려는 세력을 분쇄하고, 저 잉어 떼처럼 좁은 세상에 갇혀 더 원대한 꿈을 꾸지 못하는 백성들에게 그 길을 열어주기 위함일세. 그리하여 그대같이 능력이 탁월한 자들이 허울뿐인 관습에 얽매이지 아니하고 자신의 능력을 이 조선을 위해 마음껏 펼치도록 하기 위함이야. 그러므로 나는 반드시 보위에 올라야만 하네. 더 나은 조선을 위해, 더 나은 삶을 누릴 백성들을 위해."

도규의 가슴속 쿵쾅거림이 머릿속까지 치고 올라왔다.

"저하께서는 때가 되시면 응당 보위에 오르시질 않사옵니까."

"과연 그럴까. 내가 왕위에 오르는 것을 필사적으로 막으려 드는 자들이 있다네. 그리고 그럴 능력도 지닌 자들이지. 내가 신뢰하는 기은 대감에게 그대를 천거받고 또 직접 그대의 실력을 목격한 후에도, 그대에게 얼마간 거리를 두었던 연유 또한 그 때문이지."

도규는 자신이 노론 영수들과도 연루된 바가 있음을 세자가 안다면, 하는 생각에 가슴이 철렁했다. 단순히 염탐자로 고발되는 것이 문제가 아니었다. 세자가 그에게 느낄 배신감을 스스로가 감당할 수 없을 듯했다. 이미 자신이 비열한 자가 되었다는 마음에 암담했다. 하지만 그의 마음속 한구석에 깃든 복수의 욕망은 여전히 강고했다. 그의 단순하기 짝이 없던 삶이 이 밤에 심하게 흔들리고 있었다.

도규의 내적 갈등을 전혀 의식하지 못한 채 세자는 계속 말했다.

"내게는 나의 사람이 필요하네. 나를 적대하는 자들의 시선을 피해, 나의 가장 가까운 곳에서 나를 위해 은밀히 일해줄 사람이 말일세. 그대를 천거받았을 때부터 내 마음에는 막연한 구상이 있었다네. 그리고 이제 나는 그 일을 본격적으로 해볼 생각이네. 이 봄바람이 내게 큰 힘을 주었기 때문이지. 그 바람은 예상치 않은 곳에서 불어왔고, 실로 미미한 것이라 여겼으나, 기실은 정말로 큰 힘을 지니고 있더군."

잠시 세자는 멍하니 누군가를 떠올리는 듯했다. 그의 표정에 황

홀함과 만족감이 배어 있었다.

"그대가 나의 사람이 되어줄 수 있겠나. 내가 기은 대감을 신뢰하였듯이, 그대를 신뢰하여도 좋겠는가."

도규는 다른 대답을 찾을 수 없었다. 온갖 번민에도 불구하고 그의 가슴은 요란하게 뛰는 것으로 정직하게 반응했다. 아버지나 다름없는 박문수 대감이 그러라 했고, 이 나라의 세자가 자신에게 직접 대답을 들으려 하고 있었다.

"예, 저하. 소신은 저하의 명을 따를 것입니다."

21

시훈은 소스라치게 놀라 잠에서 깨어났다. 무서운 꿈을 꾸었다. 처음에 그는 이제는 아스라이 멀게만 느껴지는 평양의 옛집을 보았다. 대청마루에 근엄한 아버지와 자상한 어머니가 그의 어린 시절처럼 평화롭게 앉아 있었다. 잠시 후, 빙애가 돌담을 돌아 나타났다. 그녀는 시훈을 향해 달려와 아버지와 어머니가 보는 것도 아랑곳하지 않고 그의 목을 껴안았다. 아이 같은 천진난만함이 가득 배어 있었다. 아버지와 어머니가 그들에게 환한 미소를 보였다. 진심으로 둘 사이를 축원하듯이. 시훈은 한껏 기분이 들떴다.

그때 그자가 나타났다. 모든 것을 갈라놓은 자, 장도규. 그는 마당의 흙바닥에서 솟구친 것처럼 불쑥 형체를 드러내더니, 일말의 망설임도 없이 냉혹한 얼굴로 다가와 아버지를 베고, 어머니의 심장을 찔렀다. 꿈속에서 색이 지워진 피가 시커멓게 흩뿌려졌다. 눈앞에서 참상을 목격하는데도 시훈은 한 발짝도 움직일 수 없었다. 움직인 것은 빙애였다. 빙애는 순식간에 시훈의 허리춤에서 패월도를 뽑아들더니 도규를 향해 맹렬히 달려들었다. 이길 수 없을 것임을 알면서도, 그대로 내처 달려가면 죽음뿐이라는 것을 알면서도. 그런데도 시훈은 여전히 조금도 움직일 수 없었다. 이대로 빙애가 칼에 베여 죽는 광경을 목도하게 되리라는 두려움이 자신을 휘감았다. 너무 두렵고 고통스러워 숨조차 쉴 수 없었다.

"빙애야, 안 된다! 가지 마라! 가지 마라! 그것은 네가 죽는 길이다!"

하지만 빙애는 그대로 도규의 품으로 달려들었고, 둘은 하나가 되어 함께 형체를 잃어가며 사라졌다. 절박한 마음에 목청껏 빙애의 이름을 외쳐 불렀으나, 그는 여전히 움직일 수 없었다.

"빙애야!"

그 외마디 절규와 함께 그는 잠에서 깼다.

한밤중이었다. 하지만 다시 잠을 청할 수는 없었다. 그것이 꿈이라는 것을 알면서도, 그는 깊은 상실감에 몸을 떨었다. 산뜻한 밤바람이 움막 안을 비집고 들어왔다. 오늘 아침에 새로 빚어낸 감홍로의 향취도 함께 실려왔다. 하지만 만족스러운 밤은 아니었다.

그는 잠시 움막 안을 서성이다 도무지 잠을 이룰 수 없어 밖으로 나왔다. 곧 여름이 올 것이어서 그런지 한밤이라도 그리 차지 않았다.

그는 방금 전의 꿈을 떨쳐내기 위해 주조장으로 향했다. 감홍로의 인기는 폭발적이었다. 감시가 느슨해진 틈을 타 전국에서 밀주의 기운이 다시 피어오르고 있었다. 시훈은 그럴 것이라 예상하고 있었다. 술은 고래古來부터 내내 명맥을 이어왔다. 종종 말썽을 빚기도 하였으나, 술이 지닌 오랜 역사와 생명력이 그것의 가치를 말해주는 것이기도 하였다.

산채 깊숙한 곳에 지어진 주조장은 어둠에 싸여 있었다. 시훈은 산채의 경계를 명확히 해서 보초도 세워두고, 은폐와 엄호 장치들도 구축해 안전을 보강하였다.

주조장 안은 오전 내내 산채 사람들이 흘린 땀 냄새의 여운이 술 냄새와 어울려 짙은 향을 뿌리고 있었다. 어린 시절부터 시훈에게는 익숙한 향이었다. 땀과 술 내음이, 좋았던 시절의 그를 다시 불러냈다. 방금 전의 악몽 때문에 그 기억은 더욱 그립게 다가왔다. 미세하게 새어들어온 달빛이 어둑하기만 한 주조장 한구석을 어스름히 밝혀주었다. 멍하니 상념에 잠긴 그의 곁에서 감홍로가 소리 없이 익어가고 있었다.

그때, 부스럭거리는 소리가 주조장 입구에서 들렸다.

"누구요?"

외부인일 리 없다는 것을 알면서도, 시훈은 본능적으로 낮고 경계하는 음성으로 물었다.

"오라버니, 저예요, 향아."

"아니, 네가 이 시각에 여긴 어쩐 일이냐."

월광이 서리긴 하였으나, 향아의 모습은 아직 어둠 속에 잠겨 있었다. 어둠 저편에서 향아가 천천히 다가오며 말했다.

"잠이 오지 않아 움집 앞에 나와 서성이는데, 오라버니가 이리 가시는 걸 보고 따라왔어요."

말을 마침과 동시에 향아의 모습이 어슴푸레한 달빛 가운데로 나아왔다. 순간 시훈은 숨이 멎을 듯 놀랐다. 향아는 속치마만 걸치고 있었다.

"아니, 무슨 일이냐? 어찌하여 너는 그런……"

"제가 오라버니를 연모한 지 이미 오래인데, 저는 양반가에서 예의범절을 배운 규수가 아닌지라 다른 여인만 그리워하는 오라버니의 마음을 빼앗을 도리를 이것밖에 알지 못해요. 오라버니를 마음에 두지 않을 수만 있다면 백만 번이라도 더 그리할 터인데, 아무리 노력해도 그것이 아니 되니, 저는 이렇게 할 수밖에 없어요. 부디 저를 천하다 나무라지 말아주세요."

그러더니 향아는 시훈이 말릴 틈도 없이 느슨하게 매듭지어져 있던 고름을 풀었다. 하얀 속치마가 바닥에 떨어지자 향아의 나신이 굴곡을 드러냈다. 시훈은 너무 놀라 고개를 돌려야 한다는 것도 잊은 채 멍하니 향아를 쳐다보았다. 달빛의 어스름이 깃든 향아의 몸은 몽혼夢魂과 같이 고혹적이었다. 마치 이 산채에 영원히 속박된 그 무엇인 것처럼 거기 그녀가 수줍게 서 있었다.

"향아야, 제발……"

"오라버니, 저는 이미 결심을 하고 왔어요. 오라버니가 그 여인을 흠모하는 이상으로 저는 오라버니를 연모해요. 제가 오라버니의 정인을 이길 수는 없다 해도, 지금 여기 함께하는 것은 그분이 아니라 저 아닌가요. 그분은 도대체 어디에 있나요? 차라리 제 눈에 보이는 곳에 있다면, 그분과 겨루든지 포기하든지 하겠어요. 하지만 그럴 수 없으니, 저는 어찌해야 하죠? 제 나이도 이제 혼기를 넘기려 해요. 아무 사내와는 살고 싶지 않으니 이대로 답 없는 수절을 하다 죽어야 할까요. 이 산채의 험악한 땅에서 태어났기에, 그냥 그리 죽어야만 하는 것인가요. 저는 그러기 싫어요. 저는 오라버니에게 안기고 싶어요."

향아의 눈에서 눈물이 주르륵 흘렀다. 그런 향아를 보고 있자니, 시훈의 가슴이 미어졌다. 어찌하여 너는 눈물을 흘리는 것이냐. 나의 아픔이 어찌하여 너의 아픔이 되어버린 것이냐. 시훈의 마음이 거칠게 흔들렸다. 간밤에 꾼 꿈은 이제 빙애와 이별할 때가 되었음을 암시하는 것이었나. 명선, 적만, 향아가 그리해야 한다고, 새로운 삶을 살아야 한다고 말한다. 하지만 그게 가능할까.

"향아야, 미안하다. 내가 너를 힘들게 하였구나. 허나 이 마음에서 내 정인을 내보내는 것이 쉽지가 않구나."

시훈은 옷을 벗은 향아에게 다가가기도, 그렇다고 울고 있는 그녀를 외면하기도 어려웠다. 봄밤이라고는 하나 산중의 밤공기가 옷을 입지 않고도 괜찮을 만큼 온화한 것은 아니었다.

향아가 울먹임이 가득 밴 떨리는 목소리로 말했다.

"……정히 그러시다면 제가 약조하지요. 때가 되어 그 여인을 혹여 다시 만나게 된다면, 그리하여 제가 더 이상 오라버니의 곁을 차지할 명분이 없어진다면, 그때는 제가 조용히 물러나겠어요.

그러나 지금, 바로 이 순간 오라버니 앞에 있는 것은 다름 아닌 저예요. 오라버니가 저를 싫어하는 것이 아니라면, 지금 이 산채에서만큼은 저를 품어주세요. 제가 정녕 아니 될 일을 바람인가요?"

정녕 아니 될 일인가. 시훈은 고민하였다. 살아서 빙애를 다시 만나길 매일같이 꿈꾸는 것은 사실이지만, 아버지의 복수를 온전히 포기한 것도 아니었지만, 빙애를 다시 만나는 일도 아버지의 복수를 하는 일도 거의 비현실적인 꿈이 되어가고 있었다. 그렇다면 그런 닿지 않는 목표를 위해, 자신의 목숨을 구하여 새 삶을 준 향아에게 이리 가혹한 상처를 남겨도 되는 것인가.

시훈은 향아를 잘 알았다. 양반가의 규수가 아니라 예의범절을 모른다고 말하지만, 향아가 명선을 통해 누구보다 훌륭한 교육을 받았고 산채 남자들의 끊임없는 희롱과 유혹 속에서도 절조를 지킬 만큼 속내 깊은 아이라는 것을. 자신을 좋아하지만, 애써 밀어내는 자신 앞에 말도 못하고 애만 태우는 아이라는 것도 알았다. 그런 아이가 주조장 안으로 그를 따라 들어와 옷을 벗은 것이다. 여기서 그녀를 거절한다면, 그것은 너무도 잔인한 일일 터였다.

잠시 후 시훈은 조금 익숙해진 눈빛으로 향아의 몸을 훔쳤다. 빙애만큼 고운 자태는 아니어도, 향아는 자유롭게 자란 아이 특유의 분방한 매력이 있었다. 얼굴은 가무잡잡하였으나 고왔고, 달빛에 비친 살결은 그보다 더 곱고 부드러웠다. 문득 그는 향아가 참 아름다운 여인이라는 사실을 깨달았다. 빙애를 그리느라, 미처 보지 못했던 향아의 모습이었다. 달빛이 깊은 애무를 하듯 그녀의

몸을 어루만졌다. 그 순간, 그의 아랫도리가 자신의 의지와 상관
없이 불끈하였다. 마음이 열리지 않은 탓에 꽁꽁 닫혀 있던 그의
몸이 마침내 사내로서의 본능에 정직하게 반응한 것이었다.

　그는 스스로의 본능에 충실하기로 마음먹었다. 빙애를 만나는
것은 이제 하늘의 뜻에 달린 일이었다. 만날 수 있다면 그것이 운
명일 터였다. 영영 만나지 못한다면 그것 역시 운명일 터였다. 마
음에서 그녀를 밀어내는 것은 불가능할지라도, 지금 여기의 삶을
사는 것은 어쩌면 가능한 일일지도 몰랐다. 그로 인해 남은 생애
내내 그리움과 자괴감을 안고 살아야 한다면 그 또한 그의 운명일
지도 모를 일이었다.

　시훈이 향아에게 말했다.

　"향아야, 그만 울어라. 그리고 앞으로도 더는 울지 마라. 바람이
차다. 옷을 입고 내 움집으로 가자."

　시훈이 성큼성큼 다가가 향아의 벗은 몸에 옷을 걸쳐주었다. 손
에 닿는 향아의 살갗이 그의 감각 하나하나를 자극하였다. 시훈은
향아의 손을 잡고 주조장 밖으로, 자신의 움집으로 걸음을 옮겼
다. 달빛이 떨리는 그들의 발걸음에 길을 내주려는 듯 은은히 비
추었다.

22

도규의 세상이 흔들리고 있었다. 세자는 그에게 이전에 없던 꿈을 불어넣어주었다. 서자이기에 감내해야 했던 설움을 세자는 읽고 있었다. 그리고 그에게 희망을 주었다. 서출이라 해도 더 큰 세상을 꿈꿀 수 있노라고. 자신이 그리 만들겠다고 했다. 그 말을 어디까지 믿어야 할지 알 수 없었지만, 여태 자신에게 그리 말해준 이도, 그리 말해줄 수 있는 이도 없었다. 그는 스스로에게 솔직히 물었다.

'내가 그 오랜 시간을 오로지 복수에 대한 일념만으로 살아온 것은 나를 지탱해줄 다른 목표가 없었기 때문은 아닌가?'

어쩌면 그럴지도 몰랐다. 하지만 다음 순간, 비명에 간 아내와 아이의 처참했던 모습이 떠올랐고, 그의 복수욕 역시 떨쳐낼 수 없는 것임을 새삼 깨달았다. 그는 어떻게든 그놈을 찾아내 요절을 내야만 했다.

"이제 그대는 내 호위무사가 아니라 다시 청풍회 대장으로 돌아가는 것이네. 그대가 믿을 수 있는 자들을 불러 조직을 꾸리고 춘천으로 가게나. 가서 손재 대감과 은밀하게 접촉하게. 대외적으로 그대의 임무는 밀주단과 도적 척결일세. 허나 내가 그대에게 주는 진짜 임무는 손재 대감을 도와 나의 큰 뜻을 현실로 바꾸는 것이라네. 그대는 이제 나의 분신이 되는 것일세."

세자는 그리 말했다. 그저 무술 실력과 성실함뿐이었지, 가진 것 없이 미천한 자신을 이리 대해준 것은 작고한 박문수 대감 외에는 처음이었다. 하물며 그는 언젠가 보위에 오를 인물이 아닌가. 거기에는 아무리 담담하려 애써도 거부할 수 없는 감격이 있었다.

하지만 마음 한구석에는 여전히 찜찜함이 남아 있었다. 노론 세력들과의 은밀한 만남이 그의 단순 명료하고 투명한 삶을 혼탁하게 만들었다.

며칠 전, 홍봉한이 그를 불렀다.

"세자 저하가 아끼는 궁인이 하나 있다 들었네. 자네가 그 궁인에 대해 좀 알아봐주게."

그는 자신이 곧 익위사의 직을 내려놓고 청풍회로 돌아가게 되었음을 알렸다. 홍봉한은 마뜩잖은 듯 입맛을 쩝쩝 다시고는 말했다.

"그렇다면 더더욱 서두르게. 자네가 구실을 할 다른 방안을 모색해보겠네."

도규는 그 자리에서 딱 잘라 거절했어야 했다. 그래야만 한다는 것을 알면서도, 그는 복수에 대한 한 가닥 희망 때문에 조용히 머리를 조아렸다. 한편으론 자칫 세자의 사람으로 인식되어 새삼 주목을 끌게 된다면, 그것도 낭패라는 생각이 들기도 하였다.

그는 동궁전의 나인들에게 물어 그 궁인의 처소로 향했다. 동궁에서 후원으로 향하는 길목에 세자가 별실을 내주었다고 했다. 세자의 은혜를 입으며 수칙守則에 제수된 그녀의 본명은 박빙애라 했다. 왠지 모르게 익숙한 이름이었지만 선뜻 떠오르진 않았다. 시전을 하는 중인 집안의 딸이라 하였으니 당파에 연루된 인물은 아닐 테고, 나인들에게 듣자니 대체로 능력 있고 미색이며 신중한 성격의 여인으로 평판이 좋았다. 글과 그림에도 식견이 있다 하니 세자가 좋아할 요소를 두루 갖춘 듯했다. 하지만 이 정도는 홍 대감도 이미 파악한 내용일 터였다.

도규는 그 여인의 얼굴이라도 한번 봐두어야 할 성싶어 발걸음을 옮겼다. 이미 마음은 멀어졌다 해도 우상 대감의 명을 받은 셈이니, 최소한의 성의는 보여야 했다. 그런 연후에 세자의 명을 받들어 한양을 떠날 작정이었다.

궁녀의 처소로 향하는 걸음 도중, 도규는 자신의 아버지가 지금의 자신을 본다면 어떤 생각을 할지 궁금했다. 서자 출신의 자신이 곧 보위에 오를 세자의 최측근이 되었다는 것을 자랑스러워할지, 이쪽도 저쪽도 아닌 사내답지 못한 처신에 혀를 찰지 알 수 없는 일이었다.

박 수칙의 처소에 다가갈수록 그의 머릿속에 기시감처럼 불명

확한 잔상이 꿈틀거렸다. 도규는 아무리 생각해도 그 이름이 낯설지가 않았다. 주의 깊게 새겨진 이름은 아니나, 어디선가 그의 귓전을 스쳐간 이름임에는 분명하다는 생각이 들었다.

처소 근처에 다다르니 멀리서부터 시끌벅적한 소리가 들려왔다. 세자와 여인의 관계가 궁중 법도에 어긋난 면이 있다 하여 몸을 사리는 중이라 들었기에, 예상외의 북적임이 의아했다.

도규가 돌담 너머에서 발돋움을 하여 안쪽을 살펴보는데, 나인 하나가 담벼락을 돌아 나오다 그 장면을 딱 보았다. 나인이 의심스럽단 표정으로 물었다.

"아니, 나으리. 예서 뭐 하시는 겝니까?"

짐짓 무안해진 도규가 위엄을 가장하여 말했다.

"어험, 별일 아니다. 나는 세자 저하를 보필하는 익위사의 무사인데, 항상 이 근처를 잘 살피라 하셔서 말이다. 내 잠시 동정을 살핀 것이다. 너는 이 처소에 속한 아이냐?"

나인이 의심을 풀지 못하고 통명스레 대꾸했다.

"소녀는 수칙마마님을 보필하는 나인 명주라 합니다만, 호위무사께서 왜 안으로 들지 않고 여기서 이러고 계십니까?"

"어허, 아무리 호위무사라 해도 여인의 처소에 어찌 함부로 들겠는가."

"무슨 말씀이십니까. 방금 저하께서 납시었는데, 같이 오신 게 아니란 말입니까?"

세자가 와 있는 모양이었다. 그제야 소란의 연유를 알 것 같았다. 하지만 도규는 세자의 이런 행동이 오히려 그에게 해가 될 것이라는 걸 알았다. 노론이 예의 주시하고 있는 판국에, 저리 가벼이 처신하는 것은 위험한 일이었다. 세자는 때로 지나치게 대담한 면이 있었다.

눈앞에서 명주가 노려보는 것을 의식한 도규가 말했다.

"아니다. 뫼시고 온 것은 맞는데, 나는 예서 밖을 지키라 하신 것이다. 허나 호위무사의 눈이 항상 저하께 쏠림이 당연하지 않겠느냐. 정히 못 믿겠으면 안의 다른 무사들에게 장도규를 아느냐고 물어보거라."

그제야 명주도 고개를 끄덕였다. 도규가 흘낏 보니 앳되지만 귀여운 상이었다. 명주가 씨익 미소를 지었다. 그러면서 도규에게 선심 쓰듯 얘기를 들려주었다.

"우리 수칙마마님께서 궁인으로는 나보다 일 년 밑인데, 뭐 워낙에 출중하셔서 내가 외려 언니로 모셨었지요. 얼굴도 예쁘고 마음도 고와서 내 필시 잘될 것이라 믿어 의심치 않았는데, 나도 그 덕을 보게 되었지 뭡니까. 까딱하면 궁에서 출궁될 뻔했는데, 이리 직급도 올라가고 말입니다. 승은을 입었어도 이전이나 이후나 한결같으시니 참 좋은 분이랍니다."

"저하께서도 아무나 맘에 들일 분이 아니시니 그러하겠지. 그분이 사람 보는 눈은 탁월하신 분이다."

도규는 자신을 중용한 세자를 떠올리며 말했다.

"저하의 호위무사라는 게 참말인가 봅니다. 그리 옳은 소리를 하시니. 근데 이리 경사스러운 일까지 생겼으니 더 바랄 나위가 없지 않겠어요?"

"경사라니, 무슨 경사 말이냐?"

도규가 궁금하여 반문했다. 명주는 혀를 차고는 주위를 살핀 뒤 한껏 목소리를 낮춰 속삭였다.

"저하의 가장 가까운 곳에 계시면서 영 까막눈이십니다. 우리 수칙마마님께서 저하의 혈통을 수태하셨지 뭡니까. 이 얼마나 경사입니까, 경사."

도규는 예상치 못했던 정보에 잠시 당혹스러웠다. 수태 소식이 어떤 파장을 불러올지, 정치에는 문외한인 도규로서는 가늠할 수 없는 일이었다.

때마침 문이 열리고 세자와 빙애가 모습을 드러냈다. 명주는 얼른 안으로 달려들어갔고, 도규는 담벼락 뒤로 몸을 숨겼다. 먼발치에서 흘깃 다시 훔쳐보자 기쁨에 가득 찬 세자의 얼굴이 얼핏 보였다. 사랑하는 여인이 자신의 아이를 가졌을 때, 여느 사내들이 지을 법한 그런 미소를 가득 머금고 있었다. 도규도 자신의 아이가 들어섰다는 말을 들었을 때 저런 표정을 지었었다. 비운으로 떠난 딸아이와 아내가 다시 떠올랐다. 어찌할 수 없는 분노와 절망감이 그를 휘감았다.

다음 순간, 도규는 깜짝 놀라고 말았다. 빙애라는 여인의 얼굴이 너무 낯이 익었다. 십 년에 가까운 세월이 흘렀으나, 그 한순간 오랜 기억이 선연하게 되살아났다. 윤구선 대감이 들이려 했던 양딸이었다. 어찌 잊겠는가. 윤구선의 집안이 운영하는 술도가를 친 것은 청풍회 임무 중 가장 큰 사건이었고, 그 과정에서 그는 죽을 뻔도 하였다. 게다가 아이의 미색이 참으로 고와, 한두 순간의 일별이라도 쉽게 잊을 수 없는 얼굴이었다. 그러고 보니 그 아이 이름이 빙애라 하였다. 주로 구선의 수양딸로 칭했기에 단번에 깨닫진 못했지만, 그 이름이 분명했다. 저 아이가 어떻게 궁인이 되어 세자 저하의 여인이 되었단 말인가. 도규는 그 맥락을 이해하기가 참으로 어려웠다.

이제 어찌해야 하나. 이대로 홍봉한 대감에게 달려가 세자의 마음을 앗아간 여인이 역적 윤구선이 한때 양딸로 들이려 했던 아이라 고한다면? 그러면 이 일은 어마어마한 파장을 불러올 것이다. 정치에 문외한인 그라도 그 정도는 쉽게 알 수 있었다. 그러면 세자는 타격을 입고, 자신의 뜻을 펼칠 여지를 잃게 될 것이다. 자칫 폐세자의 빌미가 될 수도 있었다. 역적의 딸이었다. 그런 여인을 품었다. 주상은 진노할 것이 자명했다. 도규는 자신의 고변으로 자신을 믿어준 세자의 꿈을 물거품으로 만들 수는 없었다.

하지만 저 아이의 속내는 어떤 것인가. 혹여 세자를 해하려는 것은 아닐까. 복수심이 없지 않을 터인데. 하지만 그렇다면 어찌하여 세자의 아이를 가진 것인가. 아니면 그냥저냥 흘러가는 대로 몸을 의탁하는 그저 그런 영악한 아이에 불과한 것인가. 도규로서는 그런 갈등 속에서 자신의 처지가 보다 분명히 드러나는 듯했다. 세자도, 노론도 어느 한쪽을 택하지도 버리지도 못하는 처지,

그것이 도규의 현재였다.

그때 박문수의 유지가 떠올랐다. 그 아이를 다시 만나거든 살려주라고 했던. 윤구선의 죽음에 늘 마음 아파하던 박문수의 마지막 부탁이었다. 그는 그러겠노라 했다. 그로서는 이미 그 아이가 죽은 줄로만 알았다. 구선의 죽음에는 한 점 부끄러움이 없었으나, 그의 딸을 보며 자신의 죽은 딸을 떠올렸던 기억은 여태 생생했다.

마음속에 갈등이 이는데, 이번에는 세자의 얼굴이 눈에 들어왔다. 순수한 기쁨으로 가득했다. 그가 지난 일 년여 동안 세자를 모시면서 단 한 번도 보지 못했던 표정이었다. 대담하긴 하였으나 늘 긴장되고 초조해하던 세자의 얼굴에 처음으로 평안한 미소가 깃들었다. 도규는 세자가 누리는 그런 기쁨이 자신의 것처럼 피로 얼룩지지 않기를 바랐다.

마음이 흔들렸다. 홍봉한에게로 가는 내내 그런 양가감정이 그의 내면에서 치열하게 다투었다. 어찌해야 하나, 어찌해야 하나. 결정을 내리지 못하는 자신이 답답하기만 하였다. 하지만 이미 마음의 추는 한쪽으로 기울고 있었다.

홍봉한 대감 앞에 서서 그의 번뜩이는 눈을 본 다음에야, 도규는 결심을 굳혔다.

"수칙 박씨는 시전을 하는 중인의 여식으로, 미색이 곱고 성품이 다감해 평판이 좋은 궁인이었습니다. 아마 저하께서는 그저 그 미색과 유순한 품성에 끌리신 듯하옵니다."

도규는 빙애의 수태 소식조차 알리지 않았다. 그 보고에 홍봉한은 실망한 기색이 역력했다.

"가서 자네 일을 하고 있게. 때가 되면 다시 부를 테니. 아직 자네의 역할은 끝나지 않았으리라 믿네. 자네를 위해 우리도 애를 쓰고 있으니, 조만간 좋은 소식도 있을 것이네."

홍봉한은 이제 도규가 미덥지 않았고 그를 위해 애쓸 필요도 느끼지 않았으나, 이왕 자기들 쪽으로 포섭한 이상 다른 말이 나오지 않게 단속을 잘해두어야 했다.

"예, 대감. 소인은 그만 물러가겠습니다."

홍봉한의 집을 나선 도규는 여전히 자신이 한 선택이 옳은지 그른지 확신할 수 없었다.

'내 그 아이에 대한 감시의 눈을 게을리하지 않을 것이다. 그 아이가 아무 문제도 일으키지 않고 저하의 여인으로 자신의 수를 누린다면 아무런 해가 될 것이 없지 않겠는가. 박문수 대감의 유지도 지킨 셈이니, 이 또한 내게는 좋은 일이다. 허나 그 아이가 어떤 의도를 품고 세자 저하에게 위해를 가하려 든다면 내가 직접 베어버릴 것이다.'

그는 마음의 작정을 두고 그 길로 춘천의 조 대감을 만나기 위해 길을 나섰다.

23

　임금의 불호령 앞에 선은 벌벌 떨고만 있었다. 굳은 각오를 하고 나왔건만, 여느 때처럼 부왕 앞에 서면 용기가 바닥나버리는 듯했다. 근래엔 종종 병을 핑계 삼아 문안을 나가지 않기도 하였던 터라, 그 두려움이 더 커진 까닭이었다. 최근 들어 마음속 깊은 곳에 불경한 마음이 드는 것은, 그가 계획한 일들과도 관련이 있었다. 부왕이 자리에서 물러나면 그가 보위를 물려받을 터이고, 그렇게 된다면 그는 준비된 군사들을 통해 노론 세력을 제압하고 장차 북벌의 원대한 기치를 올릴 것이다. 대내로는 백성들에게 보다 기껍고 차별 없는 세상을 만들어줄 작정이었다.

　하지만 역시 문제는 보위에 오르는 것이었다. 주상은 타고난 장수長壽 체질이었고, 노론의 결집 또한 눈에 띄게 두드러지는 추세였다.

　그래도 그가 예전보다 자신감에 넘치고 덜 초조한 데는 이유가 있었다. 하나는 그의 구상이 조심스레 진행되고 있다는 사실이요, 다른 하나는 마음이 통하는 여인을 얻은 것이었다. 빈과 함께할 때는 누릴 수 없었던 심신의 만족감이 그를 충만하게 채워주었다. 글과 그림에 능하니 여느 선비들 못지않게 대화가 가능했고, 얼굴은 미색에다 마음도 곱고 착했다. 무엇보다 자신의 아픔과 불안을 정확하게 이해하고 함께 품으려 했다. 빈이 그의 마음에 늘 생채기를 내는 것과는 정반대였다.

오늘 부왕의 부름은 역시 그 문제 때문이었다. 부왕은 세자를 대면할 때부터 이미 노기怒氣를 역력히 드러내고 있었다.

"무예를 좋아한다는 아이가 무슨 병치레가 그리 잦느냐? 건강 또한 일국의 국본이 마땅히 지녀야 할 자격인 것을. 한심하다."

"소자, 송구하옵니다."

언변이 부족하진 않으나, 부왕 앞에서는 딱 할 말만 하는 이선이었다. 자신이 어떻게 대처하든 결과는 달라지지 않는다는 것을 그간의 경험을 통해 배운 탓이었다. 사실 부왕과는 거의 말이 통하지 않았다. 정국을 바라보는 관점에서, 세자는 부왕과 자신이 얼마나 다른 인식을 가졌는지 새삼 실감하는 나날들이었다.

"정녕 병치레였느냐. 아니면 네가 취하였다는 계집에게 녹아나 이 애비 보기보다 더 즐기는 까닭이냐."

부왕이 바로 본론으로 들어갔다. 노론이 이를 빌미 삼지 않을 리 없었기에 나름의 준비를 하고는 있었으나, 막상 부왕의 질책이 시작되자 세자의 가슴은 역시 불안했다. 부왕을 찾지 않은 기간에도 빙애를 만난 것은 사실이었다. 사실 요즘은 빙애를 보지 않고는 하루를 넘길 수가 없었다.

'그 아이의 위로가 세상의 권력보다, 아버지의 명령보다, 만세의 지고한 복락보다 내겐 더 크더이다.'

그렇게 말하고 싶었지만, 세자는 그저 머리를 조아릴 따름이었다. 이것이 부왕의 심기를 더욱 거슬렀다.

"아무 말도 않는 것은 그렇다 함이렷다. 내 듣자니 그 아이가 대왕대비마마의 아이였다 들었다. 윗사람의 궁녀는 건드리지 않는 것이 궁중의 예의라는 것인데, 어찌 일국의 세자가 그런 무례를 범한단 말인가. 이것이 조정 대신과 백성들이 보기에 얼마나 추태로 보일지 정녕 모른단 말이냐? 아니면 너는 그런 것에는 아예 관심도 없더란 말이냐."

세자는 다시 등 뒤로 땀이 주르륵 흐르는 것을 느꼈다. 대왕대비전의 아이를 취한 것을 탓하시면 그냥 질책으로 받고 말 일이었다. 그런 것이 어디 하루 이틀인가. 마음이 답답해 말을 달리다 오면 공부를 게을리한다고, 궐 밖의 세상 민심을 살피러 나서면 백성들을 불안하게 하였다고 트집을 잡았다. 빙애를 취할 때, 이미 노론 측의 집요한 공격은 예상하고 있었다. 오히려 그 강도가 약해 놀랐을 정도였다. 하지만 어찌하여 부왕은 그 문제를 국왕의 자질 문제로 비화시키는가. 결국 아버지도 자신을 폐할 명분을 찾으심인가.

"소자가 그 아이를 취한 것은 대왕대비마마께서 승하하신 이후

이며, 그 아이의 미색에 끌렸을 따름이지 무례를 범할 의도는 아니었습니다. 통촉하여주시옵소서, 전하."

"참람한 거짓말이다. 내게도 눈이 있고 귀가 있거늘. 내가 뒷전에 물러나 있다고 해서 그리 우습게 여기는 것이냐?"

세자의 속이 바싹 타들어갔다. 하지만 여기서 물러날 수도 없는 노릇이었다.

"사내의 몸이 귀천을 따지겠나이까. 학식 높은 선비들도 첩을 두지 않습니까. 소자는 궁에서 제 몸을 데워줄 여인이 하나 필요하였을 뿐입니다. 눈에 들어 취하고 보니 대왕대비전의 소속이었으나, 이미 대왕대비마마께서 승하하신 연후로 궁에서 출궁당할 처지이기에 제가 들인 것일 뿐입니다. 왕가王家에서 몸을 데울 연유로 궁인을 취함이 악한 일은 아니지 않나이까."

부왕의 친모 역시 무수리 출신이었다. 그런 여인이 숙종임금의 눈에 들어 승은을 입고 부왕을 낳았다. 출생의 한계를 극복한 것은, 노론을 끌어들인 기민한 정치력 덕분이었다. 그런 부왕이니 궁녀를 취한 것을 두고 심히 왈가왈부하지는 못할 터였다. 게다가 부왕은 얼마 전에 세자보다도 어린 후궁을 들였으니, 더더구나 그럴 터였다.

"못난 놈. 이미 일이 그리되었으니 된 것은 어찌할 수 없다 쳐도, 그 아이는 출궁시키도록 하라. 조정 대신 보기에 민망하고 논란이 될 듯하니, 그리 조처하라."

부왕이 한발 물러섰지만, 세자는 더더욱 물러설 수 없는 상황이었다. 이제 선에게 빙애는 없어서는 아니 될 아이였다. 선은 비장의 무기를 꺼내들었다.

"소자, 마땅히 전하의 명을 받들어 그리하여야 하겠사오나, 이미…… 아이를 수태하였습니다. 어찌 아비 된 도리로, 또 조선의 세자로서, 왕가의 혈통을 밖으로 나돌 게 둘 수 있겠습니까. 통촉하여주시옵소서."

"허허, 참 가관이로다. 대리청정을 하며 국사를 도맡아 하는 와중에 계집질이나 하고 아이나 배게 하다니 참으로 못났다. 네 그 품행을 고치는 것을 보아야 내 편히 죽을 것을."

임금은 잠시 생각하더니, 한숨을 내쉬고는 말을 이었다.

"네 씨가 있다 하니 함부로 내칠 수는 없겠다만, 내가 그 씨를 귀히 여기기를 바라지는 말라. 알아들었느냐. 그 아이가 아들을 생산한다 해도, 그 아이의 품계를 올려주지는 않을 것이다. 또한 그 아이와의 일이 조정에 자꾸 오르내리지 않도록 삼가 주의토록 하라."

"네, 아바마마. 명심하겠나이다."

세자는 부러 아바마마라는 호칭을 사용하여 대답했다. 내가 당신의 아들이고, 빙애가 품은 아이는 당신 아들의 씨이니, 그 아이 역시 당신의 손주일 수밖에 없지 않겠습니까, 라는 의미이기도 하였다.

"또한 빈에게도 더욱 신경 쓰도록 하여라. 천한 여인을 취한 것도 모자라 아이까지 배게 하였으니, 빈의 마음이 편치 않을 것이다. 세손 때문에라도 더욱 예민할 터."

세자 역시 그런 점은 잘 알고 있었다. 빈에 대한 마음은 줄었어도 산이만큼은 누구보다 아끼는 아비였다. 또 다른 아들이 태어난다 해도 그것이 산이의 자리를 위협할 리는 없을 것이었다. 빙애역시 그런 것을 바라지 않을 것이고. 다만 두 아이가 친형제처럼지내기를 바랄 따름이었다. 선왕과 부왕의 선례가 반복되지 않기를 바랐다.

그쯤에서 끝내도 충분할 터인데, 임금은 기어이 말을 덧붙였다.

"도대체 세자빈이 어디가 모자라 그러느냐. 요즘은 도통 출입도하지 않는다 하더구나. 내 보기에 그토록 바르고 현명한 아이가없건만, 그리 사람 보는 눈이 흐려 어디 쓰겠느냐. 세자빈이 해주는 조언만 잘 새겨들어도 성군이 될 것이다."

모두가 한패다. 세자의 마음에는 그 생각이 가장 먼저 깃들었다. 반발감이 치밀어올랐지만, 감히 부왕 앞에서는 입도 뗄 수 없었다. 더군다나 빙애 문제를 다루고 있는 이 시점에서는 어떤 빌미도 주지 않는 것이 상책이었다.

"빈이 심려치 않도록 돌보겠습니다."

"못난 놈, 물러가거라."

세자는 희정당 담벼락을 돌아 나와서야 식은땀을 훔쳤다. 기가눌렸던 기분이 일순간 풀리며 오히려 상쾌한 느낌이 들었다. 임금은 세자빈을 들먹이고 보위에 오를 자격을 운운하였으나, 세자에게 지금 중요한 것은 빙애가 궁에 안전히 남는 것이었고, 그 목적은 달성되었다. 노론 세력이 내내 트집을 잡아대겠지만, 임금이 그 씨가 태어나는 것을 허락한 이상 빙애의 존재 자체를 위협할 수는 없을 터였다. 동궁에 이르러서는 후련한 웃음을 터뜨렸다.

'되었다. 우선은 이것으로 되었다. 그 아이가 내 곁에 있고 내 아이를 낳아주니 이것으로 되었다. 나의 사람들이 소리 없이 움직이고 있으니 그것으로 되었다.'

24

빙애의 마음은 오늘도 어지러웠다. 구선의 집에서의 꿈같은 세월이 자신의 삶에서 온전히 안식을 누린 유일한 때인 듯하였다. 다시 한 번 그때로 돌아가고 싶었다. 그녀는 그리할 수만 있다면, 그럴 기회만 주어진다면 언제든지 초개草芥같이 자신의 몸을 던질 것이었다. 그런데 아이가 생겼다. 이제 홑몸이 아니었다. 이 아이는 어찌하란 말인가.

빙애는 자신의 부푼 배를 어루만졌다. 생산일이 다가오고 있었다. 만삭의 배는 무겁기도 하였지만, 그만한 무게를 가지기까지 지내온 시간의 더께도 함께 지니고 있었다. 원해서 가진 아이는 아니었으나, 태중에서 살아 움직이는 생명이 전하는 그 태동을 무시할 수 없었다.

참으로 알다가도 모를 삶이었다. 비록 허황된 바람이었다 해도 양아버지와 오라버니의 복수를 하려 입궐하였는데, 어찌하다 보니 세자의 아이를 태에 담게 된 것이다. 이 얼마나 짓궂은 운명인가. 세자에게 몸을 내어줄 때만 하여도, 최소한 세자를 보위에 오르게 하는 데 일조함으로써 임금의 치세가 끝나는 것을 보리라는 변명이라도 할 수 있었는데, 덜컥 수태를 하는 바람에 그녀는 세자의 계획에서도 한 발짝 물러나게 되었다.

세자는 틈만 나면 찾아왔다. 빙애를 안고 배 속의 아기에게 부드러운 음성으로 이런저런 얘기를 들려주었다. 주로 세자의 꿈과 보위를 향한 계획을 속삭였는데, 그것은 태중의 아이에게라기보다는 빙애에게 들려주기 위함이었다. 내가 너를 이 모든 일에서 내내 소외시키지 않으리라, 그는 그렇게 말하는 것이었다. 세자는 미더운 사람이었다.

자꾸 세자를 접할수록 빙애는 그가 참으로 좋은 낭군이라는 생각이 들었다. 미덥고 자상했다. 여인의 마음도 헤아릴 줄 알았고, 존경받을 만한 면면이 많았다. 그럼에도 빙애가 세자를 대할 때 가장 깊숙이 깃드는 감정은 여전히 연모라기보다는 연민에 가까웠다. 시훈을 향한 마음의 그리움은 여전했다.

하지만 그런 연민이 정이 되어갔다. 아이가 태중에 들고부터는 아이의 아버지라는 존재감도 그녀의 마음에 깃들었다. 그녀가 마음속으로 여전히 사랑하고 그리워하는 이는 시훈 오라버니였지만, 자신이 사는 세상과 속한 삶 속에서 세자의 무게감이 짙어져 가는 것을 부인할 수는 없었다.

'그냥 이대로 이렇게 한 생을 살아가게 되는 것일까. 그분이 보위에 오르고 그분 곁에서 그분이 성군이 되어가는 것을 지켜보면서, 내 아이와 함께 늙어가는 것으로 되는 것일까. 시훈 오라버니와는 이렇게 영영 작별이 되는 것일까.'

오늘처럼 비가 부슬부슬 내리는 날이면, 시훈 오라버니가 더욱 그리웠다. 시훈의 살내음이 떠올랐다. 그 아찔한 현기증은 세자가 아무리 다정하게 안아주어도 느낄 수 없는 것이었다. 시훈이라는 거대한 벽이 여전히 그녀 마음에 견고하게 서서 세자를 향한 마음의 행보를 더디게 하였다.

'배 속의 아이가 시훈 오라버니의 아이였더라면 얼마나 행복하였을까.'

그런 생각을 애써 밀어내지 못한 것이 죄스러웠다. 아이에게도 세자에게도. 그런 죄책감이 깃든다는 것 역시 그들에 대한 정이 생겨났다는 의미일 터였다.

하지만 아이를 가지고부터 세자빈의 압박은 더욱 심해졌다. 며칠 전에는 이 엄동설한에 세자빈이 불러 무거운 몸을 움직여 겨우 찾아갔더니, 주상 전하의 부름을 받아 대전에 들었다며 자리를 비우고 없었다. 그것은 일종의 시위였다. 네가 아무리 세자의 사랑을 받고 아들을 낳아도 이 궁에서 네 자리는 없다는 것을 보여주는 것이었다. 그리 생각하자, 태어날 아이의 운명이 또 가여웠다.

'너는 어찌하여 나의 배 속에 자리했느냐. 이왕이면 빈의 몸에서 태어났더라면 더 좋았을 것을.'

그때 명주의 목소리가 상념을 깨고 들어왔다.

"수칙마마, 세자 저하 납시었습니다."

명주는 기꺼이 그녀를 따라왔다. 궁에서 나가기 싫었기 때문일 수도 있었으나, 이 선택도 명주에게는 쉬운 일은 아니었다. 세자빈의 견제를 받는 입장에서, 빙애의 사람이 되는 것은 궁에서의 입지 또한 어려워진다는 의미였다. 궁녀들 역시 줄을 잘 타고 상전을 잘 만나야 평안할 수 있는 매인 몸들이었다. 또한 빙애가 언니라고는 하나, 궁인으로서는 명주가 먼저였기에 꺼릴 법한데도, 성격 밝고 명랑한 그녀는 그 자리가 마땅히 자신의 자리라 여기는 듯했다.

세자가 방에 들어오며 몸을 일으키는 빙애를 만류했다.

"아니, 아니 일어나지 말라. 내 그러지 말라 몇 번이나 말하였느냐. 아이와 자신의 몸을 우선하여라."

세자가 얼른 다가와 빙애의 배에 손을 얹고 배 속의 아기에게 말했다.

"무탈하게 잘 있느냐. 아무쪼록 네 어미의 배 속에서 탈 없이 있다 건강히 태어나야 하느니라."

그런 세자의 모습이 참으로 범상하여 빙애는 약간 우습게 느껴졌다. 그녀가 저도 모르게 쿡, 웃자 세자가 만면에 빙그레 미소를 짓고 빙애를 바라보았다.

"이리 웃으니 참으로 기분이 좋구나. 내 이제부터는 웃으며 살라 했건만, 어찌하여 그리 내내 우울한 것이냐."

마음속 정인 때문이냐, 그렇게 묻고 싶었을 것이다. 아직도 잊지 못한 것이냐, 따지고 싶었을 것이다. 하지만 빙애와 몸을 섞은 그날 이후, 세자와 빙애 모두 정인의 존재에 대해서는 일절 입에 올리지 않았다. 그 심중이야 제각각이겠지만, 암묵적으로 그리되었다.

빙애는 얼른 화제를 바꾸었다.

"저하께서 하시는 일은 잘되고 계신지요?"

"내 너를 내 구상에 동참하게 해주겠다 하고서는 이리 아이를 수태케 하였으니 참으로 미안하다. 허나 이미 빙애 너로 인해 내 마음이 실로 평온하니 그것이 곧 나의 일에 동참함이 아니겠는가. 때가 되면 직접 그 일을 볼 수 있도록 내 약조하마."

"저 때문이 아니오라, 그저 저하의 계획이 순탄하신지 여쭙고 싶었습니다."

세자가 목소리를 낮추었다.

"일은 잘되고 있다. 내 호위무사 중 미더운 자 하나를 춘천에 있는 조재호 대감에게 보냈다. 그이가 직접 왕래하며 내게 일의 경과를 전하고 있지. 손재 대감은 믿을 수 있는 가신들을 전국으로 파견해 물색을 살피고, 일에 동참할 만한 자들을 은밀히 찾고 있다. 한강 이남에서는 워낙 노론의 세력이 잘 갖추어진 탓에 섣불리 움직이기가 힘이 드나, 저 변방으로 갈수록 가능성이 엿보인다 하더구나. 아무래도 조정에서 멀다 보니 노론 대신들의 손길이 상대적으로 덜 미쳐 그런 듯하다. 내 보위에 오르면 당장 손을 보아 정비할 일이나, 현재로서는 그 허술함이 나의 구상에 도움이 되는 셈이니, 이 또한 참 재미있는 일이지. 몇몇 물색해둔 이들이 있다고 하니, 참으로 다행한 일이다. 이대로 일이 잘되어주기만 한다면 좋을 텐데 말이다."

빙애는 때마침 이슬이 흐르는 것인지 선뜩한 느낌이 들어 세자의 말에 집중할 수 없었다.

"……네, 저하의 뜻이 잘 이루어지기를 바랄 따름입니다."

"고맙다, 빙애야. 너를 만나고부터 내 안에서 꿈틀거리는 힘이 느껴지는구나."

"……소녀가 무슨 한 일이 있다고……"

갑자기 빙애가 말을 잇지 못하고 앞으로 고꾸라졌다. 세자가 깜짝 놀라 몸을 일으켰다.

"왜 이러느냐? 진통이 시작되는 것이냐?"

"……저하, 그런가 보옵니다. 명주를 불러주십시오. 곧 아기가 나올 듯합니다."

빙애가 가까스로 말을 뱉어냈다.

세자가 문을 박차고 나가 명주를 부르고 나인들을 시켜 내의원의 의원을 호출했다.

한바탕 소란이 일었다. 부산하고 어수선한 풍경이 펼쳐졌다. 빙애는 새 술이 들어오던 날, 구선 대감 집안의 어수선함이 떠올랐다. 시훈은 그때마다 앞장서서 지시를 했고, 다들 흥겨워 어깨를 들썩이곤 했다. 열린 문 사이로 빗줄기가 굵어지는 소리가 들렸다.

'아가야, 너는 어떤 운명을 타고나는 것이냐? 부디 그것이 어미

의 것처럼 아프고 고통스러운 것만은 아니기를 바라마.'

　빙애는 기쁨인지 슬픔인지 알 수 없는 눈물이 흐르는 것을 느꼈다. 그리고 다음 순간 극심한 통증이 그녀의 몸을 휘감았다. 아픔과 신음, 불안과 희망이 교차하는 오랜 진통의 시간이 시작되었다.

　비는 폭우가 되어 마치 누군가의 서글픈 눈물처럼 궁을 적셨다. 세자는 비에 젖는 것도 모른 채 서성였고, 그 통에 환관들만 비를 가려주느라 동분서주해야 했다. 길고 어둡고 눅눅한 밤이었다.

　그 긴 밤이 지난 새벽녘, 빙애가 아이를 생산하였다. 딸이었다.

25

떨어지는 빗방울이 슬픈 울음처럼 느껴졌다. 시훈은 어제 빚어낸 술들이 혹여 빗물에 상할까 싶어 주조장을 재차 점검하고 움집으로 돌아왔다. 그의 온몸이 비에 흠뻑 젖었다. 비를 간단히 훔친 다음, 그는 자리에 누웠다. 이제는 예전처럼 칼을 휘두르며 산을 달려올라가는 일은 없었다. 그렇다 해도 비가 오면 기운이 빠지고 맥이 없어지는 것은 여전했다. 세상에 바라는 것이 없어지기 전까지는, 아니면 그가 그런 세상을 더 이상 볼 수 없게 되기 전에는 이 마음이 아물 것 같지 않았다.

하지만 그도 이제는 자신의 책임을 다해야 했다. 그에게 속한 것들이 많았다. 예전처럼 혈혈단신 세상에 자신 혼자만 남겨진 것처럼 행세할 수는 없었다. 산채 식구들이 모두 그의 말 한마디 한마디에 반응했다. 한 차례 무서운 관군의 공격을 피해 없이 막아내면서 그의 통솔력은 더욱 빛을 발했다. 매서운 겨울 추위와 여름 태풍을 지혜롭게 극복하면서, 그도 스스로의 자리를 찾았다. 이제 와서 개인적인 연유로 훌쩍 이들을 등질 수는 없는 노릇이었다.

빙애의 족적은 도무지 찾을 수 없었다. 함께 사라진 복돌아범이라도 찾으면 좋으련만, 그 역시 감쪽같이 자취를 지웠다. 한양 어딘가에 있을지 모른다는 이야기를 들었지만, 시훈이 갈 수 없는 곳이 바로 한양이었다. 그것은 빙애도 마찬가지라고 생각했기에, 그로서는 빙애가 어디에 있는지 도무지 알 수 없었다. 이제 마음을 비워야 하나, 그리하는 것이 하늘의 뜻인가. 하지만 혹시 그녀가 여전히 그를 기다리고 있다면, 그렇다면? 그런 고민 속에 한참을 뒤척이다 잠이 들었다.

새벽 공기가 새어들어와 그의 잠을 깨웠다. 비는 그쳐 있었다. 그는 곁에 누운 여인을 물끄러미 바라보았다. 향아였다. 향아는 그의 움집으로 거처를 옮겼다. 공식적인 혼례도 없었고, 둘의 관계에 대한 공표도 없었다. 적만에게 장인이라 호칭하지도 않았다. 하지만 모두들 향아가 두목의 여자라는 것을 알았다. 적만은 내심 혼례를 올리기를 바라는 듯하였고, 명선도 조심스레 그러는 것이 좋지 않겠느냐고 언질을 주었지만, 시훈은 결정을 내릴 수 없었다. 한쪽을 택하자니 마음속의 빙애에게 죄를 짓는 듯하였고, 다른 한쪽을 택하자니 눈앞의 향아에게 미안했다.

향아는 영민한 아이였다. 향아가 나서서 사람들을 만류했다.

"이대로가 좋아요, 저는. 혼례는 올리지 않아도 괜찮아요. 그냥 지금 이 순간 이렇게 함께하는 것으로 족합니다. 우리같이 세상의 근본에서 멀어진 사람들이 남들 하듯 다하고 살 수도 없고, 그럴 필요도 없잖아요."

하지만 향아는 어느 밤, 시훈의 품에 안겨 말했다.

"오라버니가 마음속 정인을 못 잊는다 해도 좋아요. 사람 마음 깊은 곳을 제가 어찌할 수 있겠어요. 보이지 않는 여인의 잔상과 어찌 겨루겠어요. 다만 지금은 온전히 저와 함께해주세요. 그러다 보면 제가 조금씩 조금씩 오라버니의 마음에 자리하게 될 테고 언젠가는 절 온전히 받아들이는 날도 오겠지요. 그때가 오십 줄이든 환갑 무렵이든, 오라버니 마음이 그리된 날에 혼례를 올려도 좋아요."

그 마음이 애달파 시훈은 또 향아가 안쓰럽고 미안했다.

그리 몸을 섞고 살아간 지도 한 해가 넘어가고 있었다. 아이는 들어서지 않았다. 아이를 가지지 않기로 작정한 것인지는 확실치 않았다. 그에 대해 이야기한 적도 없었다. 향아는 그 또한 받아들였다. 아이를 가진다는, 한 남자의 여인으로서 마땅히 가질 법한 소망을 그녀는 말없이 내려놓았다. 그 역시 때가 되면 이루어지리라 믿는 것일지도 몰랐다. 아이가 생기면 그의 마음을 더 단단히 잡을 수 있으리란 생각이 없지는 않을 터였다. 향아의 깊은 속내는 시훈도 알 도리가 없었다. 그저 그 속내가 깊은 서글픔으로 채워진 것은 아닐까 염려스러울 따름이었다. 염려는 하는데 또 마음이 온전히 따르지 않는 것이 답답하기도 했다.

이런 것도 연정이라 할 수 있을지, 시훈은 모르겠다는 생각이

들었다. 향아가 싫지 않았고, 그녀와 몸을 섞을 때의 흥분도 적지 않았지만, 빙애를 대할 때의 그 마음과는 무언가 달랐다. 그 미묘한 차이 때문에 시훈은 내내 앞으로 나아가길 망설이고 있었다.

그는 옷가지를 주섬주섬 챙겨입고, 잠든 향아가 깰까 조심조심 밖으로 나왔다.

산채의 맑고 차가운 아침 공기가 그를 맞았다. 새들도 아직 잠에서 깨어나지 않은 것인지 지저귀지 않았다. 그는 움집 앞에 가져다 놓은 커다란 바위에 올라 가부좌를 틀었다. 명선에게 배운 참선參禪을 할 생각이었다. 그것은 그가 분노를 가라앉히는 데 큰 도움이 되었다. 묘향산의 맑고 티 없이 순수한 절경 속에서 차분히 마음을 가다듬는 순간만큼은 그의 화도 그리움도 잠시나마 모두 사라지는 듯했다. 그러고 나면 그는 그 동력으로 하루를 살아낼 수 있었다.

하지만 오늘 아침, 그의 참선은 시작하기도 전에 방해를 받았다. 반년 전 관군이 작정하고 산채를 공습한 것을 막아낸 이후, 시훈은 산채 전체의 훈련 체계를 보다 실효적으로 가다듬었을 뿐 아니라 나무 울타리로 방벽防壁을 세우고 경계를 강화했다. 적의 공격을 막아주는 가파른 산세와 준비된 역량이 모여 산채는 한층 더 안전하게 보호받고 있었다.

그 경계 일선의 임무를 맡은, 갓 사내 티가 나기 시작한 창기라는 아이가 헐레벌떡 달려왔다.

"무슨 일이냐?"

"예, 두목. 사람이 찾아왔습니다. 두목을 뵙고자 합니다."

"사람이라니? 이 이른 시각에 홀로 이 산세를 올라왔단 말이냐? 어젯밤의 그 비를 뚫고?"

"예. 중한 일이고 은밀한 일이라, 두목과 직접 이야기해야 한다고 합니다. 행색과 면면을 보아하니 허튼 자는 아닌 듯하여 달려왔습니다."

"행색과 면면이 어떠하기에 그러느냐?"

"홀로 산채를 찾아온 듯한데, 체구는 크지 않으나 다부진 느낌이 있고 눈빛이 형형하고 두려운 기색이 없습니다. 말을 하는 본새가 먹물을 좀 먹은 듯 유식하고 유창하니 예사 사람처럼 보이지는 않았습니다."

"필시 혼자더냐?"

"예. 그자를 세워두고 정찰대가 일대를 수색해보았지만, 개미새끼 하나 보이지 않았습니다."

시훈은 호기심이 일었다. 도대체 누가 난공불락의 산적 패가 있다고 알려진 곳을 혈혈단신으로 찾아온단 말인가. 일단은 만나보아야 할 일이었다.

"그자를 본채로 데려와라. 가는 길에 이 일을 명선스님과 적만 형님에게 알려 함께 보자고 하여라."

"예."

창기는 올 때처럼 재빠르게 산채를 다시 내려갔다. 시훈은 산채 사람들을 분류해 주조에 능한 자는 주조의 임무에, 몸이 건장하고 민첩한 사내들은 경계 임무에 집중시켰다.

바깥의 소란 때문에 잠이 깬 것인지 향아가 옷을 갖추어 입고 움막 밖으로 나왔다.

"누가 찾아왔다고요?"

"그렇다는구나. 내 지금 가서 만나볼 터이니, 너는 좀 더 자거라. 늦을지 모르니 시장하면 아침은 먼저 들고."

"오라버니가 올 때까지 기다릴게요. 그보다 누구일까요? 또 관군의 공격이 있을 전조는 아닐까요?"

"만나보면 알 터이지. 너무 심려 말아라. 이미 이 산채는 쉽사리 공략할 수 없을 만큼 태세를 갖추었으니."

시훈은 향아를 안심시킨 다음, 서둘러 본채로 향했다. 잠시 후 적만과 명선이 합류했다. 거의 동시에 사내 둘에게 안내되어 낯선 객이 올라왔다. 경계병 창기의 말처럼 체구는 작았으나 다부지고 걸음이 당당했다. 그는 잠시 셋 중 두목이 누구인지 살폈다. 시훈이 먼저 나섰다.

"내가 이 산채의 우두머리요. 댁은 뉘신데 이런 이른 아침에 예를 찾으셨소?"

"먼저 인사드리지요. 소인은 전 우상 조재호 대감댁의 가인家人으로 있는 자인데, 전언이 있어 춘천에서부터 먼 길을 달려왔습니다. 가급적 눈에 띄지 않으려고 밤길을 이용해 산을 올라온 것입니다. 참으로 험한 길이었습니다."

"춘천의 조 대감? 어찌하여 그분이 이 먼 곳의 나를 찾으라 했다는 거요?"

거기서 그는 잠시 망설였다. 나머지 두 사내의 존재를 의식하는 듯했다. 시훈이 이번에도 먼저 선수를 쳤다.

"이 두 분은 나와 함께 산채를 다스리는 분들이오. 내가 들어야 할 이야기라면, 이분들도 마땅히 들어야 할 것이오."

"그건 알겠습니다. 허나 만일 제 청을 거절하시더라도 이 산채에서 오간 이야기는 절대 밖으로 새어나가지 않도록 해주십시오. 약조해주시겠습니까?"

명선이 혀를 끌끌 찼다.

"허허, 만남을 청한 것은 그쪽 아니오. 어찌하여 이쪽에 자꾸 조건을 다는 게요."

"용서하십시오. 워낙 사안이 사안인지라, 사전에 양해를 구하고자 함입니다. 허나 곧 그 연유를 이해하실 겁니다."

시훈이 나섰다. 그는 이 사내의 배짱이 흥미로웠다.

"알겠소. 지금 나온 이야기는 우리 셋만 듣는 것이오. 그리고 그 제안이 어떤 것이든, 댁을 무사히 산에서 내려가도록 해줄 것도 약조하오. 어서 이야기해보시오."

그제야 사내가 안심이 된다는 듯 말을 시작했다.

"고맙습니다. 그리 믿고 말씀드리겠습니다. 소신은 조재호 대감 댁에서 보낸 이가온이라 합니다. 서신 한 장이 새어나가도 사달이 날 소지가 있는지라, 대감의 서신과 징표는 지참하지 않았으나, 제의에 응한다면 조만간 자리를 마련토록 하겠습니다."

시훈의 표정이 미묘하게 흔들렸다. 문득 조재호라는 이름이 뇌리를 스쳐간 까닭이었다. 조재호 대감은 대대로 소론 명망가였기에 아버지를 통해 그 고명高名을 들은 바 있었다. 하지만 소론의 높은 어르신이 왜? 혹 구선의 아들이 여기 살아 있는 것을 알았단 말인가.

"조 대감께서는 제게 군사를 조직하라 하셨습니다."

"군사라니, 그 무슨 말이오? 아무리 명망이 있다 하더라도 일개 양반이 사적으로 군사를 양성한단 말이오? 그것은 역심이 아니오?"

명선이 깜짝 놀라 끼어들었다.

"아니, 군사를 일으켜 조선을 뒤엎자는 것이 아닙니다. 우리 대감께서는 그런 분이 아닙니다. 다만, 더 큰 꿈을 꾸고 계실 따름입니다. 이미 여기서는 도적질과 밀주로 조정을 거스르고 있지 않습니까? 내 듣기로는 조직 또한 탄탄하고, 관군의 습격도 거뜬히 막아낼 정도로 군사 조직에 준한다 하기에 이리 찾아온 것입니다."

조용히 듣기만 하던 적만이 입을 열었다.

"하지만 밀주를 하고 도적질을 해서 입에 풀칠을 하는 것과, 누군가의 군사가 되는 것은 전혀 격이 다른 일이오. 어찌하여 이런 무람한 청을 하는 것이오. 이미 세상의 부귀영화에 대한 미련을 버린 자들이 모인 곳이거늘, 어찌 세파에 동참할 것이라 여긴단 말이오?"

"만일 이곳 사람들의 모든 죄가, 그것이 무엇이 되었든 면죄가 되고, 새로운 세상에서 떳떳한 백성으로 살아갈 길이 열린다면? 아니, 모두가 포기하였다 여긴 부귀는 물론이거니와 자손 대대로 자랑할 만한 명예를 얻을 수 있다면 말입니다. 그렇다면 어떻겠습니까?"

"조 대감이란 분이 어찌 그걸 줄 수 있단 말이오?"

가온은 입을 닫고 잠시 산채 수뇌들의 면면을 가늠하더니, 보다 은밀한 목소리로 속삭였다.

"그럴 능력을 가진 분이 배후에 계신다면, 어떻겠습니까?"

순간 좌중에 침묵이 깃들었다. 잠시 후 시훈이 입을 열었다.

"그게 누구요? 밀주라면 치를 떨고 사람 목 베기를 망설이지 않는 임금일 리는 없고, 그렇다면……"

"그렇소. 지금과는 다른 세상을 열어가실…… 세자 저하십니다."

눅눅하고 불안한 기운이 피어올랐다. 이번에는 명선이 입을 열었다.

"아들이 아비를 향해 칼날을 겨눈단 말이오? 지금 정녕 그런 이야기를 하는 게요?"

"다시 말하지만, 역모가 아닙니다. 주상 전하는 연로하셨습니다. 때가 되면 승하하시겠지요. 아마 머지않았을 겁니다. 제아무리 건강해도 천운을 이길 수는 없고, 진시황도 이루지 못한 불로장생을 달할 리 없겠지요. 곧 세자 저하께서 보위에 오르시어 조선의 임금이 되실 것입니다. 그분은 항간에 도는 소문과 달리, 실로 곧고 건장하며 무를 숭상하시는 분입니다. 원대한 북벌의 꿈 또한 품고 계시고, 백성 하나하나가 하루를 만족하며 살아갈 수 있는 세상을 꿈꾸고 계시기도 합니다. 그분이 보위에 오르시기만 하면 필시 세상이 달라질 것입니다. 다만……"

그는 잠시 말을 멈추었다가 다시 입을 열었다.

"다만 세자 저하께서 보위에 오르는 것을 반대하는 세력들이 있습니다. 그자들은 세자 저하를 폐하거나 죽이지 못해 안달이고, 설령 저하께서 보위에 오르신다 해도 그 뜻을 무참히 꺾으려 들 자들입니다. 지금 조선의 병권兵權은 그자들이 쥐고 있는 것이나 마찬가지입니다. 또 그자들은 지금의 주상 전하와 한편이 되어 세자 저하를 위협하고 있습니다. 그리하여 저하께서는 힘이 될 조직이 필요하신 것입니다. 관군과 맞붙어도 충분히 이길 만한 힘, 또 그분이 보위에 오르시면 원대한 꿈을 펼칠 기반이 될 강하고 유능한 군사들을 말입니다. 그래서 제가 먼 길을 달려 여기에 온 것이지요."

명선이 나지막하게 정리했다.

"그러니 우리는 잘못하면 역적이 될 수도 있고, 잘되면 임금의 측근이 될 수도 있는 제안을 받은 셈이로군."

"이 산채의 두목이 산적질과 밀주로 한 생을 살 위인이 아니라 들었습니다. 기껏해야 자식과 후손에게 도적의 신분밖에 물려줄 것이 없지 않겠습니까. 그 아이는, 또 그 아이의 아이는 언제나 이런 춥고 고립된 산에 묶인 삶을 살아야만 할 것입니다. 그 전에 잡혀 도적으로 비루한 생을 마감하지 않는다면 말입니다. 허나 지금 세자 저하의 군사가 되는 길을 택한다면, 그것은 후손들에게 대대로 살아갈 고귀한 가치를 심어주는 일이 될 것입니다. 어떻습니까? 함께 새로운 세상을 만들어봄이."

시훈은 내색하지 않았으나, 가온이 한마디 한마디를 낼 때마다 가슴이 벅차오르고 있었다. 세자와 주상 사이의 불화는 소문에 소문이 덧붙어 이곳 관서지방에도 이르러 있었다. 대개는 세자의 광증과 방탕에 관한 것이었는데, 지금 눈앞의 사내는 전혀 다른 이야기를 하고 있었다. 그것이 역모이든 아니든 상관없었다. 몰락하여 산적이 된 그가 다시 조정의 대신이 될 수도, 임금의 호위무사가 될 수도, 북벌 군사의 수장이 될 수도 있었다. 개인적으로는 아버지의 복수를 달성할 하나의 방법이 될 수도 있었다. 시훈이 물었다.

"만일 우리가 응한다면, 요구하는 것이 구체적으로 무엇이오?"

"세자 저하에 대한 충성과 때가 되면 즉각 응할 수 있는 준비된 군사, 그 둘뿐입니다. 그 대가로 우리는 필요한 자금과 물자를 지원하고, 향후 면죄와 관직을 보장할 것입니다."

"우리가 어떻게 그것을 믿을 수 있겠소. 당신은 세자 저하의 존함과 조재호 대감의 명성을 들먹였지만, 어떤 것도 증거할 수 없지 않소."

그가 고개를 끄덕이고 말했다.

"지원할 자금의 일부는 내일이라도 당장 내어드릴 수 있습니다.

그리고 두목께서 결심만 한다면, 조재호 대감은 물론이고 차후 세자 저하도 직접 뵙게 될 것입니다."

●

　가온이 산채를 내려간 다음, 시훈과 적만, 명선 사이의 은밀한 논의가 계속되었다. 불안과 기대, 안주와 도전, 역모와 역사의 주역이 되리라는 희망 사이에서 끊임없이 오가는 마음을 정하지 못해 그들은 계속 의견을 주고받았다. 하지만 이미 시훈의 마음은 방향을 잡고 있었다. 그로서는 이 기회를 놓칠 수 없었다. 그럴 수밖에 없는 제안이었다. 어쩌면 면죄가 되어 한양으로, 전국 방방곡곡으로 자유로이 빙애를 찾아다닐 수도 있었다. 임금에 대한 복수를 획책할 수도 있었다. 적어도 산적과 밀주로 한평생을 마감하지 않아도 되었다. 아버지의 명예를 신원할 수도 있고, 향아와의 사이에서 아이가 태어난다면 그 아이는 가장 높은 지위에까지 오를 수도 있을 터였다.
　"스님, 형님, 나는 결심하였소. 나는 이 도전을 받아들이고 싶소. 당장 군사를 동원해 역란을 일으키는 것도 아니고, 지금처럼 무예 수련을 하며 때를 기다리다 더 큰 세상으로 나아가자는 것이 어찌 위험한 것이기만 하겠소. 밀주 일이 잘된다 하나, 그래보아야 죄인의 면구스러운 삶이 아니겠소. 이 산채에서 태어난 아이들을 위해서도 우리가 결단해야 한다고 보오. 허나 스님과 형님의 불안도 익히 알고 있고, 또 이 일이 잘못되면 더 큰 화를 부를 수도 있음을 잘 알기에, 때가 되면 떠날 자는 떠나보내고, 함께할 자는 함께하여 나아갈까 하오. 두 분 생각은 어떠시오?"

한참을 말이 없이 숙고하던 적만이 말했다.

"나는 잘 모르겠네. 과연 그렇게 큰 위험을 무릅쓸 범주의 일인지. 만에 하나 일을 그르치면 얼마나 큰 화가 닥칠지. 허나 이 산채의 두목은 자네이고, 나는 자네의 아랫사람이 되기로 스스로 작정한 몸이니 자네의 결의를 따를 걸세. 아마 이 산채 사람들 모두 자네 의견을 따를 것이라 생각하네."

명선 역시 고개를 끄덕였다.

"나도 따르겠네. 허나 이 모든 일에 주의에 주의를 기울여야 할 걸세. 내가 할 말은 이게 전부일세."

시훈이 후련함과 중압감을 동시에 느끼며 자리에서 일어섰다.

"자, 그럼 일단 향배는 정하였으니, 이제 제 움집으로 함께 가십시다. 향아가 밥을 지어놓고 여태 먹지도 않고 기다릴 듯하오. 감홍로를 반주 삼아 아침을 드시는 게 어떻소. 가온이라는 자에게는 내 따로 기별을 넣겠습니다."

26

    도규는 밤이 이슥해지기를 기다려 궁에 들어섰다. 그러고는 민첩하게 동궁으로 향했다. 이미 세자의 지시로 길은 트여 있었다. 어둠을 틈타 그는 세자 앞으로 나아갔다. 조 대감은 도규와 청풍회 무사들을 남쪽으로 내려보냈다. 그리고 집안 가신 중 믿을 만한 자들을 북쪽으로 올려보냈다. 청풍회 무사들은 연유도 모른 채 도규를 따라 남해안 일대를 뒤졌다. 남쪽에서는 성과가 없었지만, 북쪽에서는 좋은 소식이 있었다. 관서지방에서 마침내 군사를 얻었노라 기별이 온 것이다. 도규는 이날 그 보고를 올리기 위해 한양으로 돌아왔다. 그는 어느덧 궁에 묶인 세자의 손과 발이 되어 있었다.

    그로서 하나 아쉬운 것은, 하필이면 조 대감이 물색한 자들이 관서 산악지대를 주름잡는 밀주단이라는 점이었다. 그 점이 도규는 심히 못마땅했다. 청풍회 무사인 자신과는 불편한 관계임이 분명했다. 그런 자들을 믿을 수 있을까 의심스러웠지만, 다른 대안이 없는 것도 현실이었다. 밀주를 업으로 삼기 전에는 도적질을 했다 하니, 어쩌면 그 안에 자신의 원수가 있을지도 모를 일이었다. 그러나 그것은 개인적인 문제였다. 운이 좋다면 세자를 호위하여 관서로 가게 되었을 때, 개인적인 목적도 달성할 수 있을지 몰랐다. 그 일만 이루어내면 한결 홀가분한 마음으로 세자에게 남은 생을 바칠 수도 있을 터였다.

그는 혼자 한양에 잠시 들르려 하였다. 그런데 휘가 한사코 함께 가겠다고 나섰다. 아마 그 기생 때문이리라. 혼약 맺는 데도, 출세하는 데도, 돈을 버는 데도 무심한 휘였다. 서출의 설움을 아는 자라 그런 것인데, 그런 그가 기생 하나에 빠져 집착하는 것을 어찌 나무랄 수 있을까.

도규는 아직 휘와 중권과 만석에게 진짜 임무에 대해 말해주지 않았다. 아는 자가 많을수록 비밀은 쉬 새어나가는 법이었다. 다만 그 스스로도 이것이 그들에게 도움이 되는 것이라 믿을 따름이었다. 적서의 차별이 없는 세상, 능력에 따른 대우를 받을 수 있는 세상을 세자는 약속했다. 그들이 세자에게 직접 들었더라면, 그들역시 감복하여 기꺼이 따랐을 것이다.

세자는 기다리고 있었다. 도규는 세자 앞에 부복했다. 이선이 밝은 미소로 그를 맞았다.

"오느라 수고가 많았네. 그래, 몸은 괜찮은가."

"예, 저하. 손재 대감도 삼가 문안을 아뢰었습니다."

"그래그래, 다들 수고가 많네. 내 이리 매이지 않고 그대들과 함께 뛸 수 있다면 얼마나 좋겠나."

"송구하옵니다, 저하. 발로 뛰는 것은 저희들이 할 터이오니, 부디 옥체를 보전하십시오."

"고맙네. 그래 좋은 소식은 있는가."

세자는 이미 조 대감이 안부 형태로 보낸 서신을 통해 일에 진척이 있음을 눈치채고 있었다.

"예, 저하. 묘향산 자락에 밀주를 하는 무리가 하나 있사온데, 그 규모가 크고 조직이 잘 정비되어 있다 합니다. 특히 그 우두머리가 몰락한 양반가의 인물이라 하는데, 통솔력이 뛰어나고 무예가 출중하다 합니다. 반년 전에 관군과 소규모 전투가 있었을 때도 쉬이 방어하고 몰아냈다 합니다."

"일전에 언질이 있었던 자들이로군. 그런데 그들이 밀주를 한다?"

세자는 잠시 생각에 빠진 듯 입을 다물더니 다시 말했다.

"밀주도 그렇고 관군을 무찌른 것도 그렇고, 일국의 세자로서 기뻐할 일은 아니군그래. 하지만 다른 수도 없지 않은가. 그만하면 모자람이 없어 보이네. 차후 그들과의 관계가 확고해지면, 그대가 가서 무예를 전수하게 될 것이고, 그럼 더욱 뛰어난 군사가 될 터이지. 그래, 미더운 자들이라 하던가?"

"조 대감댁 가신의 말로는 제법 미더운 자들이라 하였습니다. 이전에는 산적질을 하며 종종 사람도 해치는 포악한 무리였다 하는데, 새로운 두목이 세워지고부터 밀주로 전업하면서 조직의 규모나 체계가 생겼다 합니다. 빚어내는 술이 일대에서 인기를 끌어 재물도 제법 쌓인 듯했습니다. 산채 안이 깨끗하게 정비되어 있고 규율이 잘 잡혀 있어 마치 병영 막사 같았다고 합니다. 또 군사 훈련을 시키는 것도 직접 보았는데, 그 수준이 관군에 비해 부족함이 없었다고 합니다."

"그것은 그만큼 관군이 모자란 탓도 있을 터. 무인을 천대하고 방벽을 게을리하니 검계 무리가 활개를 쳐도 잡아내질 못하는 것이 아닌가. 나라가 태평하다 하나, 언제 어디에서 위기가 닥쳐올지 모르는 것인데, 변방의 군사들이 허약하니 실로 걱정이네."

"저하께서 보위에 오르시면 모든 것이 달라질 것입니다."

"내 꼭 그리 만들 걸세. 그 세상에서는 그대도 할 일이 더욱 많아질 게야."

"소신, 그저 명을 받들 뿐이옵니다, 저하."

세자의 거듭된 약조에 도규는 절로 충성심이 동했다. 도규는 조대감이 언질을 받아오라 한 내용을 여쭈었다.

"저하, 그자들을 만나보시겠습니까?"

"내 당장이라도 그리하고 싶네. 허나 곧 내 자식이 태어나려고 하고 있으니, 잠깐만 보류토록 하세. 게다가 나는 대리청정을 하고 있네. 섣불리 움직여서는 외려 저들에게 빌미를 주게 될 걸세. 당장 관서행은 명분이 없고, 장차 수칙이 아이를 생산하면 몸도 풀어줄 겸 함께 온궁溫宮에 온천을 하러 다녀올까 하는데, 그때 자리를 마련해보도록 하세."

"네, 저하. 조 대감께 그리 알리겠습니다."

"그대가 있어 참으로 마음이 든든하네. 항간에는 내가 광증을 부린다는 소문까지 돌고 있다 하더군. 내버려두라 했네. 요즘 기분 같아서는 그 어떤 공격과 장애도 나를 막을 수는 없을 것 같다네. 나의 사람들이 이리 애쓰고 있으니 말일세. 게다가 곧 내 혈육이 또 하나 생기지 않는가. 참으로 아버지의 각오란 남다르더란 말일세. 나의 각오가 굳고, 그대 같은 이들의 조력이 따르니, 결국 해낼 수 있을 것이라 믿어 의심치 않네."

도규는 고개를 조아렸다.

"저하, 이른 감이 있으나 또 이제 내려가면 언제 뵐지 모르니 미리 감축드리옵니다. 수칙이라 하오면……"

"빙애라는 어여쁜 이름을 가진 여인이지. 내 그대에게 이리 터놓기는 민망한 면이 없지 않으나, 그 아이를 만나고 마음의 위로를 얻어 한결 용기가 생겼으니 어찌 연모하는 마음이 깊지 않겠는가."

빙애의 이름을 듣는 순간, 도규는 뜨끔했다. 임무를 수행하느라 잠시 그녀를 젖혀두었던 까닭이다. 다시금 의심이 피어올랐다. 세자는 필시 그 아이의 정체를 모를 터였다. 안다면 그렇게 가까이 두지는 못했을 것이다. 그 아이가 무슨 연유로 세자의 아이까지 낳게 되었는지 그 또한 의문이었다. 언젠가 그래야만 한다면, 세자에게 진실을 아뢸 터였다. 하지만 지금이 그때라는 생각은 들지 않았다. 그 아이가 그렇게 세자에게 힘이 된다면 내버려두어 나쁠 게 무엇인가, 하는 생각이 들었다. 두 아이의 어미가 되었으니, 이제는 세자의 여자로 살아야 할 운명 아니겠는가.

"저하, 그럼 소신은 다시 내려가 임무를 수행하겠습니다."

그때 세자가 한층 부드러운 음성으로 말했다.

"밤이 늦었네. 오늘은 어디 따뜻한 곳에 가서 편히 자고 내일 아침에 내려가도록 하게. 그리고 고맙네."

"천부당만부당하옵니다. 신이 저하를 따르는 것은 마땅한 일 아니옵니까."

"허나 내게는 그대 같은 듬직한 사람들이 많지가 않네. 하나하나가 내겐 참으로 얼마나 소중한지……"

도규는 감동으로 말문이 막혔다.

"소신, 외려 이리 미천한 것을 귀히 여겨주시니 몸 둘 바를 모르겠사옵니다. 최선을 다할 터이니 심려치 마십시오."

세자가 고개를 끄덕였다.

도규는 입궁할 때처럼 은밀하게 출궁하였다. 세자가 내일 아침에 가라 하였지만, 도규는 혹여 노론 대신들의 눈에 띌까 한시라도 빨리 내려가고 싶었다. 하지만 기생과 회포를 풀고 있을 휘가 떠올랐다. 이 밤에 급히 데려가는 것은 잔인한 처사가 될 터였다. 그는 휘가 머무른다 했던 주막에, 오늘 밤 맘껏 회포를 풀고 내일 여유롭게 춘천으로 돌아오라는 기별을 전하고는, 홀로 다시 밤길을 내달렸다.

27

"온궁으로 가자."

세자의 느닷없는 제안에 빙애는 가슴이 떨렸다. 궁을 벗어나는 것은 실로 오랜만의 일이었다. 궁 밖의 세상이 실재實在하나 싶을 정도였다. 아이 둘을 연년으로 낳다 보니, 다른 일을 꿈꿀 여유가 없었다. 방긋방긋 웃는 아이들을 보고 있으면, 복수라는 말이 지닌 독기조차 희미하게 희석되어갔다. 둘째는 아들이었다. 이름은 찬襸이라 했다. 아들 하나, 딸 하나. 후궁으로서 세자에게 해줄 수 있는 것은 모두 다 해준 기분이었다. 다만 그가 꿈꾸는 세상을 향한 구상에 동참하는 일이 계속 미루어지는 것이 못내 속이 탔다.

그런데 빙애에게 세자가 그리 말했다. 온궁으로 가자.

"온양溫陽의 온천이 좋다. 조정에는 내 몸이 좋지 않아 행차한다 하였으나, 보다시피 나는 이리 건강하니 온천이 필요한 것은 두 아이를 낳아 기르느라 고생한 어미가 아니겠느냐."

"지아비를 가진 여자라면 마땅히 할 바를 한 것뿐이온데, 어찌 온천에서 노니겠습니까?"

"아니다. 네가 내게 해준 것들을 생각하면 이 정도는 합당한 수준에도 미치지 못할 것이다."

하지만 온천 행차에 자신을 대동하면, 빈의 원망과 적의는 더욱 커질 터였다. 그 또한 의식하지 않을 수 없었다. 아들을 낳는 바람에, 빈의 의심과 초조함은 더욱 두드러지고 있었다. 차라리 딸이었더라면, 아이에게는 더 안전한 삶이 보장되었으리라.

"게다가 비단 그 일로만 가는 것은 아니다."

세자가 갑자기 목소리를 낮추었다.

"나는 거기서 나의 군사를 이끌 자와 회동할 계획이다. 그러니 온궁행은 너의 회복을 위해서이기도 하지만, 나의 일의 진척을 위해서도 필요한 일이다. 양쪽 모두 내게는 실로 중한 일이다."

"네, 저하. 그리 말씀하신다면 기꺼이 따르겠나이다."

"허허, 부담은 갖지 말고. 그저 가는 동안 맘껏 즐기거라. 너나 나나 모두 궁에 매인 몸들 아닌가. 나는 그 길을 너와 함께 간다는 것 자체로도 설렌다. 이번 행차가 네 얼굴에 더 밝은 미소를 깃들게 해주었으면 좋겠구나. 우리가 세상 사람들과는 처지가 다르니, 이렇게라도 즐겨야 하지 않겠느냐."

세자는 정말 신이 난 아이처럼 떠들었다. 허나 세자의 마음 또한 엿볼 수 있었다. 세상 사람 운운한 것은, 결국 그녀 마음속의 정인을 염두에 둔 발언이리라. 남녀유별이 엄연한 유교사회의 양반 가문에서 만났으나, 오누이라는 명목으로 시훈과는 얼마나 자유로웠던가. 지나 생각해보면 그 모든 순간이 그녀의 마음에 그의 자리를 깊이깊이 아로새기는 연애의 과정이 아니었던가. 그 대동강 지류의 둔덕은 얼마나 자유롭고 내밀한 감정을 드러냈던 장소였던가. 그런 추억들을 덮어버릴 경험들을 세자는 원하고 있는 것이었다. 단 두 사람만이 공유할 내밀한 기억들을. 그런 것이 있으면 빙애의 마음에 더 깊이 깃들 수 있고, 그녀의 표정에 더 밝은 미소를 짓게 해줄 수 있다는 듯이.

"예, 저하. 그리하겠습니다. 가는 내내 저하와 함께하고 있다는 사실을 잊지 않겠습니다. 그리고 저는 지금도 충분히 행복합니다."

"그렇다면 다행이고 또 고마운 일이로구나."

세자가 빙애의 손에 자신의 손을 살며시 포갰다.

●

그해 칠월은 무더웠다. 한여름의 절정에 세자는 온궁으로 행차하였다. 빙애를 대동하고서. 일국의 세자가 임금의 허가를 득한 공식 행차였기에 그 화려함이 실로 대단했다. 호위 병력만 오백여 명이 넘었고, 검고 붉은 수많은 깃발들이 나부꼈다. 장엄하고 위압감이 넘쳐흘렀다. 그 중앙에 세자의 연輦이 있었다. 행렬은 세자의 지시에 따라 느릿느릿 움직였다.

행렬 구석 자리의 눈에 띄지 않은 위치에 빙애의 가마가 따랐다. 빙애는 가만히 가마의 처마를 들추고, 녹음으로 가득한 여름 풍경들을 눈에 담았다. 완만하지만 자연스럽고 유장하게 뻗어가는 이름 모를 산세의 흐름이 그녀의 가슴을 모처럼 설레게 하였다. 곳곳에 핀 화려한 꽃들과 초록빛의 풀들이 다시 평양의 봄날을 떠올리게 했다. 항상 느리게 찾아오긴 하였지만, 한 해도 거르지 않고 어김없이 찾아왔던 봄이었다. 천둥벌거숭이처럼 아무것도 모를 때는 마냥 신이 나 오라버니의 손을 잡고 뒷산이며 대동강가며 주조장을 마구 돌아다녔다. 여자로서의 몸가짐에 대해 배운 이후로도, 종종 허물없이 마실을 다니곤 하였다.

지금도 그 풍경만은 선연하였다. 하지만 이제는 잊어야겠지. 조금씩 기억들을 희석시켜 소진되게끔 해야겠지. 가슴 깊이 부여잡은 채 놓을 수 없었던, 그래서 더욱더 필사적으로 복원하려 들었던 기억들을 이제는 시간의 흐름에 닳아 사라지도록 내버려두어야겠지. 나의 두 아이와, 내가 없으면 깊은 좌절 속으로 한 걸음 더 잠겨버리고 말 세자 저하를 위해서.

입궁한 지도 벌써 구 년이 되었다. 뜻은 이루지 못했고, 운명은 그녀를 자신이 원치 않는 길로 몰고 갔다. 한 남자의 여자가 되었고, 두 아이의 어미가 되었다. 이 모든 것 역시 내가 받아들여야 할 삶이 아닐까. 그녀는 요즘 들어 부쩍 그런 생각이 들었다. 그것을 시훈 오라버니가 이해해줄까. 오랫동안 그녀가 살아온 이유들을 내려놓는 것은 역시 맘먹은 대로 되는 일이 아니었다.

행렬이 멈추었다. 온양 읍성에 도달한 것이다. 세자를 맞을 관아의 행렬이 도열하고 있었고, 그 뒤로 평생 한 번 보기 힘들 미래의 용안을 보기 위해 백성들이 몰려나와 있었다.

세자가 말에서 내렸다. 모두들 그의 앞에서 부복했다. 세자는 마중을 나온 마을 수령과 관원들에게 가는 대신, 엎드려 부복한 채 흘낏흘낏 훔쳐보는 백성들에게로 곧장 향했다. 그러고는 백성들의 손을 잡아 일으켜 무언가를 묻고 들었다. 빙애는 먼발치에서 세자가 하는 양을 바라볼 뿐이어서 무슨 말들이 오가는지 들을 수는 없었지만, 세자에게 손이 잡힌 채 엉거주춤 일어선 노인의 표정에서 감격한 낯빛을 읽을 수 있었다. 항간에 도는 소문과 달리, 자신들의 이야기를 직접 듣고 직접 손을 잡아 온기를 전해주는 세자의 실체를 목격하는 순간이었다.

세자는 빙애의 처소에 들를 때마다 백성에 대해서, 조선에 대해서, 자신의 원대한 포부에 대해서 이야기했다. 때로는 생과 사에 대한 철학을 나누기도 하였고, 이理와 기氣 같은 존재에 대한 물음도 던질 만큼 생각이 깊었다. 또 어떤 때는 호탕한 농담을 던지며 호쾌한 기질을 드러내기도 하였다. 빙애는 확신했다. 저분은 성군이 되실 것이다. 얼굴에 드리운 두려움과 고뇌의 그늘만 상처 없이 벗겨낼 수 있다면, 필시 성군이 되실 것이다. 빙애는 그리 믿었다. 그리고 이제 빙애는 그 일을 위해 미력이나마 보탬이 되고 싶었다.

그녀는 문득 자신이 그릴 수 있는 가장 아름다운 풍경을 그려보았다. 양부 구선은 유쾌한 모습으로 감홍로를 마시며 세월을 즐기고 있다. 그는 선왕을 죽인 임금이 권력을 내어놓고 물러났다가 여느 늙은이처럼 기진하여 죽어가는 것을 보며 비로소 크나큰 마음의 짐을 덜어놓았을 것이다. 내 한 일이 없어 선왕마마를 뵐 면목은 없으나, 이 땅에서 더 할 일도 없으니 마음은 홀가분하구나, 그리 말할 터였다.

김씨 부인은 빙애를 불러 함께 자수를 놓고 난을 칠 것이다. 좋은 그림을 구해두고 함께 품평도 하며 어미와 딸로 함께 늙어갈 것이다. 네가 있어 늙어가는 것이 외롭지가 않구나, 그리 말해줄 터였다.

그리고 빙애는 오라버니에서 낭군이 된 시훈과 대동강 지류의 둔덕으로 산책을 나갈 것이다. 어려움은 있었겠으나 결국 시훈의 노력으로 부부의 연을 맺고 축복도 받을 것이다. 꽃이 흐드러지게 핀 둔덕에서 시훈은 말할 것이다. 여기가 우리의 연정이 싹튼 곳이지 않느냐. 그 과정이 순탄치 않았으나 결국 이리되었으니 그 기쁨이 더하지 아니하냐. 그리고 시훈은 말을 몰아 한양으로 향할 것이다. 전하께서 나를 아끼시니 너와 운우지정을 나눌 시간이 부족하구나. 하지만 임금의 호위무사로서 마땅히 할 바를 해야지. 조만간 너를 한양으로 부를 터이니 조금만 기다리거라. 신참 호위무사인 시훈은 그렇게 짧은 휴가를 마치고 먼저 한양으로 향할 터였다.

세상은 새로 맞은 성군과 함께 태평성대를 이룰 것이다. 적서의 차별을 철폐하고, 능력 있는 자를 탕평하게 등용하고, 백성의 고

혈을 짜는 세금을 줄이고, 부정한 탐관오리를 벌하고, 나라를 강하고 부하게 만들 군사를 육성하고, 언젠가 북벌의 기치를 드높일 터였다. 단아하고 현명한 왕비가 그의 곁을 지키고, 어린 세자가 지혜롭게 자라 왕가를 안정시키며 전하의 위세를 보필할 것이다.

빙애는 머리를 흔들었다. 부질없는 생각이다. 그중 이제 현실이 될 수 있는 것은 오로지 하나뿐이다. 그조차도 위태롭기 짝이 없는 길을 걷고 있다. 그녀는 다시 먼발치의 세자를 보았다. 백성들이 울고 있었다. 뒤에 도열한 관리들은 당황한 눈치였다. 세자는 제 길을 가고 있다. 그녀는 그를 도울 것이다. 할 수 있는 모든 것을 다해. 그것이 이제 그녀가 기대할 수 있는 유일한 꿈일 테니까.

그녀는 눈을 꾹 감았다 떠서 구선과 김씨 부인을, 마음속 정인인 시훈의 모습을 털어냈다. 그들과 작별할 시간이다. 세자처럼 그녀도 그녀의 길을 가야 할 때가 온 것이다. 빙애는 그렇게 다짐과 체념을 반복하며 가마의 덧문을 살며시 닫았다.

28

 이선은 밤이 오기를 기다렸다. 온양 하늘에 맑은 햇살이 내비치는 동안에는 온천을 즐겼다. 온양의 온천은 언제 와도 참으로 좋았다. 빙애가 온천욕을 통해 심신을 회복할 것이라 생각하니 뿌듯하였다. 대왕대비마마가 승하한 후 급히 취하는 바람에, 빙애의 마음을 충분히 살피지 못했다는 미안함이 내내 남아 있었다. 마음도 추스르지 못했는데 생산이 연이어 이어지며 심신이 많이 힘들었을 터였다.

 하지만 후회는 없었다. 빙애를 취하지 않았더라면 더 후회했을 것이 분명했다. 알면 알수록, 가까이 다가가면 다가갈수록 빙애는 더욱 사랑스럽고 소중한 여인이었다. 그러나 그녀의 마음 깊숙한 곳으로 들어갈라 치면, 여전히 보이지 않는 사내가 거기 도사리고 있었다. 피차간에 다시 입에 올리지는 않았으나, 선은 빙애에게서 가시지 않은 그늘을 의식하고 있었다. 할 수만 있다면 풀어주고 싶었으나, 여태 방법을 찾지 못했다. 일국의 임금이 될 자가 자기 여자의 그늘조차 지울 수 없다면 어찌 숱한 사연과 이유를 가진 백성들의 고충을 풀어줄 수 있을까. 그것은 한 여자의 마음을 갈구하는 사내의 마음과 한 나라의 임금이 될 세자의 마음이 어우러진 고민이었다.

이번 온궁행이 하나의 계기가 되기를 바랐다. 그리고 오는 길 내내 따사로운 햇살과, 정쟁으로 얼룩진 궁에서 벗어난 그 상쾌함 덕분에, 그리고 오늘 밤에 있을 회합에 대한 은밀한 기대 때문에, 그의 마음은 한껏 부풀어올랐다. 결국 빙애의 마음도 온전히 얻을 수 있으리란 희망이 절로 일었다.

밖에서 누군가의 기척이 느껴졌다. 예정된 시각이 된 것이다. 온궁에는 믿을 수 있는 환관 하나를 대신 두었다. 그는 오늘 밤 내내 세자인 양 침상에 누워 있을 터였다. 이미 여느 선비처럼 환복을 마치고 별실에 앉아 기다리던 이선은 문을 활짝 열었다. 역시 선비 복장을 한 조재호 대감과 장도규가 서 있었다.

"저하, 실로 오랜만에 문안드리옵니다."

머리가 희끗희끗한 조 대감이 몸을 살짝 숙였다가, 혹시라도 모를 눈들을 의식해 얼른 허리를 꼿꼿이 폈다.

"반갑습니다, 손재 대감. 이리 보기는 실로 오랜만이군요. 그간 얼마나 고생이 많으셨습니까?"

"늙어 죽을 날만 기다리는 노구를 이리 써주신 것만도 감사할 따름이지요. 실제로는 장도규 이 친구가 많이 움직여 이 늙은이의 고생이 심하지 않았습니다."

선은 도규에게도 치하의 말을 잊지 않았다.

"수고하였네. 기은 대감이 천거하였을 때부터 나는 이미 그대가 더없이 미더웠다네."

"송구하옵니다, 저하."

"자, 이제부터는 모든 의례는 삼가도록 하십시다. 그래, 그자들은 어찌 되었습니까?"

조 대감이 소리를 죽여 대답했다.

"온양 외곽에 기방이 하나 있습니다. 눈에 띄지 않게 날짜와 시각을 맞추어 오라 하였는데, 막 도착하였다는 기별입니다. 뫼시겠습니다. 가시지요."

선은 도규와 조 대감을 대동하고 온궁을 은밀히 나섰다.

온양의 여름밤은 느슨하고 적막했다. 누군가의 눈에 띌세라 세자 일행의 움직임은 은밀하지만 급박했다. 가는 내내 그 누구도 입을 열지 않았다. 호위는 도규 하나뿐이고 일행은 노쇠한 조 대감뿐이었다. 하지만 선은 두렵지 않았다. 본인의 무예도 시정잡배들에 뒤처지지 않을뿐더러, 옆에는 자신이 아는 한 최고의 무인인 장도규가 버티고 있었다. 무뢰배를 만나는 것은 문제가 되지 않을 터였다. 외려 입방아를 찧을지도 모를 아낙들을 만나는 게 더 안 될 일이었다.

빠른 걸음으로 재게 움직인 탓에 숨이 가빠올 때쯤, 마을을 벗어나는 어귀에 퇴락한 기생집이 보였다. 금주령이 내려진 후 자연스레 쇠락한 곳들 가운데 하나였다. 퇴기 하나가 입구에서 망을 보다 일행을 맞았다.

그녀는 지시받은 대로 조용히 뒷방 앞으로 일행을 모시고는 자리를 떴다. 창호문 안에서 안쪽의 사내들이 기척을 느끼고 자세를 곧추세우며 경직되는 것이 느껴졌다. 당장이라도 달려나와 부복하는 것이 예이겠으나, 이 밤엔 그런 요식이 외려 위험하리라는 교감이 있었다.

조 대감이 도규에게 말했다.

"자네는 예서 망을 봐주게. 쥐새끼 하나 이 마당에 들여서는 아니 되네. 알고 있겠지."

"예, 대감. 저하를 뫼시고 어서 드시지요. 밤공기가 찹니다."

"그럼 부탁하네. 안에서의 일은 차후에 일러줄 것이네."

도규에게 경계를 맡긴 후, 조 대감이 방문을 열었다. 선이 방 안으로 성큼 발을 내디뎠다.

●

시훈은 세자를 기다리는 내내 긴장감을 감출 수 없었다. 그것은 곁에 앉은 명선도 마찬가지였지만, 오랜 수련으로 단련된 탓인지 그런 내색을 드러내진 않았다. 일국의 지존일지라도 사람 앞에서 더는 두려움을 느끼지 않게 된 스님의 내공 덕이기도 했다. 시훈 역시 산채에 틀어박혀 참선을 즐기면서 어느 정도 스님을 닮아간

다 여겼는데, 막상 이런 순간을 맞고 보니 아직 자신의 경륜經綸이 한참 모자람을 절감했다.

한때 그는 임금의 호위무사를 꿈꿨다. 그리하여 어려서부터 아버지의 무예를 익히고 다듬어 이른 나이에 경지에 오를 수 있었다. 그리고 그 꿈을 향해 첫발을 내디딘 바로 그 시점부터 한없이 추락하고 말았다. 그가 모시려 했던 임금에 의해서. 그러고는 예기치 못했던 산적 두목이 되었다. 그리 한 생이 기우나 싶은 찰나에, 세자가 자신의 장수가 되어달라 청한 것이다.

그날 이후 산채에서는 많은 변화가 있었다. 조 대감 측에서 건네준 물자와 자금으로 은밀하게 무기를 모아들였다. 때론 관아에 들어가 훔치기도 하였다. 시훈은 병서兵書 삼매경에 빠져들었다. 전술을 익히고 훈련했다. 그렇게 이 년의 시간을 흘려보냈다. 조대감 측의 꾸준한 지원은 시훈을 미덥게 하기에 충분했다. 산채 사람들이 시훈을 믿고 모든 것을 걸었듯이, 시훈 역시 만나보지 못한 세자에게 모든 것을 걸었다.

그리고 마침내 세자로부터 만나기를 원한다는 기별이 왔다. 온양은 관서지방에서는 멀고도 험한 길이었다. 하지만 미래의 주군이 그를 불렀다. 가야만 하는 길이었다. 명선이 한사코 따라 가겠다 고집을 부렸다. 적만은 산채의 질서를 위해 남았다. 산채에 들고 난 이후, 먼 길을 떠나기는 처음이라 향아가 걱정을 많이 했다. 떠나기 전날, 시훈은 향아를 깊이 품었다. 그리고 고맙다고 말했다. 달리 무슨 말이 좋을지 몰라, 걱정 마라, 고맙다, 하는 말만 반복했다. 향아는 꼭두새벽부터 일어나 산채의 경계까지 배웅을 나왔다. 왠지 모르게 눈물을 흘리는 통에 마음이 울적했다.

하지만 길은 평탄했고 날은 좋아 이내 기분이 풀렸다. 실로 오랜만의 세상 구경이었다. 명선의 노구는 여로를 버틸 만큼 건장했으나, 길을 더디게 만들었다. 덕분에 아슬아슬하게 기일에 맞출 수 있었다. 결과적으로는 그편이 좋았다. 괜히 낯선 읍성에서 어슬렁거리다 의심을 받는 것보단 나았을 것이다.

허름한 기방에 앉아 초조하게 기다렸다. 긴장감이 차올라 스님과 담소도 제대로 나누지 못한 채 그리 시간을 보내고 있자니, 마침내 문 앞에서 인기척이 났다. 창호에 비친 그림자로 세 사내의 외양이 잡혔다. 저 중 하나가 세자 저하이다. 시훈은 자신도 모르게 몸을 일으켰다. 명선 역시 노구를 일으켜세웠다.

문이 열리고 젊고 강건한 사내와 중후한 노선비가 들어왔다. 한눈에 그는 세자를 알아보았다. 평범한 선비로 가장하였으나, 그 기세와 품격이 절로 드러났다. 무인의 체격에 예리하지만 자애로운 눈빛이 시훈과 명선을 향했다. 그들의 주군이었고, 장래의 임금이었다. 시훈이 무너지듯 부복했다.

"세자 저하, 소인 인사드리옵니다. 산채에서 도적질을 하는 윤시훈이라 하옵니다."

"실로 반가우이. 어서 일어나시게. 어찌 자신을 도적질하는 자라 칭하는가. 이제 그대는 나의 장수가 아닌가. 이쪽 스님은 뉘신가?"

"세자 저하, 삼가 문안드리옵니다. 소승은 명선이라 하온데, 산채에서 이런저런 일을 돕고 있사옵니다."

"허허, 그렇소? 이제 부처의 공덕까지도 기대할 수 있게 되었으니, 참으로 잘되었소."

"성은이 망극하옵니다."

일행이 미리 준비된 조촐한 소반을 둘러싸고 둥글게 자리 잡았다. 그제야 시훈은 편히 세자와 눈을 맞출 수 있었다. 안광이 형형하였다. 조급함이 느껴지긴 하였으나, 실로 왕재王才의 기개를 느낄 수 있을 만큼 강렬했다. 그 일별만으로도 시훈은 스스로의 선택에 확신을 보탤 수 있었다.

"그래, 그대는 어찌하여 산채에 들게 되었나. 양반가의 사내라 들었는데."

시훈은 잠시 망설였다. 역적의 아들이라 어찌 말할 것인가. 당신의 부왕이 내 아버지의 목을 쳤다고 과연 말해도 될 것인가. 세자는 어떻게 반응할 것인가. 어디까지 밝힐 것인가. 조 대감이 그를 조사하려 들 때도 시훈은 한사코 자신의 실체를 숨겨왔다. 그가 망설이자 세자가 말했다.

"그리 우려된다면, 말하지 않아도 좋네. 내가 그대에게 필요한 것은 그대의 과거가 아니라 장래니까 말이야."

그 말에 시훈은 결심을 했다.

"아니옵니다. 소인 다 말씀드리겠습니다. 소인은 전 금군별장 윤구선의 자식이옵니다."

조 대감이 먼저 반응했다.

"윤구선 대감? 자네가 고송의 아들이란 말인가?"

"윤구선 대감이 누굽니까?"

조 대감의 반응이 기이해 세자가 물었다. 시훈 대신 조 대감이 대답했다.

"윤구선은 경종대왕의 금군별장이었습니다. 소론의 존경받는 무인 가운데 하나였고, 저와는 이광좌 대감을 사사한 동문이기도 합니다. 경종대왕의 세자 시절부터 호위를 맡으며 총애를 받았던 타고난 무인이었지요. 실로 조선 제일이라 할 실력자였습니다. 그가 금군별장으로 있던 중 선왕께서 승하하셨고, 주상 전하께서 그를 곁에 두려 하셨지만 벼슬을 버리고 낙향하였습니다. 그의 가문이 본래 조선 제일의 명주였던 감홍로를 제조하였사온데, 그 일을 이어받아 하며 소일하였던 모양입니다. 그 일이 문제가 되었고, 역모의 죄까지 추가되어 목이 베였나이다."

"어찌 밀주를 하였다 하여 역모의 죄까지 입을 수 있단 말인가?"

세자가 의아하여 물었다. 조 대감이 망설였다. 시훈 역시 입을 꾹 다물고 있었다. 어찌 말해야 할지 몰라서였다. 하지만 그럴 필요 없었다. 세자가 자답自答하였다.

"결국 선왕에 대한 독살의 증거를 없애려 하신 것인가? 아니면 적어도 그와 관련하여 전하를 노엽게 한 것일 터이지."

시훈은 깜짝 놀랐다. 세자의 저의를 알 수 없었다. 정말 역모를 획책하려는 것인가.

"그대의 부친이 전하의 부름을 거절한 것 역시 선왕에 대한 충정에서 비롯된 것이었을 터이고, 부왕께서는 그런 일을 끔찍이도 싫어하는 분이시지. 그러니 지금 그대는 역적의 아들이다, 이 말인가."

"소인, 송구하옵니다."

"걱정 말라. 내 이미 말하지 않았는가. 그대의 과거가 아니라 장래를 샀다 하였다. 외려 그대 이야기가 내 마음에 드는 바가 없지 않다. 그대 부친이 그토록 뛰어난 무인이었다면, 그대 또한 그럴 터. 나의 군사로 절륜絕倫한 무예를 갖춘 자보다 더 나은 자를 어디에서 찾겠나."

시훈이 세자의 포용력에 탄복하며 머리를 숙였다. 세자의 입에서 이어 나온 말은 그를 울컥하게 하였다.

"나와 새 시대를 열어보자. 그날이 오면, 그대의 부친은 반드시 신원될 것이다. 내 약조할 것이다."

"성은이 망극하옵니다, 저하."

"그날이 그리 먼 것은 아닐 것이야. 내 그대 부친에게 물려받은 그 무예를 직접 보고 싶은 마음이 간절하나, 다음 기회를 보도록 하지. 내 조만간 직접 관서로 향할 생각이네. 그러니 그대는 그날을 대비해주게."

"소인은 충심을 다해 그리할 것입니다."

"고맙다, 고마워. 내 이리 그대를 보니, 실로 미덥고 안심이 된다."

그 후 세자는 시훈에게서 산채 운용과 군사 준비의 세부적인 사항들에 대한 보고를 받고, 중간중간 지시를 내리거나 질문을 하기도 하였다. 그들만의 암구호와 연락 수단도 구체적으로 논의하였다. 마치 전쟁을 코앞에 둔 지휘 막사처럼 긴장과 흥분과 불안이 함께 도사렸다.

밤이 절정을 지나 물러나려 들 때, 비로소 세자가 몸을 일으켰다. 시훈이 문간까지 따라나왔다.

"들어가라. 곧 동이 틀 터이고 부지런한 자들이 새벽길을 나서게 되면 혹여라도 소란을 일으킬 수 있으니, 예서 예를 찾지는 말라. 때가 되면 군신君臣의 예를 갖출 시간은 얼마든지 있을 것이다."

그 말에 시훈은 문간을 나오려다 문턱에 멈춘 채 다시 한 번 절하고 고개를 숙였다.

세자는 그 모습을 흐뭇하게 바라보다 몸을 틀었다.

어둠 속에서 건장한 사내 하나가 마치 그림자처럼 흘러나와 세자 곁에 붙었다. 시훈은 어둠에 가린 그의 얼굴을 볼 수 없었으나, 듬직한 체구와 민첩한 동작을 통해 그가 상당한 실력자임을 알아보았다. 하지만 한순간 상대가 어둠 속에서 찢어질 듯 날카로운 시선으로 그를 노려보는 듯해 흠칫했다. 알 수 없는 살기가 맴돌았다. 시훈은 그것이 호위무사 특유의 경계심 때문이리라 여겼다.

그들이 시야에서 사라지고 나서야, 시훈은 방금 전의 만남이 안겨준 감동과 충격을 새삼 곱씹을 수 있었다. 장차 조선의 지존이 될 분을 알현한 것이다. 자신의 삶에 새로운 전기가 시작되었음을 그는 비로소 실감하고 있었다.

세자는 돌아가는 길 내내 아무 말이 없었으나, 이 만남에서 희망의 일면을 본 것이 분명했다. 세자의 걸음이 더욱 여유롭고 경쾌했다. 조 대감 역시 산채 두목에게 깊은 인상을 받은 것이 확실했다. 하지만 도규는 그렇지 않았다. 수염 덥수룩한 산채 두목의 얼굴이 영 낯설지가 않았다.

'이 꺼림칙한 느낌은 무엇일까? 이상하게 그자가 낯설지 않다. 어디지? 어디서 보았지? 한때 내가 처치한 검계 중 하나였던가? 아니다, 내가 놓친 검계는 오로지 내 처자식을 죽인 그놈밖에 없다. 도대체 그자는 누구지?'

그는 떠오를 듯 떠오르지 않는 어떤 잔상을 부여잡으려고 인상을 찌푸렸다. 도규는 성격상 이런 불확실함을 잘 견디지 못했다. 정말로 그가 아는 자라면 그 정체가 밝혀질 때까지 그의 머릿속을 내내 배회할 터이다.

새벽이 채 오지도 않았건만 실로 부지런한 자들이 있어, 온양 읍성에도 하나둘 사람들이 나다니기 시작했다. 도규는 생각보다 회합이 길어진 것을 우려했다. 온궁에 와서도 도규는 누군가 본 사람이 없는지 샅샅이 살핀 후에야 세자를 들게 하였다.

세자는 자신의 처소로 가려다 문득 무언가 떠오른 사람처럼 발걸음을 틀었다.

"저하, 어디로 가시는지요?"

"내 들를 데가 있네. 그대는 내 뒤를 따르게."

그러더니 성큼성큼 발걸음을 빨리해 앞서 걸었다.

입구에서 세자를 알아본 명주가 얼른 빙애에게 세자의 방문을 알렸다. 문이 열리고 빙애가 소복 차림으로 나왔다.

"저하, 오셨습니까?"

"그래, 어서 안으로 들자. 아침 공기가 이리 찬데, 네 몸이 상할까 염려스럽구나."

방으로 함께 스며들듯 사라지는 세자와 빙애를 보며 도규는 다시 한 번 혼란에 잠겼다. 모든 것이 어찌 돌아가는 것인지, 이 모든 일이 세자의 희망대로 무탈하게 흘러갈지 은근한 불안감이 뒤따랐다.

그때 뒤에서 명주가 그의 어깨를 톡톡 두드렸다.

"정말 나리가 저하의 호위무사셨습니다. 일전에 홀쩍 사라진 바람에 난 또 웬 사기꾼에게 속았나 했습니다. 참말인지도 모르고요."

그는 명주를 물끄러미 바라보며 말했다.

"그렇긴 한데, 너는 오늘 나를 본 것이나, 세자 저하께서 이리 이른 시간에 행차하신 것에 대해서는 일절 함구하는 것이 좋을 것이다. 알겠느냐?"

명주가 걱정스러운 표정이 되며 고개를 끄덕였다. 표정이 참 다채로운 나인이었다. 괜히 겁을 준 것 같아 무안해진 도규가 한마디 덧붙였다.

"아니, 그리 어두운 표정을 지을 것까진 없다. 내 호위무사로서 조바심 때문에 미리 조심하자 이르는 말이다. 원래 호위무사란 다 그런 법이다. 네가 그리 무서워할 일은 아니니, 그만 인상 좀 풀거라."

그 말에 명주의 표정이 또 대번에 환해지는 것을 보고, 도규는 피식 웃음이 났다.

'그래, 아직 무슨 일이 벌어진 것도 아니니, 내 미리 조바심을 낼 것이 무엇이겠나. 이리 저하 곁에서 철통같이 지켜드리면 될 일이다.'

도규는 애써 스스로의 불안을 밀어냈다.

3부

그 운명이 닿은 곳

1

"윤시훈이라 하더라, 그자의 이름이. 아비가 역적으로 몰려 죽었다 하고."

세자가 자신을 배려하여 알려준 그 한마디에, 빙애는 순간 정신이 아득하였다. 딛고 선 땅이 그대로 무너져내리는 듯 암흑이 그녀의 눈앞에 펼쳐졌다. 맥없이 풀썩 쓰러지는 그녀를 끌어안고 세자가 깜짝 놀라 다급히 의원을 찾았다. 어찌 그러느냐 거듭거듭 물어올 때까지도, 빙애는 마치 말하는 법을 잃어버린 사람처럼 아무것도 답할 수 없었다. 뜨거운 눈물이 그녀의 의지와 상관없이 눈꺼풀 새로 스며나와 흘렀다. 뺨을 타고 흐르는 눈물의 질감이 고통스런 화상 자국처럼 그녀의 볼을 데웠다.

연유를 찾지 못한 의원은 세자 앞에서 곤혹스러워했다. 어의가 온다 해도 알 수 없을 터였다. 그 어떤 명의가 온다 해도, 용한 무당이 와서 굿을 한다 해도 그 연유를 알 수 없을 터였다. 오로지 그녀와 시훈만이 알고 있는 오래되고 고통스러우며, 참으로 질기디질긴 상처였으니. 그녀는 비몽사몽간에 그저 시훈이 살아 있음에 감사했다. 처음으로 운명이라는 것에도 감사했다. 그리고 다음 순간, 무한한 그리움과 절로 몸을 달뜨게 하는 욕망이 찾아들어 신열이 났다.

하루를 꼬박 드러누워 눈물을 흘려내고서야 그녀는 겨우 몸을 추슬렀다. 그리고 가장 먼저 든 생각은 시훈을 만나야 한다는 것이었다. 그것이 어떤 결과를 가져오든, 어떤 또 다른 절망으로 이어진다 하여도. 그녀는 병석에서 몸을 일으켜 세자를 마주 보았다. 세자는 온천욕에 대한 취미도, 자신의 미래에 대한 구상도, 한양으로 복귀해야 한다는 의무감도 죄다 접어둔 채 빙애 곁을 지켰다. 자신을 향한 세자의 진심이 느껴졌다. 그의 마음을 배반하는 길이 될까 싶어, 아니 필경 그리될 것 같아 그녀는 다시 한 번 망설였다. 하지만 이미 마음에 깃든 그 깊은 감정을 제어할 수 없었다. 너무 오랜 세월 그녀의 중심을 차지하고 있던 그리움이, 그러지 말아야 할 어떤 다른 이유도 모조리 질식시켜버렸다.

하지만 자칫하면 그녀와 시훈 사이를 영영 돌이킬 수 없는 이별로 다시 몰아갈 수도 있었다. 만일 그리된다면, 빙애 역시 더는 견디지 못할 터였다. 그녀는 침착함을 가장하기로 했다. 지난 구 년의 시간을 내내 가면을 쓰고 살았듯이.

"저하, 계속 제 곁에 계셨습니까?"

"그래. 이제 정신이 좀 드는 것이냐? 정녕 괜찮은 것이냐? 어찌 그리 갑자기 쓰러진 것이냐?"

세자의 표정에 담긴 진심을 대하자니, 빙애의 마음이 한없이 아팠다.

'이제야 겨우 저하께 깊은 마음을 내어드리려 작정하였는데, 어찌 그런 소식을 가져오신 건가요? 이 또한 운명의 장난인가요?'

"소첩은 괜찮습니다. 온양의 온천이 참으로 좋아, 너무 과하게 즐겼나 봅니다. 이제 정신이 들었으니 저하께서는 심려치 마시고 옥체를 보전하십시오."

"무리치 말라. 내 너의 몸을 보해주려 온궁까지 데려왔는데, 내 과욕이 화를 부른 모양이다. 아직 생산의 고통이 몸에 남은 것을 모르고. 미안하구나."

"소첩, 잠시 현기증을 느낀 것일 뿐이옵니다. 걱정 마셔요. 아니, 그보다…… 저하의 군사 이야기를 하던 중이질 않았습니까?"

"아니, 그것은 신경 쓰지 말거라. 네가 쾌유하면 나중에라도 들려줄 터이니."

"아니옵니다, 저하. 듣고 싶습니다. 사람들을 물려두었으니 지금이 가장 좋은 때가 아닙니까? 외람되오나 이리 누워서라도 듣고 싶습니다."

세자는 빙애의 의욕을 긍정적인 징후로 받아들였다. 그래서 빙애가 듣고자 하는 이야기들을 들려주었다. 시훈이 몰락 양반으로 내몰렸다가 산적 패의 구조를 받아 관서지방의 험준한 산지에서 산적으로 지내왔다는 것을, 그 무예가 절륜하여 무리의 두목이 되었다는 것을, 그 재능과 배움이 깊은 자라 그리 살 자는 아니었다는 것을, 하늘이 도와 그런 자와 연이 닿았다는 것을, 이제 그는 더 이상 산적이 아니라 자신의 가장 아끼는 장수가 되었다는 것을, 미래에는 그가 자신이 다스리는 세상에서 보다 큰일을 맡게 될 것임을, 세자는 신명이 나서 들려주었다. 빙애는 시훈의 이름이 거듭 언급될 때마다 감정을 드러내지 않기 위해 이를 악물어야 했다.

세자가 말을 마쳤을 때, 빙애가 말했다.

"저하의 말씀을 듣고 보니, 그자가 참으로 궁금합니다. 저하의 군사를 저도 만나볼 수는 없겠습니까? 제가 할 수 있는 일이 있지 않겠습니까?"

"허허. 도움이 되고자 하는 의지는 잘 알겠지만, 군사에 관련된 일에 네가 할 수 있는 일이 무엇이겠느냐."

"저하, 소첩 비록 미천하고 배운 것이 없는 계집이오나, 작은 허드렛일이라도 거들고 싶습니다. 군사를 씀이 저하의 대의에 가장 큰일이라면 마땅히 그에 참여하고 싶습니다. 저하께서 저를 써주시겠다 약조하지 않으셨습니까?"

세자는 빙애가 어찌 저리 집요하게 구는지 의아함을 느끼면서도, 한편으로는 자신의 성공을 바라는 그 열심이 갸륵했다.

"알았다. 내 그리하마. 허나 그자들은 이미 산채를 향해 길을 떠났다. 우리 또한 한양으로 돌아갈 일정이 한참 지체된 상황이니, 다음을 기약함이 좋겠구나. 안 그래도 내 기회를 보아 관서로 직접 군사를 보러 갈 작정인데, 그때 필히 너를 대동하도록 할 터이니 지금은 그저 몸이나 잘 돌보도록 해라. 이리 약해서는 네 몸이 그 일을 감당치 못할 듯하구나."

빙애는 울먹일 것만 같아, 입을 닫고 그대로 눈을 감았다.

'어젯밤 오라버니가 지척에 있었다. 같은 하늘 아래, 같은 땅 위에. 그토록 오랫동안 그리워했었는데, 이렇게 또 기약할 수 없는 이별을 해야 하는 것인가.'

이대로 달아나버릴까. 빙애는 잠시 그런 생각이 들었다. 하지만 어떻게 그럴 수 있을까. 연약한 여자의 몸으로, 어찌 그 머나먼 관서의 험산까지 갈 수 있겠는가. 다음 순간, 빙애의 머릿속에 두 아이의 얼굴이 떠올랐다. 빙애는 깊은 좌절감을 느꼈다. 자신이 한 남자의 여자가 되었음을, 두 아이의 어미가 되었음을 그제야 환기한 것이다.

'어찌 그 아이들을 저버릴 수 있을까. 그래서는 아니 되는 것이다. 게다가 이미 세자 저하의 아이들을 낳은 나를 시훈 오라버니가 반가이 맞아줄지 또한 알 수 없는 일이다. 나는 무엇 때문에 시훈 오라버니를 보려고 하는 것인가. 무엇을 얻기 위해서. 두 아이를 낳은 몸으로 시훈 오라버니에게서 오래된 연정을 되찾고자 하는 것은 얼마나 추하고 염치없는 일인가. 세자 저하는, 나 외에는 그 어디에서도 마음의 위로를 얻지 못하는 이분은 또 어찌한단 말인가.'

빙애는 다시 가슴이 미어지는 듯했다. 이러지도 저러지도 못하는 자신의 처지가 통탄스러웠다. 어디서부터 잘못된 것일까. 시훈 오라버니가 살아 있는 것을 알았다면 세자에게 몸을 허락하지도 아이를 낳지도 않았을 것이다. 아니, 궁에 발을 들일 일도 없었을 것이다. 하지만 한번 엎지른 물을 어찌 다시 주워 담을까. 이제 와 시훈 오라버니가 살아 있음을 알았다 해도, 그녀가 궁인이고 세자의 여인이며 두 아이의 어미라는 사실은 바뀌지 않을 터였다.

세자는 빙애의 정신이 오락가락하는 듯하여 적이 걱정스러웠다. 기쁘고 보람되었던 온궁행이 빙애의 몸에는 좋지 않은 영향을 끼친 듯해 그의 마음에 구름을 드리웠다.

그렇다고 한양으로 돌아가는 일을 더 지체할 수는 없었다. 대리 청정을 하는 입장에서 한양을 오래 비울 수도 없는 일이었고, 자칫 온양에서의 일이 의심을 사거나 누설될 수도 있었다. 세자로서는 빙애를 위해 다시 시훈을 불러들이는 위험을 감수할 수 없었다. 차후 관서행에 그녀를 대동하기로 약조하는 수밖에 없었다. 그녀의 헌신이 보상을 얻을 수 있도록. 허나 관서행은 보다 험한 여정이 될 터였다. 더욱 조심스러운 행보가 될 것이고. 온궁행으로도 이리 지친 그녀의 연약한 육신이 그것을 버틸 수 있을지 의문이었다.

세자는 새삼 빙애가 참으로 알 수 없는 여인이라는 생각이 들었다. 약한 듯하였다가 한없이 강하고, 강한 듯하였다가 갑자기 연약한 여인으로 돌변하곤 하였다. 하지만 세자는 그 모든 순간의 빙애를 아끼고 사랑하였다. 달리 누구를 연모할 수 있겠는가. 누구로부터 위로를 얻을 수 있겠는가. 빙애가 쓰러지고 깨어날 때까지 내내 곁을 지키며, 세자는 작금의 이 세상에서 가장 소중한 존재가 빙애라는 것을 새삼 실감했다. 그에게 빙애는 이미 삶의 한 이유였다.

이틀을 더 온궁에서 유하며 빙애의 차도를 본 후에야 세자는 한양행을 지시했다. 입궁 날짜를 지연시킨 것에 대해 조정에서는 또 얼마나 입방아를 찧어댈지, 빈이 얼마나 꼬투리로 삼을지 알았기에 걱정이 앞섰다. 하지만 그럼에도 세자의 가장 여전한 관심은 빙애의 회복이었다.

빙애는 한양으로 돌아오는 내내 침묵을 지켰다. 평온과 회복을 가장하였지만, 그녀의 내면에는 도무지 멈출 수 없는 번민과 갈등이, 그리움과 욕망이 용틀임하고 있었다. 시훈을 다시 볼 때까지 내내 그러할 터였다. 다시 만난 후에는 또 어떨지 예측조차 할 수 없었다. 빙애는 그날이 간절히 기다려지면서도 한없이 두려웠다.

2

시간이 한곳에 붙박여버린 듯한 나날이 흘렀다. 궁궐은 정중동의 상태였다. 겉으로는 유별난 일들 없이 하루하루가 흘러가는 듯하였지만, 불길한 기운들이 궁 안팎을 감돌며 호시탐탐 때를 노리고 있었다. 곧 무슨 사달이라도 벌어질 것처럼.

그런 기운을 가장 앞서 체감하는 이는 세자 이선이었다. 되찾았던 평정과 자신감이 근래 들어 다시 위태롭게 느껴지기 시작했다. 세자의 군사는 비밀리에 양성되고 있었다. 정휘량이 때마침 평안도 관찰사로 제수되었다. 대리청정 중인 세자의 입김이 작용한 인사였다. 조재호가 천거한 정휘량이었기에, 그 역시 그의 사람이었다. 적어도 관서의 군사를 어느 정도는 자유롭게 운용할 수 있게 되었다는 점에서 의미가 큰 인사였다. 세자의 구상은 착착 현실이 되어가고 있었다. 노론이 호시탐탐 기회를 엿보고 있음은 분명하였으나, 세자의 은밀한 동향을 눈치챈 것 같지는 않았다.

그러니 그의 심중에 차오르는 불안은 군사와 관련한 것은 아니었다. 노론이나 주상 때문도 아니었다. 그들의 예봉銳鋒이 갈수록 날카로워지는 것은 느낄 수 있었지만, 이전과 다른 차원으로 발전한 것은 아니었다. 이대로라면 시간은 세자의 편이 될 것이었다.

그런데도 세자는 요 근래 심한 불안감을 지울 수 없었다. 꿈자리조차 뒤숭숭해 피곤한 기색이 역력했다. 그 핑계로 주상에게 문안을 나가지 않은 지도 제법 되었다. 지금의 심적 상태로는 주상을 뵙고 꾸지람을 들으면 그의 속에 정말 큰 병이 일 듯싶었다.

사실 세자는 그 불안의 출처를 이미 알고 있었다. 빙애였다. 자신의 마음을 달래주던 빙애에게서 불안의 징후를 느끼는 것은 실로 고통스러운 일이었다. 온궁행 이후, 빙애와 은근히 멀어진 듯한 느낌이 서서히 자리 잡기 시작한 것이었다. 궁인을 가까이 두고 멀리하고는 마땅히 자신이 결정할 바인데, 어찌하여 빙애의 감정에 따라 그가 휘둘리는 것인지 의아했다. 사실 그 답 역시 이미 알고 있었다. 그가 빙애를 더 연모하는 까닭이었다.

괜찮다. 그래도 좋다고 여겼다. 그런데 그의 연모하는 마음에 응하는 그녀의 태도가 어딘가 모르게 꺼림칙해졌다. 그를 대할 때마다 언뜻언뜻 드러나는 빙애의 고통과 좌절감이 선에게는 어렵지 않게 느껴졌다. 처음엔 온궁행에서 몸이 상한 것이 이유라고 여겨 걱정이 이만저만이 아니었다. 하지만 몸이 불편하다는 이유로, 아이들을 돌본다는 핑계로 그의 요구를 반려하는 일이 하나둘 쌓이면서 세자의 불안감도 부풀기 시작했다. 그녀의 몸이 아니라 마음에 병이 든 것은 아닐까, 선은 의심스러웠다.

확인하지는 못했다. 세자는 그녀의 입에서 그렇다는 말이 나올까 두려웠다. 그 두려움을 없애려 그는 강압적으로라도 그녀를 취할까 생각해보았다. 그녀가 아무리 저어하는 마음이 있다 하더라도, 그는 세자이다. 그가 그녀의 지아비였다. 그를 거부할 명분도 힘도 없었다. 그리고 아마 그녀는 마음의 상처까지 꼭 껴안고서라도 그의 명을 따를 것이었다. 하지만 세자는 그리하지 않았다. 거의 본능적으로 그는 그런 행위가 그녀를 자신에게서 더욱 밀어낼 것임을 알고 있었다. 그렇게 된다면, 자신이 그것을 견뎌내지 못할 거란 사실도.

빙애를 보지 않으면 마음이 진정되지 않는 것은 여전한데, 이제는 그녀를 보아도 다른 종류의 고통이 엄습했다. 겉으로 볼 때 그녀는 여전히 그를 위로하고 격려하고 지지했다. 하지만 그녀가 애써 감추려 한다 해도 그 미세한 변화를 감지할 수 있을 만큼, 그는 빙애를 깊이 알고 있었다. 그리고 그 감정은 잘 추슬러지지 않았다. 자꾸만 성이 났고, 뭔가 모가 난 사람처럼 거칠어졌다. 국사를 돌보기는 하나, 좀처럼 집중이 되지 않았다.

그는 머리가 지끈거렸다. 아무도 만나고 싶지 않은데, 동궁전 지밀상궁의 입실 청이 있었다. 그의 마음이 미묘하게 어그러지고 있던 터라 불편하긴 했으나, 상궁은 궁궐 내의 대소사와 관련해서는 그의 가장 확실한 눈과 귀였다. 세자빈과 보내는 시간이 더 많을 터인데도, 그녀는 그에 대한 충심을 버린 적이 없었다. 그래서 세자에게는 더욱 소중한 존재였다.

상궁이 들어와 머리를 조아렸다.

"그래, 무슨 일로 보자 하였는가?"

나이 지긋한 상궁이 침착하게 입을 열었다.

"배신이 있었습니다, 저하."

"배신이라니? 누가 무슨 배신을 하였다는 것인가?"

세자는 가슴이 철렁하였다. 혹 무슨 일이 틀어져버린 것인가. 머리가 터질 듯이 아팠다.

"감찰의 박 상궁이 저하와 박 수칙에 대한 동정을 빈궁마마께 은밀히 보고하고 있다 합니다."

"뭣이라? 감찰상궁이!"

세자의 언성이 너무 거칠고 성말라서 상궁은 화들짝 놀랐다. 세자는 순간 울화가 치밀어 스스로를 통제하지 못했다. 감찰상궁은 자신의 사람이었다. 아주 오래전부터 그가 믿고 일을 도모했던 궁인이었다. 그 인연은 그가 어린 세자였을 때 그녀가 동궁전 침방 나인으로 지냈던 시절까지 거슬러 올라가는 것이었다.

그런 믿음이 배반당한 만큼, 그의 화는 더욱 컸다. 그 충격이 극심했다. 머리가 너무 아팠다.

"내가 그 사람에게 부탁하여 빙애를 은밀히 만나곤 하였다. 그 지밀至密했던 밤의 비밀을 오로지 그녀에게만은 허용하였더랬다. 그랬던 것인가. 그래서 빈궁이 그 모든 내막을 알고 있었던 것인가!"

세자는 속에서 분이 끓어오르는 것을 느꼈다. 세자 스스로도 자신을 휘감는 그 강력한 분노의 흐름을 어찌할 수 없을 지경이었다. 예상보다 더 격심한 세자의 반응에 상궁이 당황하여 다급히 만류했다.

"저하, 고정하시옵소서. 제가 그이를 불러 자초지종을 확인하고 그리한 연유를 확인할 터이니 부디 고정하소서."

하지만 세자의 귀에는 아무 소리도 들려오지 않았다. 빙애로 인해 막연하게 느끼던 불안감이 마침맞게 그 대상을 찾아 폭발한 듯했다.

"여봐라! 밖에 누구 있느냐?"

"예."

호위무사 하나가 대령했다.

"당장 가서 감찰상궁을 데려오라! 청룡도 또한 가져오도록 하라. 내 오늘 이유를 묻고 합당치 않으면 용서치 않으리라."

지밀상궁은 눈앞에 펼쳐지는 급박한 상황에 기가 눌려 입도 뻥긋하지 못한 채 얼어붙었다.

얼마 지나지 않아 호위무사가 박 상궁을 포박해 동궁전 앞뜰에 무릎을 꿇렸다. 그사이에도 세자의 화는 식지 않아서 그는 아예 청룡도를 뽑아든 채 성급한 몸짓으로 서성대고 있었다. 합리적인 판단을 내리기에는 그의 머릿속이 너무 어지러웠다.

항상 차분하던 감찰상궁이지만, 단번에 상황이 심각함을 깨닫고 몸을 떨었다.

"박 상궁, 네 이년! 너는 어찌하여 나의 믿음을 배신하였단 말이냐? 필경 동궁전에서 나왔다는 그 온갖 기행에 관한 소문도 네가 앞장서 퍼뜨린 것이렷다!"

"죽을죄를 지었사옵니다, 저하. 허나 그런 소문은 일절 낸 적이 없사옵니다. 소인은 그저 빈궁마마의 물음에 답하였을 뿐입니다."

"빙애와 나의 밤을 아뢴 것도 네년이냐?"

감찰상궁은 아무런 대답도 하지 못했다.

"내가 네년을 믿고 그 일을 맡겼다. 가장 믿을 만하여 그리하였다. 그런데 바로 그런 네가 그리했단 말이냐? 또 무엇을 고해바쳤느냐? 아니, 그보다 너는 어찌하여 나의 믿음을 이리 갚는 것이냐?"

세자의 언성은 발악에 가까워졌다. 세자가 소리를 지르는 내내 침묵을 지키던 감찰상궁이 마침내 사태의 향배가 파국을 향해 치닫고 있음을 깨닫고 조용히 입을 열었다. 목소리가 떨렸다.

"소인에게 유일한 혈육으로 조카가 하나 있는데, 그 아이가 범죄에 연루되어 목숨이 경각에 달려 있었나이다. 빈궁마마께서 그 문제를 해결해주신 대가로 제게 물음에 답할 것을 요구하셨을 뿐입니다."

"어찌하여 너는 내게 말하지 않았느냐?"

"……포도청의 관아를 움직이는 것은 노론의 선비들이라 들었습니다. 시간이 너무 없었고 경황이 어지러워 그만……"

세자의 마음이 한층 더 침울해졌다. 그는 거의 실성한 사람처럼 혼잣말을 했다.

"결국 내가 신뢰하였던 자들조차도 나를 믿지 못하였단 말인가.

내 능력이 그들보다 못하다 여겼단 말인가. 이 조선의 세자인 나를 너조차도……"

세자의 화가 너무 깊어 그만 눈이 뒤집히는 것 같았다. 다음 순간, 아무런 경고조차 없이 세자의 검이 성마르게 나아가 감찰상궁의 목을 내리쳤다. 순식간에 아수라장이 펼쳐졌다. 동궁전 지밀상궁이 그대로 혼절해 도열했던 나인들이 그녀를 부축해 나갔고, 호위무사는 피가 솟구치는 여인의 몸을 다급히 멍석으로 감았다.

세자는 충동적으로 감찰상궁의 목을 벤 후에도 여전히 화가 식지 않았다. 하지만 이제는 그 화가 누구를 향한 것인지조차 불분명했다. 처음엔 자신을 배신한 감찰상궁을 향한 것이었는데, 이내 그녀를 그리로 몰아간 세자빈과 노론 세력들을 향했다. 하지만 다음 순간, 그는 자신이 그토록 싫어했던 아버지의 성마른 성정을 닮아 있는 스스로에게 분이 치밀었다. 고통이 엄습했다. 그제야 그의 이성이 돌아왔다. 그는 여전히 피비린내가 흐르는 뜰에 선 채 시뻘겋게 물든 검날을 멍하니 바라보고 있었다.

저주에 물든 물건인 것마냥 그는 검을 내던졌다. 그러고는 미친 듯이 달리기 시작했다. 문가에서 이러지도 저러지도 못한 채 겁에 질려 서 있던 어린 나인 몇이 세자의 모습에 기겁해 비명을 질렀다. 그러고는 혹여 자신들의 목도 베일까, 황망히 입을 틀어막았다.

세자는 그들을 스쳐 지나가 그대로 빙애의 처소로 향했다. 호위무사가 다급히 뒤를 쫓아 호위했다.

세자의 느닷없는 방문에 빙애가 놀라 뛰쳐나왔다. 세자의 표정이 심상찮았다.

"저하, 어찌 이리……"

"아무 말 말라!"

세자는 다짜고짜 빙애의 손을 잡아끌고 방으로 들어가 그녀를 넘어뜨렸다. 그가 곧장 빙애의 몸 위로 올라탔다.

"저하, 고정하십시오. 밖에 보는 눈이 있나이다. 부디 진정하십시오."

"어찌하여, 어찌하여 너는 나를 피하는 것이냐? 너도 내가 미덥지 않은 것이냐? 함께 지내보니 영 깜냥이 안 되어 보이더냐? 아니면 너도 저들의 회유에 넘어가버린 것이냐?"

목소리는 윽박지르는 듯했지만, 그의 눈은 이미 허물어져 눈물을 마구 쏟고 있었다. 절대로 눈물을 보이지 않으리라 다짐했던 여인 앞에서, 그녀의 눈물까지도 닦아주리라 자신했던 여인 앞에서 그가 울고 있었다. 그가 허물어지듯 빙애의 몸에서 내려왔다.

빙애가 몸을 추스르고 세자를 껴안았다.

"어찌 제가 저하를 배신하겠습니까. 소첩은 저하의 것이고, 저하의 두 아이를 낳지 않았습니까. 어찌 이러시는지요?"

"그래? 그렇다면 내 오늘 너를 처음 품은 날처럼 품을 것이다."

빙애가 당혹감을 드러냈다.

"저하, 소첩의 몸이 아직……"

하지만 빙애는 말을 맺지 못했다. 그 순간 세자의 눈에서 본 것은 분노가 아니었다. 폭력도 아니었다. 그것은 황폐였고 절망이었다.

빙애가 세자를 처음 만났을 때 그의 눈에 깃들어 있었던 그 고립감이었다. 세자 안에서도 여전히 그런 고통과 갈등이 살아남아 있었던 것이다. 그리고 문득 그것을 깨달은 빙애의 마음도 무너졌다.

"그리하십시오, 저하. 언제나 그랬듯이 저는 저하의 명을 따를 것입니다."

빙애가 세자의 어깨에 몸을 기댔다.

'내가 원하는 것은 시훈 오라버니이나, 나를 필요로 하는 이는 바로 이분이 아닌가. 그래그래, 이곳이 나의 자리이다. 운명이 이끈 자리, 그것이 바로 이곳이다. 이분을 잡아드리는 것이 내가 할 일이겠지. 그것이 정녕 내 마음의 깊은 고통이 될지라도……'

세자가 무너진 자리에서 빙애 역시 속울음을 삼켰다.

3

세자가 궁인의 목을 벤 일이 구설이 되어 궁 안팎을 나돌았다. 소문에 소문이 덧붙어 세자의 광기가 손쓰기 어려울 정도가 되었다는 지경으로 나아갔다. 차가운 겨울바람을 뚫고 도규가 한양에 돌아왔을 때, 가장 먼저 접한 세상 소식도 바로 그것이었다. 도규는 그 역시 노론의 음해라 믿어 의심치 않으면서도, 소문을 둘러싼 정황이 이전보다 한층 구체적인 것이어서 의아한 마음이 깃들었다.

또 다른 소문도 있었다. 궁인을 벤 후, 세자가 광인처럼 칼을 휘두르며 궁을 헤집고 다녔다는 것과 후궁의 치마폭에 싸여 국사도 마다한 채 칩거하고 있다는 이야기였다. 필경 허위이거나 과장일 터이지만, 그 소문에 빙애가 등장한다는 것이 도규의 심기를 거슬렀다. 그 이름은 내내 그의 마음을 불편하게 했다.

조재호 대감은 도규에게도 입이 무거웠다. 그 역시 세자를 지원하고 도규를 믿어주기는 하였으나, 양반의 관습에 갇혀 있는 인물이었다. 그것은 소론이라 해도 딱히 다를 바가 없었다. 피차 권력에서 멀찌감치 물러나 있다는 사실 외에는 소론 적통 양반과 서출의 차이는 엄연했다. 조 대감은 도규에게 많은 정보 주기를 은근히 꺼려했다. 도규가 아는 것은 관서의 산적 두목이 몰락 양반이라는 것과 그의 무예와 군사 운용 지식이 특출하다는 것뿐이었다.

그리고 첫 만남 이후 내내 그의 심기를 어지럽히는 어렴풋한 잔상이 있었다. 상투를 틀지 않은 채 기른 장발과 덥수룩한 수염으로 가려진 그의 맨 얼굴을 필경 어디선가 본 듯하였다. 그 기시감이 너무 강렬해, 그는 계속 마음이 불편했다. 혹여 자신의 원수가 아닐까 따져보았지만, 지나온 세월을 생각하면 그리 젊을 리 없었다. 그렇다면 도대체 이 불편함은 무엇인가.

이윽고 밤이 찾아왔다. 그가 야음을 틈타 궁으로 향했다. 동궁까지 무사히 도달하긴 하였으나 세자는 거기 없었다. 그가 기별을 넣었기에 기다릴 줄 알았는데, 자리에 없어 도규는 잠시 당황했다. 그러다 곧 그는 아침에 들은 소문을 떠올렸다.

'빙애의 처소에 가 계시는 것인가?'

언제까지고 하릴없이 주인 없는 동궁에서 대기하고 있을 수는 없었다. 그는 다시 걸음을 옮겨 빙애의 처소로 향했다. 어둑어둑한 주변 풍광과 달리 빙애의 처소에서는 옅은 불빛이 새어나오고 있었다. 달빛 하나 없는 온전한 그믐이었기에 그 불빛은 더욱 강렬했다.

잠시 후 문이 열리고 여인이 하나 모습을 드러냈다. 빙애였다. 빛에 감싸인 그녀의 얼굴이 그 빛보다 더 환하게 빛나고 있었다.

　'참으로 미색이긴 미색이다. 세자 저하께서 반하실 만도 하지.'

　도규는 인정해야 했다. 하지만 다음 순간, 그의 내면에서 무언가가 꿈틀거렸다. 빙애의 빛나는 얼굴이 무언가를 상기시켰다. 어떤 풍경 하나가 그의 뇌리를 스쳐가며 번뜩였다. 그러고는 서서히 하나의 형상을 그려내기 시작했다.

　빙애는 명주에게 무어라 지시하고는 이내 다시 방으로 들어갔다. 명주는 어딘가로 발걸음을 옮겼다.

　그녀가 자신을 휘감은 빛을 이끌고 다시 방으로 들어갈 때, 도규의 뇌리에 그 형상이 마침내 또렷이 모습을 드러냈다. 윤구선 대감의 아들! 그를 죽음으로 몰고 갈 뻔하였던 사내. 폭우 속에서 서로의 검을 주고받았던 그 사내. 그가 십 년의 세월 동안 나이 들고 머리가 자라고 수염이 더부룩해졌을 때, 어떤 모습일지 그는 확연히 깨달았다.

　'그자다. 역적의 아들…… 그놈이 어찌하여……'

　도규는 갑자기 현기증을 느꼈다.

　'역적의 아들과 수양딸, 이들이 세자 저하를 둘러싸고 있다. 어찌 여기 아무런 연관이 없다 할 것인가. 이 연놈들이 세자 저하를 두고 무슨 음모를 펼치고 있는 것이란 말인가?'

　도규는 당장이라도 저 방으로 뛰어들어가 세자에게 모든 것을 아뢰고, 저 빙애란 년을 족쳐서 진실을 밝혀내고 싶었다. 하지만 그럴 수는 없었다. 세자가 자신과의 만남도 망각한 채, 빙애의 처소에 와 있질 않는가. 여인에게 사로잡힌 사내의 마음이 어떤지는 그도 모르지 않았다.

도규는 조용히 궁 밖으로 물러났다. 이 혼란스러운 상황을 차분히 정리해볼 필요가 있었다. 그는 어둠에 싸인 한양 길을 정처 없이 걸었다.

얼마 지나지 않아, 그는 자신을 조심스레 따라붙는 발걸음을 느꼈다. 그가 얼른 골목으로 몸을 숨기고 물었다.

"누구냐?"

"형님, 접니다, 중권이."

"아니, 네가 이 시각에 여긴 어인 일이냐? 그리고 언제부터 나를 따라온 것이냐?"

도규는 청풍회 무사들을 앞서 한양으로 올려보냈었다. 밀주에 대한 주상의 관심이 다시 커지고 있다는 소문을 들어서였다. 도규가 자리를 비운 사이, 실질적으로 중권이 조직을 이끌고 있었다.

중권이 모습을 드러냈다. 음울한 표정이었다.

"궁 밖으로 나오는 형님을 마침맞게 보았습니다. 어찌 아셨는지, 전하께서 형님을 뵙자 하셔서 찾던 참이었습니다."

"주상 전하께서 나를? 이 밤에?"

"예, 급작스런 호출이었습니다. 청풍회 대장을 찾는 전하의 음성이 고르지 않았다 들었습니다."

도규는 덜컥 겁이 났다. 음모가 밝혀진 것인가. 계획이 새어나가 역모의 죄를 추궁당하는 것인가. 혹 이것이 세자를 옭아매기 위해 시훈과 빙애, 그 연놈들이 계획한 것인가. 이대로 모든 것이 물거품이 되는 것인가.

도규는 떨리는 가슴을 가까스로 달랬다. 달리 어쩌겠는가. 주상이 부른다. 그는 다시 궁으로 향했다.

"형님, 나는 예서 기다리겠습니다."

선정전 입구에서 중권이 멈춰 섰다. 거기에는 이미 청풍회 무사들이 십여 명 무리지어 기다리고 있었다. 다들 도규를 보고 머리를 숙였다. 오랜만에 보는 그들의 수장이었다.

도규는 그들을 살아 다시 볼 수 있을지 장담할 수 없었다. 아니, 어쩌면 그들은 자신을 처형하기 위해 이리 모인 것일 수도 있었다. 도규는 내키지 않는 발걸음으로 형장이 될지 모를 선정전으로 올랐다.

임금 앞에서 무릎을 꿇었을 때, 그는 주상을 지척에서 본 것이 윤구선 대감의 일 이후 처음이라는 것을 깨달았다. 임금은 그새 많이 늙어 있었다.

주상이 목소리를 높였다.

"비록 비선 조직이긴 하나, 엄연히 어명을 수행하는 조직의 수장이라는 자가 어찌 그리 태만한 것인가?"

"소신, 죽을죄를 지었사옵니다. 피치 못할 사정으로 잠시 외유를 했나이다. 죽여주소서."

"내 기은 대감이 그대를 추천해 믿고 중용했건만, 이리 허술하여서야 되겠는가?"

"죽을죄를 지었사옵니다. 전하."

달리 할 말이 없어 같은 말을 반복해 아뢰면서, 도규는 외려 안심했다. 청풍회 일을 자꾸 거론하는 것은 세자의 일 때문은 아니라는 의미일 터였다. 아니나 다를까, 주상이 말했다.

"청풍회의 활약이 유명무실하니, 저 북역에 다시 밀주가 성행한다는 보고를 받았다. 내가 잠시 국사에서 물러나 있었더니 세자가 이를 단속지 못한 까닭이다. 다시 청풍회의 기치를 떨쳐야 하지 않겠는가. 그런데 수장이 이러하니, 어찌 믿을 수 있을까. 답해보거라. 내가 다른 자를 세워야 하겠는가?"

"아니옵니다. 전하. 소신에게 다시 한 번 기회를 주신다면 전하의 뜻을 기필코 이룰 것입니다."

"좋다. 그렇다면 당장 그 결의를 보이라. 충헌忠憲의 천거와 무숙武肅의 혈통이 어떤 의미를 지니는지 내게 보여야 할 것이다. 그 첫 번째 과업을 주겠다. 이 한양에서 감히 나를 조롱하듯 술을 즐기는 자가 있다 하니 그의 목을 쳐 교훈을 삼을 것이다. 내 이 이야기를 듣고, 분이 나 잠을 이루지 못할 정도이다."

아무리 청풍회의 위세가 약해지고 감시가 느슨해졌다 하나, 술이라면 치를 떠는 임금의 코앞에서 감히 어떤 자가 그럴 수 있는 것인지, 참으로 배짱 한번 두둑하다는 생각이 절로 들었다.

"그런데 그자가 청풍회 소속이라 하니, 이를 어찌할 것인가? 이 또한 그대에게 책임을 물어 마땅할 것이나, 내 이번에도 내가 아

긴 충헌의 뜻을 보아 그대에게 마지막 기회를 주려 함이다. 그대
가 직접 그의 목을 베어 충심을 보여야 할 것이다. 알겠는가?"

"예…… 저하."

청풍회 무사라니, 도대체 누가, 어느 작자가 그런 짓을 할 수 있
단 말인가. 밀주와 음주에 대한 주상의 분노가 어떠한지를 가장
잘 알 만한 자가 어찌! 그것은 청풍회 수장인 그를 면전에서 욕보
인 것과 마찬가지였다. 임금의 분노도, 그를 향한 질책도 이해할
수 있었다. 마땅히 그럴 터였다. 그의 안에도 분이 차올랐다.

도규가 임금 앞에서 물러나오자, 중권이 무사들을 정렬시켰다.

"그자가 어디 있는지 알고 있느냐?"

중권의 인상이 어두워졌다.

"형님…… 그자를 어찌할 생각이십니까?"

"주상 전하께서 그자의 목을 베라 하셨다. 마땅히 그럴 것이다.
도대체 그 간이 배 밖으로 나온 놈이 누구더냐?"

중권 뒤에 만석도 모습을 보였다. 늘 침착하고 담담한 표정의
그도 안색이 어둡고 고통스러워 보였다. 어둠 속에서도 느껴질 정
도였다. 때맞춰 한 줌 눈이 도규의 머리 위로 떨어지기 시작했다.

중권이 말했다.

"휘요, 형님. 휘 형님이랍니다. 그 간이 배 밖으로 나온 자
가……"

도규의 정신이 아득히 멀어졌다.

4

휘는 자운의 치마폭에 머리를 누이고 문까지 활짝 열어둔 채 뜰을 보고 있었다. 한 칸 방과 부엌이 전부인데다 세간 하나 제대로 갖춘 것 없는 면구스러운 초가이긴 하였으나, 외진 곳에 지어져 제법 너른 마당을 갖추고 있었으므로 운치는 나쁘지 않다 자부하고 있었다. 마침맞게 어둡던 밤을 밝혀주는 눈발이 하나둘 내리기 시작해, 휘는 흥취에 한껏 젖어들었다.

자운이 그의 머리를 빗겨주었다. 기녀와 반쪽짜리 양반은 서로 마음이 잘 맞았다. 서로에게 기대할 것이 별로 없는데, 사실은 그러하여서 더욱 연모의 감정이 짙어졌다. 온전히 서로를 탐하는 데만 집중하는 그런 연인들이었다.

감흥을 더욱 부추기는 것은 감홍로의 별미였다. 이제 슬슬 바닥을 드러내기 시작한 터라, 한 방울 한 방울이 더욱 아쉬웠다. 허나 그만하면 충분히 즐겼다, 휘는 그리 생각했다. 세상 누구도 맛볼 수 없는 술을 그와 자운이 둘이서 함께 나눈 기억은 오래 남을 터였다. 그것으로 족하다고 생각했다. 술이 추억이 되고, 추억이 연정이 되니 더 무엇을 바라겠는가.

휘가 자운의 고운 손길을 쓸며 말했다.

"정말이지 나는 이 세상에 더는 미련이 없다. 이리 사랑하는 여인과 벗 삼고 함께 좋은 술로 목을 축이니 이 얼마나 기쁜 일인가. 아마 이 한양 땅, 아니 조선 땅에 지금 이 순간 나보다 더 기분 좋은 이는 없을 것이다. 임금이라 해도 이 지락至樂을 알까. 아니 그러냐?"

술기운이 올라 볼이 발그레해진 자운이 대답했다. 술기운 탓인지, 그녀의 목소리도 나긋해져 있었다. 한편으로는 세상에 대한 일종의 체념 또한 담긴 듯, 허망함이 깃들어 있었다.

"저 또한 그렇습니다. 사람 목숨이 다 하나인데, 그 하나뿐인 목숨이 나리와 함께 엮였으니, 그걸로 족하지요. 더 바란다면 그것은 욕심이겠지요."

휘가 그런 자운을 올려다보다, 불쑥 몸을 일으켰다.

"이제 내가 숨겨둔 감홍로도 씨가 말라간다. 술기운에 취해 너와 운우지락을 누렸다고는 하나, 이제 이 술판도 끝내야 할 때가 오는 모양이다. 그래서 내 하는 말인데……"

"어서 말씀하셔요. 무슨 말씀이기에 나리께서 이리 뜸을 들이실까."

"우리 함께 떠나자. 어차피 반쪽짜리 양반인데, 양반입네 하고 빌붙어 있어보았자 내 성도 차지 않고 한만 쌓일 듯싶다. 비록 가난하고 힘겨운 삶이 될지라도 너를 데리고 전국 팔도를 떠돌며 잡일이라도 하면 어찌 한 생을 사는 데 모자람이 있을까."

갑자기 자운이 눈물을 터트렸다. 울먹이며 그녀가 말했다.

"이 늙은 퇴기는 짐만 될 뿐일 텐데요."

"너는 늙지도 않았고 짐도 아니다. 너는 나의 전부이다. 비록 번듯한 혼례는 못해줄지언정, 내 너를 죽는 그날까지 품어줄 것이다. 너도 알지 않느냐, 내 너를 만난 이후로는 한 번도 다른 계집과는 여흥으로라도 엮인 적이 없다는 것을. 다만 네가 그 고생을 감당할 수 있을까 걱정이지."

"나리와 함께라면, 이 몸은 어디든 갈 수 있습니다."

휘의 눈에도 눈물이 맺혔다. 눈이 싸락싸락 방 안까지 날려 들어왔지만, 두 사람 사이의 열기에 금세 녹아내렸다.

"그럼 결정된 것이다. 너와 나는 오늘 이 밤에 남은 감홍로를 마저 비우고 동이 트면 함께 떠나는 것이다."

자운이 눈물을 머금은 얼굴로 고개를 끄덕였다. 달빛 하나 없이 어둡기만 하던 밤하늘이 거칠게 날리는 눈발의 조광으로 포근하게 바뀌었다.

자운이 기꺼운 마음으로 감홍로를 담은 술병을 들어 휘의 잔을 다시 채우려는데, 초가의 사립문이 거칠게 부서지는 소리가 들렸다. 자운이 깜짝 놀라 술병을 떨어트렸다. 한 모금이 아쉬운 감홍로가 바닥에 쏟아졌다. 휘는 본능적으로 검을 찾아 쥐었다.

"누구냐!"

"나다. 도규."

"아, 아니…… 형님이…… 어찌……"

휘는 끝까지 말을 맺지 못했다. 도규의 뒤로 중권과 만석 또한 모습을 드러냈다. 초가의 낮은 담장 너머로 도열한 군사들도 보였다.

검을 든 휘의 손이 흔들렸다. 그는 뒤를 돌아 자운을 보았다. 자운의 눈가에 눈물이 영글었다. 하룻밤, 단 하룻밤이면 족했는데. 휘가 눈이 내리는 검은 하늘을 올려다보았다. 그리고 자운의 얼굴을 다시 보았다. 이번에는 제법 긴 눈맞춤이었다. 다시 못 볼 그녀의 얼굴을 뇌리에 영구히 각인시키려는 듯이.

"다 끝난 모양이다, 자운아. 미안하다."

"말씀드리지 않았습니까. 저는 오로지 나리만을 따를 것입니다."

자운의 목소리에 밴 울먹임에 휘의 가슴이 미어졌다.

"네 이놈. 어찌하여 밀주의 명을 받아 어명을 수행하는 자가 이런 만행을 저질렀단 말이냐."

도규가 강성強聲을 냈다. 하지만 휘는 그의 목소리에 담긴 슬픔과 좌절감을 느낄 수 있었다. 휘는 칼을 바닥에 던지고 눈이 쌓이기 시작한 마당을 맨발로 걸어나가 무릎을 꿇었다.

"형님, 본디 제가 그 일에 어울리는 놈이 아니었습니다. 평생을 술의 위무에 의지해 살아온 놈인데, 그 본성이 어디 가겠습니까. 다 제자리를 찾지 못한 제 잘못입니다."

도규는 모든 것을 체념한 듯 고개를 푹 꺾은 휘를 보고 있자니 참을 수 없는 서글픔이 밀려왔다. 같은 서출이기에 휘가 지닌 좌절과 고통을 누구보다 잘 알고 있었다. 함께 생사고락을 넘었던 동료였고, 그에게 아우나 마찬가지였던 휘였다. 눈물이 새어나오려는 걸 도규는 가까스로 참았다. 그는 지금 어명을 수행 중인 청풍회 수장이 아니던가.

"어찌 그리하였느냐. 조금만, 조금만 더 참았으면 새로운 세상을 볼 수도 있었을 것이다."

도규는 세자의 약속을 생각했다.

"형님, 내 잘못은 인정하나, 그런 허황된 꿈은 꾸지 않소. 우리 같은 자들의 삶이야 다 이런 법이 아니겠소. 술이라도 마시게 해주면 그 한을 삭이고 살겠으나, 그러지도 못하니 이리될 수밖에 없지 않겠소. 형님이 무슨 약조를 들었는지 모르겠지만, 저 높으신 양반들이 그런 걸 허락할 리 만무하오. 이게 딱 내게 어울리는 삶이오. 잠시나마 형님과 저기 중권이와 만석이와 함께 나랏일 하며 살아도 보았으니, 그걸로 족하오. 나를 베시오."

"어찌 살려달라 빌지도 않는 것이냐?"

도규가 울먹였다.

"빌어도 살려줄 도리가 없질 않소. 나도…… 청풍회 무사이질 않았소. 이 일이 어찌 끝날지는 잘 알고 있소이다. 지금 생각해보니, 감홍로를 꺼내 마시기 시작한 순간부터 이날이 오리라 예상했던 것도 같소."

"이놈! 어찌 어명을 그리 하찮게 여기느냐!"

"형님, 나는 괜찮소. 나 때문에 그리 슬퍼하지도 마오. 죄책도 느끼지 마시오. 내 죄에 대한 응당한 벌을 받는 것이니, 나는 미련 없이 갈 것이오. 세상이 날 필요로 하는 것도 아닌데, 사내 목숨 이만하면 살 만큼 살았소. 형님도, 중권이와 만석이 자네들도 애초에 내가 없었던 듯 잊어버리고 아파하지 마시게. 다만……"

도규의 목소리가 속울음을 삼키느라 흐릿했다.

"다만, 무엇이냐?"

"저 방 안에 있는 계집은 내가 힘으로 꼬드겨 함께 술을 마신 것 뿐이니, 부디 목숨만은 보전해주시오."

"그건 네가 상관할 바가 아니다."

담담하던 휘가 그 순간 무너졌다.

"형님, 옛정을 보아 이리 부탁드리오. 그럼 내 저세상에 가서도 형님 은혜는 잊지 않을 것이오."

도규는 먹먹한 가슴을 펴고 하늘을 올려다보았다. 어찌 하늘은 이리 해맑게 눈송이를 뿌리는 것인가. 차라리 눈이 내리기 전의 칠흑 같은 어둠이 더 나았을 것을. 잠시 무섭고 소름끼치는 정적이 흘렀다. 중권이 고개를 숙이고 있었다. 만석은 도규를 따라 애꿎은 하늘만 올려다보고 있었다.

마침내 도규가 말했다.

"그리 알고 편히 가거라."

"네, 형님. 고맙소."

도규가 뒤를 보고 고개를 끄덕였다. 군사 중 하나가 앞으로 나왔다.

"형님, 이러지 마시오. 내 저런 면식도 없는 자의 손에 죽어야겠소. 형님이 베어주오."

"끝내 내게 이리 모질게 할 것이냐."

"기꺼운 마음으로 죽게 해주오."

휘가 눈을 감고 목을 길게 빼는데, 방 안의 여인이 어느새 마당으로 나와 휘를 물끄러미 바라보았다. 기척을 느꼈지만 휘는 더이상 약해지지 않기 위해 뒤를 돌아보지 않았다. 눈을 감은 채 작별을 고했다.

"형님께서 네 목숨은 구해주기로 하셨으니, 좋은 꿈 꾸었다 생각하고 그만 나를 잊고 살거라. 네가 나를 만나 네 한 생도 망칠 뻔하였구나. 그래도, 고마웠다. 잘 살거라."

자운이 울며 답했다.

"저는 나리를 따를 뿐입니다."

도규가 검을 들었다. 그의 눈이 애써 눈물을 감추려 힘을 준 탓에 벌겋게 충혈되어 있었다. 용천검이 고통스런 비명을 내지르며 눈발을 갈랐다.

검붉은 피가 어둠 속을 하얗게 메워가던 눈발 위로 떨어졌다. 휘의 목이 바닥을 굴렀다. 자운이 제지하는 손길을 뿌리치고 얼른 다가와 휘의 머리를 가슴에 안았다.

"저 또한 죽여주십시오. 제 낭군을 따라갈 것입니다."

"네년 또한 마땅히 죽어야 할 것이나, 휘의 마지막 청이니 네 한 목숨은 살려줄 것이다."

도규의 말이 끝나자마자 자운이 소리쳤다.

"이 몸 비록 천한 계집이나, 천하다 하여 흠모하는 이를 잃고도 태평히 살아갈 수 있는 것은 아닙니다. 내일이면 함께 떠나기로 약조하였으니 이 밤에 함께 간들 무슨 상관이겠소. 제발 죽여주시오."

"어찌 한낱 기녀가 이리 방자하게 구느냐. 나는 너를 죽이지 않기로 하였다."

도규는 단호히 몸을 틀었다. 다음 순간 자운이 곁에 선 군사의 칼집에서 칼을 당겨 뽑더니 그대로 칼날 위로 엎어졌다. 말릴 틈도 없을 만큼 단호하고 빠른 동작이었다. 여인은 단말마의 비명조차 없이 생명을 꺼트렸다. 그녀의 피가 휘의 몸통에서 솟구치는 피와 엉켜들었다.

순간 도규는 휘청였다. 아무것도 생각이 나지 않았다. 좌절과 분노, 그뿐이었다. 무엇에 대한 좌절이고 누구에 대한 분노인지 알 수 없는, 그저 심연 가까이로 한없이 추락하는 기분이었다.

그는 비척비척 걸음을 옮겼다. 중권이 도규의 어깨를 잡았으나, 도규가 뿌리쳤다. 도규는 모든 것으로부터 달아나고 싶었다. 그냥 이대로 영원히 사라져버리고 싶었다. 이제는 자신이 누구인지, 무엇을 위해 살아가는 것인지도 분명치 않았다. 그의 눈이 광기에 사로잡힌 사람처럼 매섭게 변했다.

눈발은 계속 부하들을 헤치고 나아가는 그의 몸 위로 휘날렸다.

휘와 자운이 흘린 피 위로도 눈발이 덮이기 시작했지만, 피는 하얀 속살을 헤집고 계속 올라와 한밤의 형장刑場을 적셨다.

5

이선은 몸을 부들부들 떨었다. 손에 들린 서신이 사정없이 구겨졌다. 마치 경기를 일으키려는 사람처럼 도무지 몸을 가눌 수 없어, 선은 바닥을 구르다시피 했다.

도규는 갑자기 종적을 감추었다. 세자 앞으로 서신 하나만 남겨두고. 꼼꼼하게 밀봉된 서신이었다. 어찌하여 그가 직접 나아오지 않은 것인가, 의문이 들었으나 세자는 서신을 뜯어 읽었다. 채 다 읽기도 전에 그의 심장이 요동치고 눈에 불이 켜진 듯 뜨겁게 타올랐다. 어느 순간에는 숨이 차올라 읽기를 멈추어야 했다.

서신에 담긴 내용은 차마 상상도 할 수 없었던 이야기였다. 도무지 믿을 수 없는 내용이었다. 하지만 결국 지금까지 이해하지 못했던 모든 것을 설명해주는 내용이기도 하였다. 빙애는 역적으로 죽은 윤구선에게 딸처럼 키워졌고, 그가 처형되기 전에 양딸로 들이려 했었다는 내용이었다. 그것은 빙애의 식견과 재주가 남다른 것을 설명해주었다. 시훈과의 관계는, 온궁행 이후 빙애의 알 수 없는 행동들을 해명해주는 것이었다. 그러나 선은 믿고 싶지 않았다. 이것을 믿는다는 것은 그의 모든 것을 무너뜨리는 일이 될 터였다.

당장 도규를 찾아 조목조목 확인해야 했다. 하지만 어찌 된 연유인지 도규는 서신 하나만 은밀히 전하고는 행적을 감춰버렸다. 서신 말미에는 이렇게 쓰여 있었다.

세자 저하, 부디 불충한 저를 용서하여주옵소서. 소신은 세자 저하의 뜻에 부합할 만큼 합당한 재목이 아닙니다. 그저 보잘것없고 미천한 것이 헛바람이 들었을 뿐, 장차 저하의 뜻에 방해만 될 뿐입니다. 소신은 이제 소신의 묵은 한을 달래러 떠나옵니다. 그리고 그 목적이 달성되면, 그 길로 저 역시 오래전 죽은 처와 자식에게로 떠날 계획이옵니다. 그것이 제게 어울리는 삶입니다. 다만 제가 알게 된 이 사실을 세자 저하께 고함으로써 소신의 마지막 충정을 다하고자 합니다. 부디 옥체를 보전하시옵소서. 저하의 큰 뜻이 이루어지길 저세상에서나마 빌겠나이다. 소신, 소신의 미천한 욕망을 채운 후에는 불충의 벌을 스스로에게 내리겠나이다.

순식간에 선은 모든 것을 상실한 절망감에 휩싸였다. 빙애는 그가 우격다짐으로 몸을 취한 후, 다시 예전의 평정을 얼마간 되찾았다. 하지만 그것이 온궁행 이전과는 본질적으로 다른 것임을 모

를 선이 아니었다. 이제 그 내면에 도사린 것이 무엇인지를 알게
된 이상, 어찌 전과 같을 수 있겠는가. 그것은 절망과도 같은 심연
이었다. 궁에서 그가 유일하게 의지할 수 있었던 안식처를 그 한
순간 상실한 것이다.

'아니다, 아닐 것이다. 그럴 리가 없다. 그 아이가 그리 교활할
리가 없다.'

세자는 미친 사람처럼 머리를 세차게 흔들었다.

빙애를 잃는 것 못지않게 그를 어지럽히는 것이 또 있었다. 이
서신이 정녕 사실이라면, 그의 군사를 이제 어떻게 믿을 수 있을
까. 윤시훈이라는 자를 어찌 믿을 것인가. 애초에 어떤 의중이 있
었던 것은 아닌가 하는 의심마저 들었다. 하지만 빙애가 자신을
배신하거나 다른 음모를 꾸몄다는 징후는 전혀 없었다. 게다가 세
자가 시훈에 대해 알려주었을 때 그녀가 보인 반응을 상기하면,
그녀 역시 이 만남이 순전한 우연이었을 가능성이 컸다. 그렇다고
한다면 이것은 또 무슨 운명의 장난이란 말인가. 그자가 빙애의
정인이었다니, 나의 장수인 그자가!

하지만 다음 순간, 세자는 스스로에게 인정해야만 했다. 이것은
결국 자신의 군사를 믿느냐 마느냐 하는 문제가 아니었다. 그것은
세자가 지금 이 세상에서 연모하는 단 한 사람의 여인을 두고, 사
내 대 사내로서 느끼는 패배감의 문제였다. 그는 그것을 참을 수가
없었다. 그녀의 마음에서 그자를 밀어내지 못한 것도 겨우 참아온
그였다. 그런데 이제 겨우 그녀의 마음에서 자신의 지분持分을 넓

했다 여긴 순간, 마치 악몽처럼 그자가 살아 돌아온 것이다. 그리고 그 사실에 그녀는 솔직하게 반응했다. 그것이 세자는 견딜 수가 없었다.

어찌해야 할지 알 수 없었다. 이 와중에 믿을 수 있었던 자신의 사람도 하나 잃었다. 그의 사람들이 하나둘 배신을 하거나 사라지거나 절망을 안겨주고 있었다. 초조함이 다시 불같이 일었다. 모든 것이 암흑과 같았던 시절로 다시 돌아가버린 듯했다. 영원히 벗어날 수 없는 어떤 굴레처럼.

그는 당장이라도 빙애를 불러, 아니 빙애에게 달려가 진실을 추궁하고 벌을 내리고 싶었다. 너는 어찌하여 내게 거짓을 고하였느냐. 너는 어찌하여 내 아이까지 낳았으면서도 여태 그자를 마음속에서 정리하지 못하였느냐. 너는 어찌하여 나에게 이리하는 것이냐.

그러나 그는 그러지 못했다. 그럴 수 있고, 그래야 마땅했지만 그는 그러지 못했다. 그것이 그녀를 영영 잃게 되는 것일 수도 있음을 깨달았기 때문이다. 그리고 자신이 그것을 감당하지 못하리라는 것도.

그는 빙애를 너무 사랑한 탓에, 덫에 걸려버리고 말았다. 하지만 그것이 설령 치명적인 덫이라 해도, 그는 그것을 풀고 싶지도, 풀 방법도 알지 못했다. 일국의 세자가 이래서는 안 된다는 것은 알았다. 알아도 뜻대로 안 되는 것이 바로 사람의 마음이다. 세자라 해도 다르지 않았다. 아니, 사방이 꽉 막힌 방에 고립된 세자이기에 더욱 어찌할 수 없는 것일지도 몰랐다.

최초의 충격에서 천천히 벗어나기 시작하자, 선은 진지하게 향후의 방안을 모색하기 시작했다. 우선은 서신에 담긴 내용의 진위를 알아야 했다. 빙애에게 듣고 싶지는 않았다. 그 결과를 감당할 자신이 없었다. 도규가 있다면 그에게 증거를 모아오라 하겠으나, 그도 곁에 없었다.

그렇다고 다른 사람을 무작위로 쓸 수도 없었다. 빙애가 역적의 딸이라는 사실이 드러나면, 이 일은 조정에 또 하나의 거대한 파장을 불러올 것이다. 당장 임금이 빙애의 목을 칠지도 모를 일이었다. 세자빈의 반응 역시 두려웠다. 그렇다고 시훈을 불러들일 수도 없었다. 어쨌거나 그는 자신의 군사를 운용하고 있는 자이다. 빙애가 세자의 후궁이 되어 있음을 안다면, 그자는 또 어떻게 나올 것인가.

모든 것이 암흑 속에 가려 있었다. 어떤 것도 예측하기 어려웠다. 그 과정도, 그 결국도.

선은 다시 한 번 자신이 혼자임을 뼈저리게 느꼈다.

그날 그는 하루 종일 병증을 핑계로 홀로 칩거했다. 주상의 문안에 다시 소홀해진 것은 벌써 한참이었다. 하지만 오늘은 정말 일어날 수 없었다. 대신들이 상소문이나 주청을 들고 왔으나 그는 만나주지 않았다. 그들의 얼굴을 보며 느낄 욕지기를 도무지 감당할 자신이 없었다.

그리고 계속 생각하고 생각했다. 어찌할 것인가. 앞으로 어떻게

이 난관을 헤쳐나가야 할 것인가. 빙애와 시훈의 감정을 어떻게 확인할 것인가. 어떻게, 어떻게 해야 빙애를 잃지 않을 것인가.

마침내 그는 결단을 내렸다.

'직접 보리라. 그 결과가 실로 비참하고 참혹한 것이 된다 할지라도, 내 눈으로 그들의 진심을 직접 보는 수밖에 없다. 그 연후에라야 내가 어찌해야 할 바를 알 수 있으리라. 빙애를 데리고 관서로 가자. 가서 그자를 만나자. 그자가 정녕 빙애의 정인인지 확인하자. 만나서 무슨 일이 일어나는지 또한 지켜보리라. 나를 향한 그들의 충절이 거짓이라면 내가 직접 그들을 벨 것이다. 그러나 그들이 지나온 시간의 무게를 인정하고 나의 의지를 따른다면, 그리되어만 준다면, 나는 그들을 용서할 것이다. 그리고 그들과 함께 새 세상을 열 것이다.'

부디 그렇게 되기를, 세자는 간절히 바랐다.

심신을 수습한 세자는 호위무사 하나를 불러들였다. 호위무사 중 실력이 출중하고 믿을 만한 자였으나, 도규처럼 새 세상을 함께 도모할 만큼은 아닌 자였다. 노론의 마수魔手는 자신이 목을 벤 감찰상궁에게 그러했듯이 그의 일신을 지키는 호위무사에게도 미칠 수 있었다. 그는 구체적인 정황을 언급하지 않은 채 명을 내렸다.

"가서 장도규를 찾아라. 아마 관서지방으로 올라갔을 것이다. 그를 찾아 내게 데려오도록 하라."

세자는 지시를 내린 다음, 스스로에게 다시 한 번 되뇌었다.

'누구도 잃을 수 없다. 모두 내 사람들이고, 나는 그들이 필요하다. 나는 이 나라의 세자이고, 장차 조선의 임금이 될 자다. 여기서 무너질 수는 없다. 돌이키기에는 이미 늦었다. 빙애도, 나의 군사도, 장래의 꿈도 모두 다. 갈 데까지 가보는 수밖에 없다.'

6

신사년辛巳年(1761년) 사월, 마침내 세자는 관서행을 단행했다. 관서행은 온궁행과는 사뭇 달랐다. 길도 험로였지만, 행렬의 분위기도 전과 같지 않았다. 보다 소규모로 더 빠른 속도로 움직였다. 마치 무엇에 쫓기듯 다급했고 초조함이 깃들어 있었다. 온궁행과 달리 이번 행차는 주상의 허락을 득하지 않은 미행微行인 까닭이었다.

온궁행은 휴양이라는 명분이 있었다. 그래서 그 길에는 여유와 한가로움이 깃들어 있었다. 덕분에 빙애는 오랜만에 세상 구경을 하였고, 자연이 내뿜는 공기도 한껏 들이마실 수 있었다. 사람들이 평범하게 사는 모습을 훔쳐보는 것도 쏠쏠한 재미가 되었다. 하지만 관서행에서는 그런 여유가 없었다. 기습적으로 떠난 출궁 행렬이었기에, 세자는 한양에서 멀어지고 싶어 미친 사람처럼 보일 지경으로 서둘렀다. 일의 위험성을 모르는 바는 아니었지만,

그래도 빙애는 세자의 성마름이 의아하게 여겨졌다.

빙애 역시 출발 며칠 전에야 관서행에 대동할 것이라는 통보를 받았다. 사실 그녀는 관서행에 함께하지 못할 수도 있으리라 각오하고 있었다. 온궁행 이후 그녀가 심신의 곤욕을 치른 것을 세자는 많이 우려했다. 그 때문에 세자의 약조가 있었음에도 빙애는 정말 관서행에 동참할 수 있을지 의문이었다.

시훈이 살아 있다. 당연히 그의 모습이 보고 싶었다. 그가 건강하게 새 삶을 살고 있는지, 여전히 자신을 그리워하는지 확인하고 싶었다. 하지만 다시 보지 못한다면 그것도 그것대로 괜찮으리라는 생각이 그사이 많이 깃들었다. 부쩍 수척해진 세자의 모습을 보면서, 자신의 품에서 예쁘게 자라고 있는 두 아이를 보면서 그런 생각이 들었던 것이다. 자신의 욕망만 다스리면, 모두가 제자리를 찾을 수도 있으리라는 결심이었다. 그래야 한다면, 그리하리라, 빙애는 그렇게 다짐하기에 이르렀다.

세자는 약조를 지켰다.

"내주 초에 나는 관서행을 단행할 것이다. 약조한 대로 대동할 것이니 마음을 단단히 먹고 몸조리를 잘하고 있거라."

그러더니 세자는 알 듯 말 듯한 말을 덧붙였다.

"부디 나를 실망시키지 말라. 나를 아프게 하지 말란 말이다."

빙애는 온궁행에서 쓰러졌던 자신을 에둘러 걱정하는 말이라 여겼다. 하지만 관서행 내내 성마른 그의 모습을 보며, 불현듯 그 속에 다른 함의가 깃든 것은 아닌가 하는 생각이 들었다. 세자가 시훈의 일을 알 리는 없었다. 빙애가 속말을 토로하지 않는 이상, 그리고 이대로 빙애가 시훈을 영원히 가슴에 묻어버린다면 영영 모를 일이었다.

'그렇게 해야 한다. 그것이 세자 저하와 시훈 오라버니, 모두를 살리고 행복해지는 길이다. 내 아이들 또한 어미를 잃지 않는 길이며, 나아가 이 조선의 미래가 달린 일이 아니겠는가. 나 하나만 그저 설움을 가슴에 묻으면 그만이다.'

빙애는 다짐에 다짐을 두었다. 흔들리지 않기 위해서, 시훈 오라버니를 먼발치에서라도 보게 되었을 때, 온전히 두 다리로 서 있기 위해서.

평양에 입성하였을 때 빙애의 마음이 한 번 더 흔들렸다. 꿈에도 그리던 평양 땅, 그녀의 서른 해 남짓한 생에 유일하게 온전히 행복하였던 그 한때의 기억들이 아무리 억누르려 해도 새어나왔다. 옛집은 폐가가 되었겠지. 그리고 시훈 오라버니와 함께 어울렸던 대동강가의 둔덕은 십 년 세월에 그 모습을 잃었을지도 모른다. 그래도 그립고 보고 싶었다. 그러면서도 그래선 안 된다고 스스로에게 다그쳤다.

평양 관아에 입성해 하룻밤을 지새웠다. 당시의 평안감사는 이미 다른 사람으로 바뀐 지 오래였다. 늘 거기 그대로 살아온 사람들일 터인데도, 관아의 누구도 얼굴이 낯익지 않았다. 십 년 세월이 많은 것을 바꾸어놓은 것이다.

'그래, 세상은 달라졌다. 나도 변하고 시훈 오라버니도 변했을

것이다. 어찌 그 흐름을 되잡으려 하는가. 그래서 무슨 의미가 있을까.'

문득 그녀는 시훈이 혼약을 맺었을지도 모른다는 생각이 들었다. 미처 그 생각을 못했던 것이다. 자신처럼 시훈도 십 년 세월에 참한 지어미를 두고 아이를 여럿 두었을지 모른다. 오랜 상처는 홀홀 털어내고 이제는 새로운 삶을 살아가고 있을지도 모른다. 그리고 지금 세자 저하와 연이 닿아 보다 큰 꿈을 향한 포부에 젖어 있을지도 모를 일이었다. 어쩌면 자신의 등장이 세자 저하와 시훈 오라버니 모두에게 불필요한 혼란만 야기할 수도 있었다. 누구를 위해서도 그것은 좋지 않았다.

처소에 짐을 부리고도 세자는 빙애를 만나러 오지 않았다. 온궁 행에서는 공식 일정을 마치자마자 달려와 그녀에게 여로旅路가 어떠했느냐, 마음은 편한 것이냐, 몸이 상한 데는 없느냐 물었던 세자였다. 그러나 관서행에서는 마치 부러 그러는 듯이 그녀를 외면했다. 빙애는 마음이 허전하고 외로웠다.

목욕물을 받아 여정의 피로를 씻어낸 후, 빙애는 처소의 옅은 촛불에 의지해 서책을 읽었다. 언문 읽는 재미에 빠져, 이런저런 책들을 구해 읽고 있었다. 현실도피라 해도 좋았다. 그런 것이라도 필요한 때였다.

그런 밤이 며칠을 갔다. 그사이 세자는 한 번도 빙애를 찾지 않았지만, 내내 정력적으로 평안도 일원을 순찰하였다. 감사와 함께 각 고을 관아의 군기를 확인하기도 하였고, 평안도 변방의 무사들을 불러들여 담소와 격려를 나누고 축연을 베풀기도 했다. 틈이 나는 대로 시찰을 나서서, 백성들을 만나 그들의 고충을 듣기도 하였다. 하지만 빙애를 찾지는 않았다. 이럴진대 왜 자신을 대동한 것일까, 그저 약조를 지키기 위함이었나, 빙애는 당황스럽기까지 했다.

세자는 심지어 빙애를 평양에 두고 함경도까지 시찰을 다녀왔다. 그 어느 곳엔가 시훈이 있을 터였다. 세자는 혼자 은밀히 그런 만남을 가지고 돌아올 듯했다. 빙애는 애달픈 마음을 어찌 달래야 할지 알 수 없어, 그저 조용히 기다릴 뿐이었다.

세자가 평양을 벗어난 어느 날, 빙애는 명주와 호위 몇을 대동하고 평양 산보를 나섰다. 내내 갇혀 있기가 지루하였고, 무엇보다 자신이 다녔던 곳들이 그리웠다. 가마를 탔기에 혹여라도 아는 얼굴을 만날 걱정은 없었다.

맨 먼저 간 곳은 양아버지 구선 대감댁이었다. 누군가 그곳에서 살고 있을 거라 여겼는데, 그곳은 그 십 년의 세월 동안 폐허로 남아 있었다. 능지처사를 당한 역적의 터라, 섣불리 사람들이 깃들지 않은 모양이었다. 열두 살 소녀로 시훈을 따라 처음 구선 대감댁 문턱을 넘을 때 느꼈던 위압감은 흔적도 없고, 세월의 종잡을 수 없는 흐름을 반영하듯 깨지고 부서지고 낡아 스러져가는 기와집은 이제 처연하기만 하였다. 다시 일어설 수 없게 된 한 가문의 흔적이 거기 그대로 남아 있었다. 하지만 다음 임금이 다스릴 세상에서는 이 집안의 하나뿐인 아들이 기어이 이 집을 다시 세울 터였다. 거기 자신은 없겠지만, 그 사실만으로도 위로가 되었다.

가마는 빙애의 지시에 따라 대동강 지류가 모이는 곳으로 향했다. 나지막한 둔덕에 올라 여전히 인적이 없는 그곳에 내려서는데, 빙애의 다리가 후들거렸다. 거기는 세월이 비껴간 듯했다. 여전히 꽃이 피고, 새들이 울고, 굽이치는 대동강 물결 소리가 철썩였다. 저도 모르게 눈물이 핑 돌았다. 환영처럼 저 나무 뒤에서 시훈 오라버니가 모습을 드러낼 것만 같았다.

"수칙마마님, 어찌 이런 곳을 다 아신대요?"

명주가 사월 대동강 둔덕의 풍경이 지닌 미려함에 놀라 물었다. 빙애는 말없이 빙그레 웃기만 하였다. 눈가에 어린 촉촉한 물기가 뺨을 타고 흐르지 않도록 눈에 힘을 준 채.

'어찌 이곳을 잊을 수가 있을까. 내가 진심으로 연모하였던 정인과 가장 행복했던 곳인데.'

그렇게 아무 말 없이 한참을 거기 앉아 꽃향기를 맡으며 지난 추억을 곱씹었다. 해가 뉘엿뉘엿 지려 할 때, 빙애가 마침내 몸을 일으켰다.

'되었다. 이것으로 되었다. 내 이곳을 다시는 보지 못할 줄 알았는데, 이리 보았으니 되었다. 시훈 오라버니가 죽은 줄로만 알았는데, 살아 있어 큰 뜻을 펼치게 되었으니 되었다. 더 바라는 것은 죄가 될 것이니, 여기서 나는 물러나리라.'

"그만 돌아가자."

그 말은 명주에게 한 것이었지만, 빙애 스스로에게 한 말이기도 했다. 궁으로, 내 아이들이 자라고 있는 곳으로, 세자 저하의 곁으로. 거기로 돌아가리라.

처소로 돌아온 빙애는 곧장 방으로 들어가 자리를 폈다. 몸은 힘들지 않았으나, 샘솟는 추억과 싸우느라 마음이 피로하였다. 어서 빨리 한양으로 돌아가고 싶었다. 그녀의 결심이 다시 흔들리기 전에.

저녁도 들지 아니하고 자리에 누운 채 평양의 밤을 맞이했다. 애써 다잡은 마음을 굳히기 위해 한양에 두고 온 아이들을 떠올리고 있을 때 세자가 빙애를 찾아왔다. 세자는 다짜고짜 빙애에게 말했다.

"일어나 간단히 채비하여라. 지금 나의 군사를 만나러 갈 것이다. 함께 가자."

빙애가 몸을 일으켜 세자를 보았다. 그 눈에 담긴 진심을 알 수 없었다. 그 어느 때보다 세자의 눈이 움푹 꺼져 보였다. 어둠에 가린 눈. 무언가를 애타게 갈구하고 동시에 두려워하는 그 눈.

빙애는 머리를 매만지고 옷가지를 갖춘 후, 조용히 세자를 따라나섰다.

7

묘향산 북단의 험로를 오르는 것은 여인에게 쉬운 일이 아니었
다. 산악의 비탈이 가팔라 조금만 주의를 게을리해도 발을 헛디디
기 일쑤였다. 게다가 해가 떨어진 후의 산행이었다. 산속의 해는
일찍 자취를 감췄고 어둠은 이르게 찾아왔다. 그녀가 비틀거릴 때
마다 세자가 손을 잡아주었다.

무리를 이끄는 이는 조재호 대감의 수복인 이가온이라는 자였
다. 그는 이미 이 산행을 몇 차례나 한 것인지, 길도 아닌 듯한 곳
을 헤집는 솜씨가 익숙했다. 세자와 빙애 외에도 호위무사 넷이
변장을 하고 함께하고 있었다. 조 대감은 가온에게 자신의 역할
을 일임하였는데, 노구가 방해가 될까 염려했기 때문이다. 산행을
막는 이는 아무도 없었다. 평안감사 정휘량이 이미 길을 열어두고
산 입구를 지키고 있었다.

마침내 산채 가까이에 왔는지 경계를 서는 이들이 하나둘 모습

을 드러냈다. 그들은 가온을 알아보았고, 가온과 함께한 자가 누구인지도 알고 있었다. 깊이 머리를 조아려 세자에게 예를 표했다. 세자는 짧게 고개를 끄덕이는 것으로 그들의 예에 답했다. 세자는 불안한 마음 못지않게 뭉클한 감동도 있었다. 저들이 그의 군사들인 것이다. 그의 명에 살고 죽는 길을 택한 이들이었다. 새 시대를 함께 열어갈 자들이었다. 다만 저들의 두목과 빙애의 문제만이 그의 온전한 감격을 방해할 따름이었다. 그 문제가 해결되어야만 했다. 지금 이곳에 빙애를 대동한 것이 바로 그 목적을 위해서였다.

마침내 산채 입구에 다다랐다. 경계가 얼마나 체계적이고 삼엄한지 새삼 실감할 수 있었다. 세자는 시훈의 군사적 식견과 지략만큼은 확실히 인정할 수 있었다. 산채까지 이르는 길목을 경비하는 체계가 병서의 수준에 이르렀고, 본채를 탄탄한 요새처럼 구축해둔 것을 보니 더더욱 그러했다. 미더움과 불신의 감정이 세자의 마음속에서 마구 교차했다.

빙애는 힘든 기색을 애써 감추었다. 가파른 산길이 걷기에 어렵기도 하였지만 산채 입구에 다다를수록 그녀의 마음에 깃든 요동이 너무 극심해 진정하기가 어려웠다. 혹여라도 예기치 못한 감정이 겉으로 툭 드러날까 봐, 그래서 모든 것을 망쳐놓을까 보아, 그녀는 온 힘을 다해 스스로를 다잡아야 했다.

저만치 앞에 사람들이 나와 도열하고 있었다. 세자의 군사들이었다. 그리고 그 군사들 앞에 당당한 형체가 어렴풋이 모습을 드러냈다. 시훈 오라버니. 그녀의 마음속 정인. 잊을 수 없는 그 이름. 그 한 걸음 한 걸음이 두 아이를 낳을 때의 산고처럼 고통스럽고 힘겹게 느껴졌다. 그의 이름만 듣고도 풀려버린 다리를 단단하게 내딛기 위해 그녀는 모든 생각을 그 걸음에 집중해야만 했다.

그리고 마침내 그가 보였다. 시훈 오라버니가. 그였다. 그가 맞았다. 정말 살아 있었다. 빙애는 가슴이 터질 것만 같았다. 눈물이 쏟아질 것만 같았다. 애써 참아내기 위해, 눈을 질끈 감았다. 그녀는 참아야 했다.

시훈이 세자 일행을 보고 앞서 나와 부복했다. 일어서며 빙애를 흘낏 보긴 하였으나 얼굴을 장옷으로 덮고 있어 알아보진 못했다. 어찌 아녀자를 이런 험로에 대동하였나 의아한 눈길이었다. 시훈을 바라보고 있기가 힘들어 빙애는 눈을 돌렸다. 눈길은 곧장 시훈의 뒤에 선 사내들 틈의 한 여자에게로 향했다. 자그마한 체구에 눈빛이 맑고 영민해 보이는 여인이었다. 산채 입구를 훤하게 밝혀둔 횃불에 그녀의 얼굴이 넘실거렸다. 그녀의 눈길은 오로지 시훈을 향해 있었고, 그 속에 자부심이 엿보였다. 시훈의 처이리라. 빙애는 한순간 그 사실을 알아챘고, 그 때문에 마음이 쓰라렸다. 이미 예상한 일임에도 그랬다.

"세자 저하, 저하의 군사들이 문안드리옵니다."

시훈의 인사를 신호 삼아, 명선과 적만을 위시한 산채 사람들이 모두 일제히 한목소리로 외쳤다.

"삼가, 주군을 뵙습니다."

그 소리가 하도 우렁차 산 전체가 울리는 듯했다. 강한 맘을 먹고 온 세자도 그 순간에는 차마 냉정하기가 어려웠다. 그가 약간 울먹이는 듯한 목소리로 화답했다.

"내가…… 이제야 나의 군사를 보노라."

●

움집은 초라했지만 정갈했다. 두목의 움집이라고 해서 특별히 크고 화려하진 않았다. 그들의 주군이 왔다고 해도 달라질 것은 없었다. 다만 중앙에 놓인 반상 위에는 산에서 갓 채집해온 신선한 나물과 색색의 전들이 놓여 있었고, 그 한 켠에 한 병의 술동이가 놓여 있을 뿐이었다.

세자가 그 조촐한 축연을 보며 미소를 지었다.

"허허, 이 산중에서 그대들과 술을 마시다니, 이는 실로 역모로 보이지 않겠는가?"

"세자 저하의 세상에서는 술이 제 역할을 하지 않겠습니까?"

시훈이 담담히 말했다. 금주령이 철폐되지 않는 한, 아버지의 신원이 가능할 리 없었다.

"그럴 테지. 금하려 하면 더욱 탐하는 것이 인간인데, 뭣하러 그럴 것인가. 차라리 맘껏 마시게 하느니만 못하다. 하지만 아직은 나의 세상이 오질 않았다."

세자가 좌정坐定하자 빙애도 곁에 앉았다. 가온도 조 대감을 대리하여 한 자리를 차지하고 앉았다. 시훈과 적만, 명선도 배석했다. 시훈이 감홍로 병을 들어 세자의 잔에 따라주었다. 그러고는 빙애에게도 따라주었다.

빙애가 얼굴을 가렸던 장옷을 벗어 내렸다. 그녀의 불안하고 갈구하는 눈동자가 드러났다. 순간 시훈이 흠칫했다. 그것은 매우 미세한 동작이었고 찰나에 시정되었지만, 그 순간 빙애도 세자도 즉각 알아챘다. 나머지 사람들에게 술을 따라주는 시훈의 손이 여리게 떨렸다.

세자의 얼굴에 음울함이 깃들었다. 방금 전의 환희가 순식간에 걷히는 것만 같았다. 그들의 만남이 계획된 것이 아님은 그 순간의 반응으로 확인할 수 있었다. 그들 역시 이 만남이 놀랍고 두려운 것이다. 하지만 그렇다고 빙애의 마음에서 시훈이 사라진 것도, 빙애를 향한 시훈의 열정이 이미 지난 일임을 입증하는 것도 아니었다.

애써 담담함을 가장하였지만, 시훈의 흔들리는 눈빛이 빙애를 향해 말하고 있었다. 어찌하여 네가 여기, 바로 지금 이 순간, 나의 앞에 있는 것이냐. 그것은 그녀의 생존을 확인한 기쁨의 감정과 이해할 수 없는 불가항력적인 운명에 대한 두려움, 그리고 깊은 속을 토로할 수 없는 안타까움이 혼재된 것이었다. 도대체 일이 어떻게 되어가는 것이냐. 그의 마음이 가누기 힘들 만큼 흔들리고 있었다.

빙애의 눈빛도 흔들렸다. 흰자위는 붉게 달아올랐다. 참으려 했는데, 그토록 마음으로 평정심을 유지하자 다짐했는데, 눈이 따끔거렸다. 면전에서 시훈 오라버니를 다시 보는 것에는 그녀의 상상을 뛰어넘는 그 이상의 격한 감정이 깃들었다. 그토록 오랜 시간 간절히 바라온 해후의 순간이 이토록 억제되어야만 하는 것이 가슴 아플 따름이었다. 마치 생면부지의 남남인 것처럼 행동해야 하는 것이 서럽고 억울했다. 애초에 그가 살아 있다는 사실만 알았더라도, 무모한 복수를 꿈꾸며 궁에 입궐하는 일은 없었을 것이었다. 어찌하여 오라버니는 이제야 이런 모습으로 제 앞에 나타나셨나요?

세자는 그런 그들을 주목하고 있었다. 가온과 명선과 적만은 그저 이 자리가 주는 긴장감과 묘한 감동에 젖어, 그 기저를 배회하는 은밀한 의심과 불안의 그림자를 미처 깨닫지 못했다. 하지만 세자는 아니었다. 잠시 만끽했던 감격이 결국은 이룰 수 없는 신기루이자 허상처럼 부서져나가는 듯했다. 빙애와 시훈의 시선이 얽히는 미묘한 지점에 그의 자리가 없다는 것을 이선은 잘 알고 있었다. 순간, 그들을 베고 싶은 충동을 느꼈다. 하지만 정말 그럴 수 있으리라는 생각은 들지 않았다. 한 사람은 그가 가장 사랑하는 여인이었고, 한 사람은 그의 군사를 이끌 자였다.

세자가 술잔을 들어올렸다.

"이 술이 그대 부친이 만들었다는 그 명주인가. 주상 전하를 노엽게 하고 불안에 떨게 하였던 그 술이로군. 자, 다 함께 마셔보자. 기약할 수 없고 알 수도 없는 우리의 미래를 위해."

세자가 한입에 술을 털어넣었다. 다들 고개를 돌리고 술잔에 입을 댔다. 빙애도 술잔을 들어 입술을 대었다 뗐다. 손이 떨렸다. 감홍로의 쌉쌀하고 독한 기운이 오래전 아버지가 처음 맛을 보여주던 순간을 상기시켰다. 오라버니가 이 술을 받으러 다녀오던 길에 늘 선물을 한 아름씩 사다 주던 기억도 떠올랐다.

세자가 막 떠올랐다는 듯이 시훈에게 소개했다.

"가온은 자주 보았으니 잘 알 터이고, 이 사람은 나의 후궁 빙애라 한다. 내 두 아이의 어미이고."

그 말이 빙애의 폐부를 찔렀다. 시훈의 처가 되고 싶었다. 세자의 아이를 낳은 여인이 아니라.

시훈이 몸을 설핏 떨었다.

"삼가…… 존안을 뵙습니다."

시훈이 떨리는 목소리를 감추려 애쓰며 말했다. 적만과 명선이 함께 고개를 숙였다.

"이 모든 일에 나의 든든한 조력이 되어준 여인이다. 그리하여 내이 험로에도 이 사람을 대동하였지. 그래, 그대에게도 처자妻子가있는가."

시훈이 잠시 멈칫했다. 그는 호흡을 들이켜고 말했다.

"이 산중에 숨어 사는 자들에게 혼약이라는 것이 무슨 의미가있겠습니까. 함께 사는 여인이 하나 있습니다만, 아이는 아직 없습니다."

그 말은 세자에게 한 줄기 위안이 되었다. 그들의 마음이 어떻든 간에, 그들은 각자의 삶을 가지고 있었다.

"숨어 산다 해도 어찌 사람답게 살지 못할 것인가. 외려 이 좋은 술을 즐기고 있으니 이 얼마나 행복한 삶인가. 아이를 가져보거라. 아비가 되면 보는 세상이 또 달라지는 법이다."

시훈은 고개를 끄덕이며 빙애의 눈을 훔쳐보았다. 빙애 역시 그 순간 시훈의 눈을 바라보았다. 두 눈이 교차했고, 순간적으로 세상 모든 것이 사라지고 그들 둘만이 남은 것 같았다. 심지어 하늘 같은 존재인 세자조차도 하나의 망부석처럼 흐릿할 뿐이었다.

찰나의 순간, 마음속 정인들 사이에 깊고 은밀한 대화가 오갔다.

'오라버니, 살아 계셨군요. 잘되었습니다. 잘하셨습니다.'

'그래, 빙애야. 너도 무탈하였구나. 내 그토록 너를 찾았건만…… 이리 보게 될 줄은 몰랐다.'

'실로 보고 싶었습니다. 너무도 그리웠습니다. 내 하나뿐인 정인을 잊을 수가 없어서, 그래서……'

'안다, 알아. 내 어찌 그 마음을 모르겠느냐. 내 너를 잃고 죽음까지 생각하였지만 운명이 우리를 살게 하니, 이리 만나게 되는구나.'

'되었습니다. 오라버니께서 살아 계시니 그것으로 되었습니다.'

'그래, 그런데 어찌 이리 슬픈 것이냐. 이리 기쁜 날, 이리 슬프기만 한 까닭은 무엇이냐.'

'우리가 이제 더는 함께할 수 없기 때문이겠지요. 저는 세자 저하의 여인이 되었습니다. 오라버니는 오라버니의 여인을 두었고요.'

'우리의 만남이 이제 우리의 진정한 이별이 되는 것이란 말이더

냐. 하지만 나는 아직도 너를 연모한다. 내 마음은 여전히 너의 것이다.'

'제 몸은 세자 저하의 것이 되었으나 제 마음은 영원히 오라버니의 것일 것입니다. 하지만 이제 우리의 욕심만 채울 수는 없겠지요. 그것은 인간의 도리가 아니겠지요.'

'과연 그러한 것이냐. 정녕 되돌릴 수 없는 것이냐. 그럴 수만 있다면 나는 기꺼이 그 길을 택할 것이다.'

'이제는 너무 늦어버린 것 같습니다. 설령 그럴 수 있다 해도 되돌리려 해서는 안 될 일입니다. 모두를 위해서…… 우리 두 사람이 여태 슬퍼해온 것에 하나의 슬픔을 더 받아들이기만 하면 모두가 행복할 수 있으니까요. 그리고 이제 서로가 살아 있음을 알았으니, 서로의 삶을 살고 있음을 알았으니, 세월이 우리 또한 치유해줄 테지요.'

'빙애야, 나는……'

'오라버니. 저는 이 자리에 남겠습니다. 오라버니는 세자 저하를 도와 큰 뜻을 펴세요.'

'빙애야……'

순간 세자의 매서운 감정이 그들의 말없는 대화 속으로 불쑥 끼어들었다.

'너희는 어찌하여 나를 아프게 하는 것이냐. 내 너희를 베고 또 베고 싶을 따름이다.'

시훈은 황급히 정신을 수습했다. 세자를 바라보기가 두려웠다.

간신히 고개를 들어 세자의 얼굴을 보니, 세자의 매서운 눈길이 그를 찢어놓을 듯이 바라보고 있었다.

"아니, 지금 무슨 생각을 하고 계시는 겁니까. 저하께서 묻고 계시질 않습니까?"

가온이 어이가 없다는 듯이 시훈에게 다그쳤다.

"소인, 간밤에 저하께서 오실 것에 그만 잠을 설쳐서…… 송구하옵니다."

세자가 여전히 매서운 눈길을 풀지 않은 채, 어투만은 한없이 부드럽게 말했다.

"아니다. 외려 그 정성에 감복해야겠지. 군사들의 훈련 상태가 어떠한지 물었다. 이제 답을 해주겠는가."

마치 저세상을 다녀온 사람처럼 시훈의 등에 땀이 차올랐다. 속을 저미는 감정을 감추기 위해 시훈은 평소보다 더 빨리 입을 움직였다. 그가 산채의 병력 현황과 훈련 상태를 보고하는 동안에도 세자의 매서운 눈은 예리하게 빛을 발했다.

처음엔 군사에 대한 열의라고 느꼈던 그 안광은 서서히 시훈의 뇌리를 파고들어 다른 감정을 불러일으켰다. 불안함, 안타까움, 서글픔, 절망, 좌절, 분노. 지금 세자와 시훈은 서로를 보며 감정 속에 있지 않은 전혀 다른 이야기를 주고받았지만, 그들의 시선이 서로 얽히는 지점에서는 꽉꽉 억눌린 감정의 소용돌이가 모든 것을 삼킬 듯 맹렬하게 휘돌고 있었다.

팽배한 긴장감이 내막을 전혀 알 수 없는 사람들 사이로도 서서히 흘러들었다. 명선이 먼저 불편한 기색을 느꼈고, 이내 적만과 가온도 희미하게나마 그 불안함을 느끼기 시작했다. 정갈했던 공간의 밀도가 서서히 높아지고 있었다. 그들로서는 그 실체를 알수가 없었기에 더더욱 그러했다. 무엇보다 긴밀한 대화가 오가야할 순간임에도, 주고받는 언어들은 형식적이었고 무성의했다. 마치 도대체 군사가 어디 쓸모 있느냐는 듯이. 그것은 이 일에 목숨을 건 이들을 불안하게 하기에 충분한 태도였다.

그 어색하고 불편한 순간을 깬 것은, 밖에서 들려온 기척이었다.

"식사가 준비되었습니다. 들일까요?"

이미 밤이 깊었고, 출출함 또한 느껴질 시간이었다. 산길을 오르느라 허기가 졌을 것이다. 감홍로와 안주 몇 가지가 놓여 있었으나 배를 채우기는 힘들 터, 그것을 배려해 향아가 솜씨를 발휘한 것이었다.

일순 긴장이 누그러지는 듯했다. 향아가 직접 상을 들고 들어왔을 때는 더욱 그랬다. 산채 사람처럼 꾸밈이 없이 수수했으나, 또 산채 사람이라 격식을 몰랐던 탓이기도 했다.

그녀가 봐서는 안 될 용안을 뵌 듯, 얼른 세자를 훔쳐보고 머리를 조아렸다. 세자가 말했다.

"여인의 몸으로 산채에 기거하는 것은 쉬운 일이 아닐 터, 그럼에도 참으로 단아해 보이는구나. 그대는 누구인가?"

"네, 소녀는 저기 적만의 소식이며, 여기 시훈 두목의 처 행세를 하는 여인입니다."

부끄러운 듯이 자기소개를 한 향아가 시훈을 보았다. 그리고 시훈의 눈길이 그 순간 허물어지듯 빙애를 바라보는 것을 보고, 향아도 시선을 돌려 빙애를 보았다. 빙애의 눈이 시훈의 애처로운 눈빛과 얽히는 것도 보았다.

그리고 향아 역시 그 순간 깨달았다. 그녀가 누구인지. 세자와 함께 왔으나, 시훈의 마음에서 내내 떠나지 않았던 여인. 향아는 그대로 굳어버린 사람처럼 우두커니 서 있었다.

적만이 당황하여 향아에게 말했다.

"상은 잘 차렸다. 이제 되었으니 얼른 나가보거라."

향아가 퍼뜩 정신을 수습하고 밖으로 나갔다. 그런 그녀의 자취를 시훈과 빙애가 함께 바라보았다.

말없고 불편한 식사가 이어졌다. 몇 술을 뜬 세자가 말했다.

"좋은 처를 두었다. 음식 솜씨도 참으로 훌륭하고. 그대에겐 참으로 소중한 사람이겠지?"

"예…… 저하."

"지켜야 할 것을 지켜라. 그것이 사내의 도리이다. 나 또한 지켜야 할 것은 반드시 지킬 작정이니."

"저하, 명심하겠사옵니다."

●

소반까지 든 후, 세자 일행은 시훈의 안내를 따라 산채 사람들의 군사 훈련을 직접 관전했다. 시훈이 훈련의 의미를 일일이 설명했고, 세자는 그저 말없이 듣고 가끔 고개를 끄덕였다. 횃불 속에서 이루어지는 훈련 모습은 더 이상 오합지졸 산적 패의 모습이 아니었다. 그것은 규율과 오랜 훈련으로 빚어진 훌륭한 군사의 모습이었다. 이런 군사들이 서너 배만 더 많았더라면 당장이라도 거사를 치를 수 있을 듯했다.

그 와중에도 빙애는 시훈을 지켜보았고, 시훈은 세자를 사이에 두고 빙애를 바라보았다. 애달팠다. 이 밤이 밝아올 즈음에는 이대로 영원히 작별일 터였다. 빙애의 말이 옳았다. 시훈은 모두를 위해, 모든 것을 지키기 위해, 그리고 더 큰 대의를 위해 그리 희생해야만 했다. 지금에 와서 일국의 세자를 부군으로 여기고 두 아이의 어미가 된 빙애와, 산채 사람들을 수하에 두고 향아를 처로 둔 자신이 무작정 욕망을 좇을 수는 없었다. 그저 서로가 살아 있고, 살아가고 있음을 확인한 것으로 만족해야 했다. 그래야 하는데도, 저도 모르게 눈길이 향하는 것은 어쩔 수 없었다.

세자는 군사의 준비 상태에 흡족했다. 실로 시훈은 뛰어난 장수였다. 무예의 수준도 탁월했다. 만족감이 깃들어야 마땅했다. 하지만 그의 신경은 온통 은밀한 눈길을 주고받는 시훈과 빙애를 향해 있었다. 그것이 그를 고통스럽게 했다. 어서 이 현장을 벗어나고 싶었다. 한순간 그들을 이해할 수 있다가도, 다음 순간 그들을 죽여버리고 싶은 충동을 느꼈다. 합리적인 판단이 서지 않았다.

새벽 어스름이 깔리기 시작할 때, 세자가 가온에게 내려갈 채비를 하라 일렀다. 그리고 시훈에게 말했다.

"이제 때가 얼마 남지 않았으니, 마지막 노력을 다해달라. 오로지 이 일에 그대의 모든 소명을 걸어야 할 것이다."

"소신, 반드시 그러하겠습니다."

세자가 물끄러미 시훈을 바라보다 물었다.

"정녕 내가 그대를 믿어도 될까?"

그런 갑작스런 물음이 가뜩이나 마음이 고통스러운 시훈을 혼란스럽게 하였다. 이제 와서 왜 그런 물음을 하는 것인가. 아니면 그것은 다른 의미를 내포하고 있는 것인가.

"예, 소신을 믿으소서."

"그래, 믿어야겠지, 믿어야 해. 지금으로선 그 수밖에 없질 않는가. 하지만 내 마음이 이리 불안함은 어찌함인가."

세자가 혼잣말을 하듯 중얼거렸다.

세자 일행이 산길을 내려가기 위해 발걸음을 내딛었을 때, 빙애는 마지막으로 뒤를 돌아보았다. 시훈도 빙애를 바라보았다.

'다시 이별이네요. 오라버니.'

'내게는 너무 갑작스러운 재회이고, 너무 급박한 이별이로구나. 내가 감당할 수 있을지 모르겠구나. 허나 잘 가라, 가서 너는 어떻게든 행복하거라, 빙애야.'

그들 옆에서 향아가 금방이라도 눈물을 쏟을 듯한 얼굴로 그들을 바라보고 있었다.

8

금방이라도 누군가를 죽일 듯한 눈빛을 한 채, 국밥을 말아 먹던 사내들이 주모에게 괜한 역정을 부렸다.

"니미, 팔 하나 이리 덜렁댄다고 사람 허투루 보나. 이래 봬도 네깟 년 목을 치는 건 일도 아니란 말이다."

패거리의 우두머리로 보이는 자의 눈매는 매섭고 야비해 보였다. 읍성 외곽에 자리를 잡고 나그네들에게 국밥과 술, 숙소 등을 제공하며 한평생을 살아온 탓에 거친 사내들에 어지간히 단련된 주모도 그 눈빛엔 금세 기가 죽었다. 자칫 대꾸하다간 그 자리에서 요절이 날 듯했다.

"돼먹지 못한 년이 감히 우릴 우습게 보나. 국밥 맛이 이게 뭐야. 니미럴, 여기 숨겨둔 술이나 가져와라."

"아이고, 왜들 이러실까. 내 국밥은 그냥 말아드린 것으로 할 터이니 술 가져오란 말은 마시오. 아무리 예가 외곽이라 해도 백주

대낮에 술판을 벌였다가는 당장 관아에 잡혀가 경을 칠 겁니다."

주모가 설설 기었다. 하지만 사내는 아랑곳하지 않고 콧방귀를 뀌더니, 국밥이 차려진 상을 그대로 내리쳤다. 바닥으로 쏟아지는 뜨거운 국물과 밥 알갱이가 옆 평상의 손님들한테까지 튀었다. 욱해서 한마디 하려던 사람들도 다섯 명의 험악한 사내들을 보고는 엽전 한두 개를 밥값으로 올려놓은 뒤 슬슬 내뺐다. 포악한 오인조 건달들에 대한 소문은 이미 자자했다. 생긴 것 못지않게 험악하고 칼도 잘 써서 여간 위험한 놈들이 아니었다.

주모는 왜 하필 이 주막에 왔나 싶은 마음에 발을 동동 굴렀다.

"술 가져오라고, 술! 정 없다면 이 집 세간을 다 엎어버릴 테다."

일행 중 한 사내의 으름장에 주모의 다리에 힘이 쭉 풀렸다.

"술은 정말 없소."

주모가 기어드는 목소리로 항변했다. 일행 중 하나가 벌떡 일어서더니 팔을 들어올렸다. 그대로 내리치면 주모의 목이 꺾일 듯했다. 그때 손 하나가 불쑥 들어와 놈의 팔을 움켜쥐었다.

"뭐냐? 웬 놈이냐? 죽고 싶어 환장한 것이냐?"

사내는 대꾸는 않고 움켜쥔 놈의 팔만 뚫어져라 쳐다보고 있었다. 그의 팔에는 삼지창 문양의 표식이 문신으로 새겨져 있었다. 잡힌 자는 팔을 뿌리치려 했지만, 잡은 자의 악력이 너무 강해서 옴짝달싹하지 못했다. 그대로 있다가는 팔이 으깨질 것만 같았다.

"아악! 형님 도와주시오."

패거리가 일제히 자리를 박차고 일어났다. 주모는 이미 혼비백

산해서 부엌으로 몸을 숨기고 없었다.

두 놈이 동시에 치고 들어왔다. 사내는 한 놈의 팔을 움켜잡은 그대로 몸을 젖혀 두 놈의 공격을 흘려보낸 다음, 곧바로 팔이 잡힌 자의 가슴팍을 내리쳤다. 놈이 힘 한번 제대로 쓰지 못하고 나자빠졌다.

그와 동시에 몸을 휘돌려 다시 공격 채비를 하는 두 사내를 차례로 가격했다. 한 놈이 저만치 날아가 다른 평상마저 무너뜨리며 쓰러졌다. 다른 한 놈은 복부를 움켜쥔 채 구토를 했다.

즉각 우두머리로 보이는 자가 단검을 뽑아들고 사내의 가슴팍을 향해 밀고 들어왔다. 하지만 무예의 수준 차가 컸다. 사내는 자신의 검을 뽑지도 않은 채 가볍게 공격을 피해 우두머리의 품 안으로 파고들어서는 그대로 가슴팍을 주먹으로 내질렀다. 그가 붕 떴다 바닥에 추락했다. 그때 보니 놈의 한 팔이 사용 불능인 모양인지 곱은 채 그대로였다. 상황을 보고, 나머지 녀석들은 바로 무릎을 꿇었다.

"잘못했소. 목숨만 살려주시오."

얼마나 수염을 깎지 않았는지 코 아래가 털로 덥수룩한 승자가 검을 뽑았다. 용천검이었다. 도규는 그 칼을 들고 나자빠진 우두머리의 목을 겨누었다. 겨누어진 자가 오금을 저렸다. 하지만 놈도 한 무리의 우두머리인 탓인지 기백만은 대단했다.

"죽여라, 죽여. 어차피 팔 하나로 살기도 힘든 세상이었다. 차라리 죽여라."

도규가 칼로 사내의 소매 적삼을 걷어올렸다. 그의 팔뚝에도 삼지창 표식이 새겨져 있었다.

"이 표식이다! 네놈들을 찾아 이곳까지 왔다. 참으로 먼 걸음이었다. 그 길을 걸어오는 내내 결국 부질없는 일이 될까 두려웠다. 그런데 이리 만나게 되었으니, 이는 실로 하늘의 뜻이 아니겠는가. 말하라, 네놈들 머릿수는 이것이 전부이냐?"

순간 아귀가 도규의 면상을 찬찬히 살피더니 무언가를 떠올렸다.

"혹시 댁은 우리 옛적 형님에게 처자식을 도륙당한 장붕익 대장의 서자가 아니신가?"

도규는 흠칫 놀랐다.

"네 옛적 형님이라고? 그놈이 누구냐? 내 처자식이 도륙당한 일은 네놈이 또 어찌 아느냐?"

"왜 모르겠소. 그날 그 형님을 따랐던 게 난데. 물론 나는 말렸소. 아무리 서자라 해도 장붕익 대장의 혈육을 건드려 좋을 게 뭐가 있냐며. 하지만 그자도 처자식을 잃은 마당이라 눈에 뵈는 게 없었지. 내 이 눈으로 그 형님이 댁의 부인과 어린 딸을 죽이는 걸 목격했단 말이오."

"으으악!"

도규는 외마디 함성을 내지르더니 그대로 칼을 내리꽂았다. 비열하긴 해도 강단만큼은 누구에게도 뒤지지 않던 아귀도 순간 오줌을 지리고 말았다. 칼은 아귀의 목을 찌르는 대신, 그의 목 바로 옆의 흙을 갈랐다.

"놈이 누구냐? 놈이 있는 곳을 대라!"

"진, 진정하시오. 그자의 이름은 적만이라 하오. 실로 악랄하고 잔인무도한 놈이지. 어린아이까지 서슴없이 벨 수 있는 자니까. 허나 놈을 혈혈단신으로 찾아가기는 어려울 것이오."

"무슨 말이냐?"

"저 산 보이오?"

도규가 고개를 돌려 먼발치에 형체를 보이는 험산을 보았다. 천하절경이라는 묘향산이었다.

"저 산을 장악한 산적 패의 두목이란 말이오. 잔악하고 포악한 데다 수하에 영리한 놈까지 두고 있어 그냥은 저 산을 못 올라가오. 관군들도 몇 차례나 시도했다 실패했지."

잠시 뜸을 들인 후 아귀가 제안을 했다.

"이보시오. 나도 그 적만이라는 놈에게 원한이 좀 있어 그러니 나와 힘을 합침이 어떻겠소. 내가 그 산을 좀 알고, 그놈도 정확하게 찍어드릴 수 있소. 그러니 내 목숨을 좀 살려주시오. 안 그래도 내가 지금 어느 양반댁 나리를 만나고 오는 길인데, 그치가 군사를 제공할 터이니 산길을 내달라 하더이다. 우리와 함께하시오. 댁은 그자에게 복수를 하고, 나는 원한을 품은 또 다른 자의 목을 친 후 내 여자를 취하는 거요. 그 둘만 처리할 수 있으면, 나머진 오합지졸이오. 내가 데리고 있는 자와 그 나리가 제공한 군사가 합심하면, 산채를 무너뜨리는 데는 반나절이면 족할 것이오. 댁의 무예를 보자니, 거기서 행세깨나 하는 놈에 못지않아 하는 말이오."

"나를 네놈과 같은 무뢰배들과 함께 엮지 마라."

"누가 우리와 같다 했소. 다만 서로의 목적을 취하자 했을 뿐이지. 내 장담하오만, 저 산길을 속속들이 아는 나 같은 자와 함께하지 않고서는 결코 그자에게 닿지 못할 것이오. 나와 함께할 생각이 아니라면, 차라리 예서 나를 죽이시오."

도규는 한참 그 악한을 내려다보다, 결국 한숨을 내쉬었다.

"일어나라. 네놈은 나와 함께 간다."

"그럴 줄 알았소. 나 같아도 내 처자식을 죽인 놈이라면 무슨 수를 써서라도……"

"닥쳐라! 네놈은 네놈 목숨 값이나 할 일이다."

아귀가 움찔하여 입을 다물었다. 하지만 이 사내를 잘만 이용하면 시훈을 물리칠 수도 있으리라는 생각에 한시름을 덜었다. 자칫목이 달아날 뻔하였으나 결과적으로는 그에게도 천운이 따랐다.

아귀가 목을 문지르며 부하들을 일으켜 세우고는 주모를 불렀다.

"주모! 주모!"

부엌에 숨어 있던 주모가 얼른 달려나왔다.

"국밥이 식었잖아. 얼른 이 나리 것까지 포함해서 여섯 그릇 새로 말아와!"

주모는 군소리 없이 부엌으로 달려갔다. 도규는 이런 자들과 연루되는 것이 불쾌했지만, 당장은 어쩔 도리가 없었다. 적만이란 자를 죽이고 이자들 또한 죽일 것이다. 그리고 자신도 이 세상을 등질 생각이었다. 그러다 갑자기 궁금한 것이 있어 물었다.

"어느 양반이 병력을 지원한다 했다. 그렇지?"

"예, 그랬습지요. 장정 한 무리가 우리를 급습하길래, 그걸로 끝 장인가 보다 했더니, 길을 안내하라 합디다. 보수도 넉넉히 주고, 복수도 할 수 있는 일이니 무얼 마다하겠소. 이유는 도무지 말하지 않았지만, 우리가 누구요, 우리를 사주한 자의 이름을 알아냈지."

"누구냐, 그자가?"

"평안도 관찰사 정휘량이라 하더이다. 산적을 치러 온 모양인 데, 관군을 쓰지 않고 우리 같은 부랑배와 사군私軍을 쓰니 의아하 긴 하더이다. 어쨌거나 산채에도 사람이 제법 되고 무예 쓰는 자 도 있으니 기습적으로 공략하는 수가 최선일 거요."

정휘량이라는 이름은 익숙했다. 조 대감과 함께 일할 때 종종 언급되었던 자였다. 허나 이제 무슨 상관인가. 다른 것은 이미 도 규에게 아무것도 중요하지 않았다. 그에게는 적만이라는 이름이 가장 중요했다. 그자를 죽이고 자신도 죽으면 모든 게 끝이었다. 그걸로 족했다. 그리고 곧 그리될 것이었다.

9

관서행은 여러모로 세자를 곤궁으로 몰아넣었다. 그것이 미행으로 이루어진 것이기에 더했다. 노론의 추궁은 거셌고, 주상은 의심을 거두지 않았다. 일각에서는 거병擧兵 의도가 있었던 게 아닌가 하는 주장까지 나돌고 있었다. 다른 한편으로는 그것이 세자의 광중 때문이며, 여색을 탐닉하기 위함이었다는 음해도 있었다. 관서에서 기생들과 어울려 질펀한 술판까지 벌였다는 이야기도 돌았다. 어느 쪽이든 세자에게는 득이 될 것이 없는 내용들이었다.

이선은 다시 초조해지기 시작했다. 애초에 군사를 육성한 것이 역심은 아니었다. 아버지가 자신을 아무리 박대하고, 자신 역시 효심을 많이 잃었다 하나, 그래도 아버지는 아버지였다. 다만 정변 시 정권의 주도권을 확실히 잡고 장차 북벌의 꿈을 실현할 최초의 발판으로 군사를 모집한 것이었다. 허나 근자 들어, 경우에 따라서는 군사 운용의 시점이 빨라져야 할지도 모른다고 여길 만

큰 위기감을 느끼고 있었다.

정국에 대한 그런 불안감 때문에 연일 소론 대신들을 불러들여 대책을 세우는 와중에도 선의 마음 한구석은 하나의 생각으로 가득 차 있었다. 이제 빙애를 어찌해야 하나.

어젯밤에도 그는 불쑥 빙애에게 이유도 닿지 않는 성을 냈다. 선은 빙애와 시훈 사이에 말없이 오가던 불꽃같은 열기를 감지했다. 하지만 그들의 체념 역시 어렴풋이 감지할 수 있었다. 무엇을 어쩐단 말인가. 세자의 후궁이 된 여인과, 자신의 처와 수하를 거느린 산적 우두머리가 다시 맺어질 가능성은 거의 없었다. 그들이 함께 죽기로 작정하지 않는 한에는.

그런데 그 일말의 가능성이 세자를 괴롭혔다. 그들 사이의 내밀한 불꽃이 죽음을 불사하는 것이라면. 그렇다면 세자의 권위는 아무런 위력도 발휘하지 못할 것이다. 선을 괴롭히는 것은 그것만이 아니었다. 선은 치밀어오르는 질투를 어찌할 수 없었다. 시훈을 바라보던 그 눈빛, 그런 눈빛을 빙애는 자신에게는 허락하지 않았다. 그것을 참을 수가 없었다. 그들을 베어버리면 그만일 터이나, 그러지 못했다. 그토록 밉고 화가 나고 자괴감을 불러일으키는 그녀이지만, 그럼에도 연모하는 마음은 어찌할 수 없었다. 그녀 없는 자신의 미래를 그릴 수 없었다.

그래서 어젯밤 그는 불쑥 빙애에게 화를 냈다.

"의관이 어찌하여 이리 형편없는 것이냐. 네가 어디에 정신이 팔렸는지 모르겠다만, 언제나 이 세자의 여인임을 명심 또 명심하거라."

　빙애에게 한없이 다정했던 말투도 불쑥 터져나온 역정 속에서는 온데간데없고, 멸시조의 어투가 흘러나왔다. 한번 역정을 뱉어내자 자신이 제어하기도 전에 온갖 모욕적인 말들이 마구 흘러나왔다.

　"네가 내 아이를 가져 위세를 얻었다 해도, 내가 너를 총애하여 내 구상에 동참케 하였다 해도, 네가 궁인으로서 지켜야 할 본분은 잊지 말라. 분수를 넘어서지 말란 말이다."

　빙애의 당혹스런 표정은 잊을 수가 없었다. 그 당혹 속에는 애잔한 체념과 불안 그리고 슬픔이 배어 있었다. 그것이 또 세자의 마음을 쓰라리게 했다.

　"예, 저하. 제가 잠시 본분을 잊었습니다. 자중하겠습니다."

　한마디 반발 없이 스스로를 책망하듯 하는 빙애를 내버려두고, 세자는 도망치듯 나와버렸다. 그러고는 내내 마음이 불편했다. 스스로에 대한 자괴감은 더욱 커지고, 빙애에 대한 애증의 감정이 증폭되었다. 그리 도망쳐 나와도 갈 곳이 없었다.

　오로지 빙애뿐이었건만, 그런 빙애를 만나는 것이 그를 너무 아프게 했다. 미칠 것만 같았다. 아니, 정말 미쳐가는 것 같았다. 그의 정신은 예전처럼 영민하지 않았다.

●

　빙애는 빈방에 홀로 앉아 눈물을 흘렸다. 울지 않으려 했는데,

홀로 되면 도통 눈물이 마르지 않았다. 시훈 오라버니를 영영 마음에 묻으리라 다짐하였는데, 도무지 잊혀지지 않는 것처럼. 세자 저하만 바라보며 남은 생을 살리라 다짐했는데, 내내 마음이 흔들리는 것처럼. 그나마 세자가 살갑게 대하며 보듬어주면 좋을 터인데, 관서행 전후로 빙애를 대하는 세자의 태도가 전과 같지 않았다.

좀처럼 내보인 적 없는 역정을 내고, 불쑥불쑥 분노를 표출했다. 빙애를 찾아와 그저 한숨만 내쉬다가 가버리는 날도 있었다. 원하면 얼마든지 여자를 취할 수 있는 위치의 사내가 지닌 변덕일까. 아니면 정말 빙애 자신의 마음이 은연중에 드러나 세자를 실망시킨 까닭일까. 그녀는 알 수 없었다. 알 수 없었지만, 죄스러웠다. 미안하고 아팠다.

하지만 그녀는 섣불리 잘못된 행동을 하지 않았다. 외려 시훈 오라버니에 대한 미련을 떨쳐내기 위해 그녀는 더욱 세자를 섬기는 데 열을 냈다. 세자의 의관을 새로 정비하고 다듬거나, 침방 관리에도 신경을 썼다. 두 아이를 가르침에도 열성을 다했다. 그들이야말로 빙애가 스스로의 욕망을 제어하고, 현실의 삶을 선택하게 된 이유이니까.

이럴 때 세자의 마음이 늘 그래왔듯 빙애에게 살가웠더라면, 결국엔 모든 것을 극복할 수도 있었을지 모른다. 시훈의 생존을 확인하고 각각의 삶이 있다는 것을 인정한 이상, 그 체념과 인정과 결단을 시간이 꾹꾹 눌러 채워줄 것이었다. 그런데 세자의 온기가 그 어느 때보다 절실한 이때, 그녀의 확신을 보증해주어야 할 이

때, 세자가 그녀에게 이리 냉대하는 것은 무슨 연유인가. 이제야 주상을 해쳐야 한다는 비현실적인 목표에서 벗어나 세자의 세상을 구축하는 데 힘이 되어줄 각오가 온전히 섰는데.

명주가 아이들을 데리고 왔다. 은전군恩全君과 청근현주清瑾縣主. 미천한 자신의 몸에서 태어나, 장래 임금이 될 이의 혈육이 된 아이들.

"어머님."

두 아이가 한목소리로 외치고는 달려와 그녀의 품에 안겼다. 여느 여염집 아이들처럼 그리해서는 안 될 일이지만, 이상하게도 빙애는 그런 점을 나무라고 싶지 않았다. 그저 밝고 해맑게 뛰어다닐 아이들이면 족했다. 그리 키우고 싶었다. 어차피 빈의 아이들도 아니고 권좌에 오르지는 못할 터. 그저 어미처럼 척박하지 않게 한세상을 살 수만 있다면 그것으로 족한 일이라 여겼다. 그리 되어주기를. 그리되도록 빙애가 곁에서 지켜주어야 했다. 그것이 어미로서의 그녀의 역할이었다.

이 아이들을 두고 그리 홀홀 떠날 수는 없었다. 그리 다짐하고 두 아이를 품에 안는데도, 불쑥불쑥 시훈의 얼굴이 떠올랐다. 아직 아이는 없다고 했다. 이 아이들을 들쳐업고서 그에게로 갈 수만 있다면.

빙애가 아이들에게 억지 미소를 지었다. 눈가에 맺힌 눈물방울이 아롱져 흘렀다. 은전군 이찬이 물었다.

"어머님, 어찌하여 웃고 계신데 눈물을 지으십니까?"

"저군과 우리 현주를 보면 늘 기뻐 눈물이 난답니다."

"기쁜데도 눈물이 나십니까?"

"그럼요. 슬퍼도 웃음이 날 때가 있고, 기뻐도 눈물이 날 때가 있지요. 하지만 우리 저군과 현주는 기뻐서 항상 웃으시기만 하면 좋겠어요."

"어머님과 아바마마께서 계시니 늘 웃을 일뿐인걸요."

현주가 입바른 소리를 했다. 빙애의 눈에서 눈물이 주르륵 흘렀다.

'이 아이들을 생각해야 한다. 이 아이들…… 그런데…… 어찌하여 오라버니의 얼굴은 이리 미련스럽게 머릿속을 떠나지 않는 것인가.'

●

향아는 말이 없어졌다. 시훈이 하는 일에 토를 달거나 하는 일은 없어도, 어린 누이처럼 언제나 흥미로운 이야기들을 조잘조잘 읊어대던 향아였다. 하지만 어느 순간부터 앳되기만 했던 향아의 얼굴이 한참 더 늙어버린 듯했다. 향아는 배출되지 않는 슬픔 때문에 피부가 상하는 것을 스스로 느낄 수 있었다. 그런데 그보다 더 슬픈 일은, 그것을 매일 밤 함께 잠자리에 드는 시훈이 여태 모른다는 사실이었다. 그는 자기 상념에 사로잡혀 향아를 돌아보지 못했다.

향아의 몸이 상해가는 것을 알아챈 것은 아버지 적만이었다.

"아니, 향아야. 네 얼굴이 왜 그리 초췌하냐? 어디 아픈 것이냐?"

적만이 불쑥 물었다. 무뚝뚝한 성정 때문에 살면서 한번 살가운 소리를 하지 않던 아버지였는데, 그래도 딸이 아픈 것을 가장 먼저 알아보는 것을 보니, 아버지는 아버지인 모양이라고 향아는 생각했다. 나이 들어 부쩍 아버지가 고맙고 미안했다. 아버지에게 상의 한마디 없이 훌쩍 시훈의 처소로 옮겨와버린 것도 내내 미안했다. 어머니가 죽은 이후, 줄곧 홀로였던 아버지가 아닌가.

"아니에요. 아버지. 저는 괜찮아요. 그저 요즘 통 잠이 오질 않아 그래요."

"무슨 걱정이라도 있는 게냐? 혹시 두목이랑……"

"아니, 아니에요. 그저 이상하게 맘이 뒤숭숭한 것이, 계절을 타나 봐요. 금방 좋아질 테니 걱정 마셔요."

적만이 안쓰럽다는 듯이 향아를 바라보았다.

"두목이 요즘 세자 저하의 군사를 훈련시키느라 통 정신이 없어 너를 잘 못 챙기는 모양이구나. 내가 두목에게도 잘 말해둘 터이니, 너도 좀 이해하도록 해라. 이 일이 자칫 잘못되면 큰 화를 입는 일이고, 또 잘된다 해도 얼마나 크고 무거운 짐이 되겠느냐. 하긴 너희 사이에 아이라도 있었으면 그 재미라도 볼 터인데……"

"아버지. 참말 나는 괜찮으니, 괜히 오라버니에게 부담 주지 마셔요. 아버지도 걱정 마시고요."

향아는 도망치듯 아버지 곁에서 달아났다. 시훈이 세자의 일 때문에 바쁜 것은 사실이었다. 하지만 그것은 이전에도 그랬다. 남달리 책임감이 강한 사내였다. 죄책감에서 벗어나기 위해 산채를 꾸리는 일에 열성을 쏟았고, 이제는 세자의 군사를 양성하는 데 혼신의 노력을 다했다. 하지만 그럴 때에도 시훈은 자상하고 친절했고, 늘 향아를 돌아보았다.

그런 시훈의 마음에 여유가 사라진 것은 세자가 다녀간 다음부터였다. 아니, 세자의 여인이 다녀간 다음부터. 그에게서 신명이 사라졌다. 대신 우울과 갈망이 교차하는 마음을 읽을 수 있었다. 자신을 향한 눈빛엔 언제나 자상함과 염려가 담겨 있었다. 하지만 그날 두 사람이 말없이 교차한 눈빛에는 어찌할 수 없는 갈망과 불꽃이 담겨 있었다. 향아가 언제나 시훈에게서 기대했던 바로 그 눈빛이었다.

향아는 자신의 몸을 껴안고 움츠러들었다. 몸에 한기가 오슬오슬 돋아났다. 오라버니는 어쩔 계획일까. 정녕 자신의 정인을 되찾으려 할까. 세자 저하의 후궁이 된 여인을 감히 그럴 수 있을까. 하지만 그 정인이 이제 눈앞에 있는데, 그런 그녀를 마음에서 지우고 다시 이전의 일상으로 돌아가는 것이 가능할까. 더 이상 나는 오라버니에게 아무것도 아닌 것일까. 그렇다면 나는 이제 오라버니에게 약조한 대로 곁을 비워주어야 하는 것일까. 하지만 나는 오라버니 없는 삶을 살아낼 수 있을까.

그리 약조할 때만 해도 살아생전에 그런 일이 정말 일어나리라 생각지는 않았다. 그것도 이렇게 극적인 만남을 가지게 될 줄이

야. 향아는 한없이 작아지는 자신을 느끼며 점점 더 깊은 감정의
수렁 속으로 침잠했다.

●

시훈은 정신없이 군사들을 몰아쳤다. 그 어느 때보다 강도가 높
았고, 마침내 훈련받던 산채의 사내들이 두 손을 들었다. 퍼뜩 시
훈이 정신을 차렸다. 지나친 훈련이었다. 잠시라도 생각이 깃들
여지가 생기면 마음이 너무 어지러워서, 훈련에 매진한다는 것이
지나쳤다. 그는 모두에게 해산을 명하고 움집으로 향했다. 이미
해가 지고 어둑어둑했다.

그 걸음 내내 그의 마음은 또 빙애가 차지하고 있었다. 빙애가
살아 있다는 감격은 실로 대단했지만, 그 기쁨은 이내 가셨다. 대
신 욕망과 불안이 그의 내면을 집어삼켰다. 그날 그들은 눈빛으로
많은 이야기를 주고받았다. 단 한 마디도 입 밖으로 내지 않았지
만. 그들이 서로를 여전히 그리워하고 연모한다는 것은 충분히 알
수 있었다. 하지만 빙애는 이제 삶으로 돌아가자고 했고, 그는 그
러자고 응답했다. 기쁨과 슬픔, 욕망과 좌절이 동시에 자리 잡았
다. 한 번 껴안아보기라도 했으면 좋았겠으나, 그 밤은 숨 쉴 여지
조차 주어지지 않았다.

빙애는 여전히 아름다웠다. 어찌하여 빙애가 궁에 들어가 세자
의 여인이 되었는지 알 수 없었지만, 그의 눈에는 여전히 십 수 년

전의 소녀의 형상 그대로였다. 얼굴에 어둠이 드리운 것은 느낄 수 있었으나, 그것은 오랜 세월을 죄책감과 불안 속에 살아온 이들이라면 누구에게나 깃드는 것이 아니던가. 기실 시훈 자신과 세자 또한 마찬가지였다.

당장이라도 그녀를 다시 품고 싶었다. 그런데 그럴 수 없었다. 그녀는 세자의 여인이었고, 두 아이의 어미였다. 시훈 자신에게도 향아가 있었다. 산채 사람들이 있었고, 세자의 군사들을 양성해야 할 책임도 있었다.

포기해야 했다. 마음을 비워야 했다. 서로가 있어야 할 자리에 있어야만 했다. 이미 세상과 상관없이 즐겁고 욕망에 충실했던 젊은 날의 그들이 아니지 않는가. 하지만 동시에 포기할 수 없는 그 욕망이, 내내 그의 안에 도사리고 있던 그 갈망이, 한순간 폭발적으로 튀쳐나왔다. 빙애를 다시 보고 싶었다. 또 곧 죽는다 해도, 그냥 한 번만 더 보았으면 싶었다. 딱 한 번이다. 시훈은 그렇게 자신의 욕망을 합리화했다. 향아를 버리겠다는 것이 아니다. 그저 빙애를 딱 한 번만 더 보고 싶을 뿐이다.

움집에 들어가자 향아가 부스스 몸을 일으켰다. 옷을 벗고 마른 수건으로 땀을 닦아내다 그제야 향아가 몸을 오슬오슬 떨고 있는 것을 보았다.

"향아야, 무슨 일이냐? 몸이 좋지 않은 게냐? 아니, 언제부터 그런 게냐?"

"아닙니다, 오라버니. 저는 괜찮아요. 그저 피곤할 따름입니다."

"그럼, 어서 눕거라."

"오라버니……"

시훈은 말을 채 잇지 못하는 향아를 보았다. 향아의 시선에서 원망의 기색을 읽었다. 괜스레 죄스러운 마음이 앞섰다.

"왜, 왜 그러느냐."

"제가…… 자리를 비워드려야 한다면…… 저는 약조한 대로 할 터이니……"

"아니, 무슨 말을 하는 것이냐?"

시훈은 속내를 들킨 것 같아 가슴이 덜컥했다. 네가 무엇을 아는 것이냐. 아니, 어찌 아는 것이냐.

"오라버니의 정인이 돌아오지 않았습니까?"

"무슨……"

시훈은 차마 말을 잇지 못했다. 향아는 온몸을 부들부들 떨면서도 또박또박 작심한 듯 말을 이어갔다.

"저는 정말로 오라버니의 정인이 다시 나타나더라도 그때쯤에는 제가 오라버니의 여인일 터이니 필경 그 마음을 꺾을 수 있으리라 생각하였습니다. 그런데…… 저는 한순간에 알아보았습니다. 그 눈길, 그 시선에서 둘 사이에 감히 제가 상대할 수 없는 감정의 깊이가 존재한다는 것을. 제가 오라버니에게서 기대할 수 있는 수준의 것이 아니라는 것을……"

"향아야……"

시훈은 가슴이 먹먹해 말을 잇지 못했다. 시훈은 새삼 깨달았다. 내 욕심이 다른 사람을 상처 입히고 있다. 이룰 수 없는 욕망이 끝끝내 모두를 아프게 하고 있다. 나 혼자 아프면 그만일 터이다. 어찌 비열하게 자신만 채우려 드는 것인가. 이제 와서, 이미 이리되어버린 것을. 그것은 향아에게도 빙애에게도 하지 못할 짓이고 해서는 안 될 짓이다.

"그런 일은 없을 것이다. 네 자리는 언제나 내 곁에 있다."

"거짓말이에요, 그건. 오라버니의 진심이 아닙니다."

그러더니 향아는 시훈이 뭐라 반박하기도 전에 벌떡 일어나 움집 밖으로 달려나갔다. 망연자실한 기분이 되어서인지, 가슴이 너무 아프고 쓰라린 까닭이어서인지, 시훈은 향아를 쫓아갈 수가 없었다. 그저 무너지듯 털썩 주저앉고 말았다.

땀방울이 이마에 송글송글 맺혔다. 그는 해서는 안 될 짓을 저지른 패륜아가 된 것만 같은 자괴감에 휩싸였다. 십여 년 전, 무슨 일이라도 할 수 있을 것 같은 혈기 왕성한 청년이던 그는, 이제 수치스러운 기억들로 가득 채워진 누덕한 삶을 걸친 노인이 되어버린 기분이었다.

당장 향아에게 무슨 말을 해주어야 할지조차 알 수 없었다.

그때, 저 멀리 어딘가에서 향아의 외마디 비명 소리가 울려퍼졌다.

10

기습이었다. 누군가 야음을 타고 산 위로 짓쳐 밀고 들어온 것이다. 아닌 밤중에 홍두깨마냥 산채 사람들의 표정에 당황스런 기색이 역력했다. 쳐들어온 무리 역시 적은 수가 아니었다. 느닷없이 출몰한 적들을 보며 산채 사람들은 처자식을 대피시키고 무장을 하느라 우왕좌왕했다.

시훈이 향아의 비명 소리를 듣고 달려나왔을 때는, 이미 산채를 향해 오르는 횃불들의 행렬이 매섭게 치닫고 있었다. 시훈은 어떻게 산채의 경계가 이토록 허물어질 수 있었는지 의아했다. 하지만 당장은 당황한 산채 사람들을 진정시키고 전열을 가다듬을 필요가 있었다. 이미 세자의 군사로 탈바꿈한 지 오래였다. 이 정도 공격에 당황해서는 안 될 일이었다. 시훈은 때마침 달려나온 적만과 명선에게 각각 지시를 내렸다.

"형님은 좌군을 맡아 여자와 아이들을 대피시키고 사람들을 무장시켜주십시오. 스님은 우군을 이끌고 샛길로 내려가 저들의 후미를 붕괴시켜주시고요."

그러고는 미리 훈련한 전술에 따라 시훈이 중앙군을 맡아 적들을 향해 진격했다. 시훈이 지시를 내리고 본격적으로 움직이기 시작하자, 산채 사람들도 그간 훈련한 것들을 기억해내고 침착함을 되찾았다. 아래쪽에서 화살이 수두룩이 날아왔다. 하지만 이미 무장을 갖추기 시작한 산채 사람들은 곳곳에 장치해둔 은폐물로 몸을 가려 활 공격을 무위로 그치게 한 다음, 산 아래를 향해 역으로 활을 날려 보냈다. 그사이 일부는 여자와 아이들을 더 깊은 산속 대피소로 이동시켰다. 이토록 신속한 대응을 예상치 못한 탓인지, 좁은 길목에 갇힌 적들이 쏟아지는 활에 우왕좌왕하는 것이 보였다. 저들이 들고 있던 횃불 몇 개가 근처의 나무들에 옮겨붙어 훤해지기 시작했다.

시훈은 재빨리 소방 훈련이 되어 있는 별도 조직에게 불길을 잡으라 명했다. 어쨌거나 이곳은 세자의 비밀 군사 본거지였다. 세자의 때가 오기까지, 그분의 명이 떨어지기까지는 철통같은 보안을 유지해야만 했다. 시훈은 유사시를 대비해 본진이 공략을 당할 경우 태워야 할 문건들 역시 명선에게 맡겨둔 터였다. 상황이 불리하게 돌아가면 명선은 예정된 대로 모든 증거를 인멸할 터였다.

정체를 알 수 없는 적들이 주춤하는 사이, 산채가 진영을 갖추고 지리적 이점을 갖춘 채 반격에 나섰다. 불길이 잡히면서 매캐한 연기가 뿜어져나와 모두의 눈과 코를 맵게 하였다. 산중의 밤

바람이 본채로 방향을 틀어 온 천지가 뿌옇게 변했다.

산채 사람들의 민첩한 대응에 전세戰勢가 일순 뒤바뀌었다. 기습을 노렸던 적들은 순식간에 덫 안으로 뛰어든 꼴이 되어 혼란에 사로잡혔다. 이 기회를 놓치면 안 될 터였다. 시훈이 군사를 적들의 중심을 향해 전진시켰다. 머지않아 샛길로 돌아 내려간 명선스님의 우군이 아래쪽에서 밀고 올라와 적들을 포위할 것이었다.

이미 승기勝氣는 잡혔다. 시훈은 단호하게 군사를 움직였다. 저들은 기습 외에는 딱히 대단한 복안腹案을 가진 것처럼 보이지 않았다. 횃불이 비칠 때마다 드러나는 겁에 질린 저들의 표정이 그것을 증명하고 있었다. 오르막길을 슬금슬금 뒷걸음질해 내려가는 것은 그들의 패배감을 더욱 부추겼다.

'저런 자들이 어찌 우리의 치밀한 경계를 뚫고 여기까지 올라올 수 있었단 말인가.'

아니, 그보다 더 급한 것은 향아의 행적이었다. 분명 향아의 비명 소리가 들렸다. 그런데 이 아비규환의 대혼란 속에 그녀는 보이지 않았다.

그때, 적진에서 어떤 움직임이 돌출되었다. 마치 한 마리의 표범처럼 민첩하고 날렵하게 치달아오른 사내의 형체가 어둠 속에서 배회했다. 다음 순간, 꽉 막힌 듯했던 길이 한순간 뚫렸다. 사내의 검이 뿜어내는 검기가 산채 사람들을 사정없이 베었다. 시훈 역시 한순간에 상대의 실력을 알아보았다. 고수였다. 칼놀림이 보이지 않을 정도로 빠르고 정확했다. 이미 경계지의 병사들은 저자의 칼에 목숨을 잃었을 터였다. 자신이 눈치채지도 못한 사이에.

그리고 익숙한 얼굴들도 하나둘 보이기 시작했다. 무리 가운데 아귀 패가 섞여 있었다. 그들이 이 복잡한 산세를 소상하게 알려 주었을 것이다. 그들에게 베푼 마지막 온정이 이런 화를 자초한 셈이었다. 이미 적만도 알아챈 듯 포효하고 있었다.

"저 인간 같지 않은 놈들, 목숨이 불쌍해 살려 보냈더니 옛 동료 들을 도륙하러 돌아왔구나. 오냐, 내 오늘 기필코 네놈들을 하나 남김없이 쳐 죽일 것이다."

적만이 칼을 들고 달려나갔다. 시훈도 얼른 칼을 뽑았다. 오랜 만에 패월도가 검광을 드러냈다. 막상 피비린내와 절규가 판을 치는 전장에 놓이자, 시훈의 어지럽던 마음이 하나로 모아지는 듯했다. 지금 시훈이 할 일은 저 고수를 상대하는 것이었다. 저치만 처치하면 나머지는 손쉽게 제압할 수 있을 터였다.

패월도를 움켜쥔 시훈이 바위와 움집들의 나지막한 지붕을 넘어 날아올라 사내의 매서운 검을 막아섰다. 검과 검이 불꽃을 일으켰다. 사내의 검 또한 패월도 못지않은 명검이었다. 그리고 바로 그 한순간, 시훈은 검의 주인을 알아보았다. 자신과 호각互角을 이루었던 사내의 검, 자신에게 끝 모를 좌절과 추락을 안겨준 바로 그 검이었다.

도규의 용천검 역시 상대를 알아보았다. 순간 도규는 소스라치 게 놀랐다. 어찌하여 이자가 여기 있는 것인가. 그는 오로지 복수 를 위해 무뢰배들과 합류했을 뿐이었다. 저들의 목적이야 어찌 되든 알 바가 아니었다. 그는 적만이라는 자를 찾고 있었을 뿐이었다. 그를 죽이고 자신도 죽는다. 그뿐이었다.

이미 시훈과 빙애의 일은 휘를 처단한 날, 세자에게 맡기고 잊었다. 그런데 지금 자신이 정체 모를 한 무리의 사내들과 얽히어 기습한 곳이 바로 시훈이 있는 곳, 세자의 군사들이 양성되는 곳이라니. 순간 깊은 현기증이 일어 도규는 간신히 시훈의 검을 피할 수 있었다.

그리고 이자와의 싸움이 얼마나 힘들 것인지를 새삼 기억해냈다. 그때 그는 거의 죽을 뻔하였다. 하지만 지금의 그 역시 자신의 목적을 눈앞에 둔 처지였다. 세자를 위한 삶에서 스스로 벗어나지 않았던가. 적만이란 놈을 죽여야 한다. 그러기 위해서는 시훈을 죽여야 할 수도 있었다. 그러기 전에 자신이 죽을 수도 있었다. 어쨌든 이 밤에 누군가는 죽어야 이 난장판이 끝날 터였다.

"네놈은 내 아버지의 원수가 아닌가. 이리 다시 만날 줄은 몰랐구나. 네놈이 스스로 죽음을 자초하였으니, 오늘 내 기필코 내 아버지의 억울한 한을 풀리라."

"네놈이 그리 나온다면 나도 피하지 않을 것이다. 우리의 못다한 승부를 내자. 나는 적만이라는 놈을 요절내어야 하는데, 네놈을 죽여야만 그리할 수 있다면 어쩔 수 없지. 네놈부터 치리라."

둘의 칼이 다시 맞부딪쳤다. 순식간에 열 합이 넘는 검식들이 오갔지만 어느 쪽도 상처를 입히지 못했다. 그 와중에 서로의 지원군들이 몰려들어 마구 얽혀들었다. 시훈의 검이 틈을 보아 적들의 심장을 베어내는 사이, 도규의 검 역시 산채 사람들의 사지를 잘라냈다.

바닥에 핏물이 고이기 시작했다. 밤은 이제 막 시작되었는데, 마치 영원히 계속될 듯했다.

한쪽에서는 적만과 아귀가 마침내 마주 섰다. 아귀의 눈이 복수심에 가득한 핏발로 어지러웠다.

"이걸 어쩌오? 형님 칼 쓰는 솜씨는 나만 못할 터인데."

"네놈의 목을 진즉에 잘라버렸어야 했다. 그랬더라면 이런 일은 없었을 것을."

"그게 바로 형님이 여기서 죽는 이유요. 산적이 그리 물러서야 어찌 산적이라 하겠소."

"오냐, 오늘은 너와 나 둘 중에 하나는 반드시 죽어야 할 것이다."

"내 바라는 바요. 이 산채는 원래 내게 어울리는 것이니 내가 되찾을 것이오. 형님 목숨은 노리는 자가 또 있으니, 나는 그저 팔다리나 몇 개 잘라주려 하오. 내 이 왼팔이 못 쓰게 된 만큼 그 복수는 해야 성이 찰 듯하오."

둘이 서로를 향해 뛰어들었다. 한때 함께 산적질을 하며 형제처럼 지내왔던 그 산채에서 피와 죽음의 무도舞蹈를 벌이는 것이었다. 팔을 하나 잃었다고는 하나 암기에 능한 아귀라서 적만의 강건하고 힘 있는 검술에 호락호락 당하지 않았다. 몇 차례의 뒤엉킴이 반복되었다.

그 와중에도 곳곳에서 비명과 칼이 살을 베는 처참한 소리들이 연신 울려퍼졌다. 생각보다 적들이 호락호락하지 않다는 것을 시훈은 금방 깨달았다. 이들 역시 군사 훈련을 받은 바 있는 자들이었다. 관군의 복장은 하지 않았으나 필경 관에 소속되었거나 되었던 자들일 터였다. 이 도규라는 자가 이끌고 온 것만 보아도 그랬다.

'저하의 계획이 들통 난 것인가?'

그 순간 시훈의 머리에 침범한 것은 세자보다 빙애였다. 빙애 역시 세자의 계획에 깊숙이 개입되어 있었다. 세자의 몰락은 곧 빙애의 위기를 의미하는 것이기도 했다. 그 생각이 그 혼란의 와중에 불쑥 끼어들었다. 하지만 다음 순간, 도규의 칼이 머릿결을 스쳐가 시훈은 다시 정신을 차렸다. 방심을 허용하지 않는 자였다. 자칫 생각이 흐트러져서는 당장을 모면하기 어려울 터였다.

산채 사람들 역시 마냥 당하지 않았다. 예전의 그 산적들이 아니었다. 배운 것 없이 포악하기만 한 자들도 아니었다. 더 이상 법을 어기며 도적질로 빌어먹고 살던 자들이 아니었다. 군사 훈련을 받고 노동의 대가로 먹고살아온 자들이다. 장차 이 나라의 임금이 될 자의 소중한 군사였다. 세자의 군사라는 그 자부심이 그들을 일으켜 세우고 있었다.

싸움이 점점 격해졌다. 어느 쪽도 쉬이 물러설 생각이 없었다. 곧 명선이 이끄는 우군이 아래에서 밀고 올라왔다. 저들이 다시 열세에 몰리기 시작했다. 산세를 익히 아는 아귀 패는 적만의 수복들과 싸우느라 바빴고, 전세를 단번에 열어줄 능력을 가진 도규는 시훈과의 싸움에 매여 있었다.

적들은 아래쪽에서도 예기치 않게 산채의 병력이 나타나자 급격히 위축되었다. 그들은 자멸을 불러올지도 모를 짓들을 연이어 했다. 횃불을 집어던져 불을 내질렀다. 냉혹한 산바람이 그 불을 사정없이 퍼뜨렸다. 마치 산 전체를 구워버릴 듯이 불길이 난삽했다.

시훈은 정신이 없었다. 도규를 막아내랴, 산채의 군사들을 북돋우랴, 전법을 구사하랴, 거기다 불까지 피어올라 대피시킨 여자와 아이들까지 위협하고 있었다. 그의 머리가 복잡했다. 하지만 그간 훈련의 성과가 있었다. 사람들은 스스로 위치를 생각해서 움직이고 있었다.

적들 역시 산전수전 다 겪은 자들이라고 하나 동기 부여에 있어서는 산채 사람들과 상대가 되지 않았다. 이대로 가면 이길 수 있을 터였다. 다만 저들이 곳곳에 불을 놓고 있어 피해가 만만찮을 듯했다.

서서히 주변의 사람들이 죽거나 쓰러지자, 시훈과 도규의 싸움이 본격적으로 펼쳐졌다. 더 이상 방해는 없었다. 둘 중 하나가 죽어야 끝날 혈전이 다시 시작되었다. 실력이 막상막하였던지라, 단 한 번의 실수로도 목이 떨어질 수 있었다.

용천검과 패월도의 혼무混舞는 실로 장관이었다. 누군가 그것을 감상할 만한 여유가 있었더라면. 세자라면 둘 모두에게 아낌없이 박수를 쳐주고 그의 좌우를 맡겼을 터였다. 하지만 이 밤 그 군무는 서로의 목적을 이루기 위해 생사를 건 참혹함이 깃든 것이었다.

시훈과 도규의 좌우로도 불길이 번졌다. 바위를 딛고, 움집 위에서, 불이 붙은 나무를 가로지르고, 구릉 아래로 솟구쳐 내려가면서, 두 개의 검은 여지없이 부딪치고 튕기고 틈을 파고들고 다시 가로막기를 반복했다.

아귀와 적만은 이미 피투성이가 되어 있었다. 그들이 베어 넘어뜨린 자의 피도 있었지만, 서로가 서로에게 입힌 상처 또한 깊었다. 아귀의 표독스러움은 한 팔밖에 사용할 수 없는 한계를 극복했고, 적만의 분노는 아귀의 암기들을 견뎌내며 버티고 있었다.

밤이 정점을 지나기 시작할 무렵, 승패의 향배는 서서히 갈리고 있었다. 적들은 무모했다. 기습은 훌륭했고, 경계도 잘 뚫어냈지만, 산채 사람들의 실력을 너무 얕잡아본 탓이었다. 세자의 군대는 훈련받은 군사들을 물리칠 만큼 강하게 단련되어 있었다.

아귀는 전황이 불리함을 알아챘다. 그가 후미에 머물러 있던 사내들에게 고개를 끄덕였다. 다들 아귀 패로 이곳 산세를 훤히 꿰뚫은 자들이었다. 그들이 어딘가로 몸을 솟구쳐 사라졌다.

잠시 후, 다시 전장의 바람이 바뀌었다. 이미 승기를 바꿀 수는 없었지만 아귀가 자신의 생존을 위해 마지막 수단을 강구했다. 수풀 뒤에 웅크리고 있던 아귀 패 몇몇이 발버둥치는 향아를 끌어냈다. 향아의 찢기고 베인 자국들이 그녀의 완강한 저항을 입증하고 있었다.

아귀가 큰 소리를 내질렀다.

"당장 칼을 멈추어라. 그렇지 않으면 네놈들의 처자식을 모조리 죽일 것이다!"

적만이 당장 울부짖었다.

"향아야!"

그 처절한 울부짖음이 시훈의 귀를 사로잡았다. 향아, 그래 향
아가 있었다. 다행스러운 점은 그 소리에 도규 또한 반응한 것이
었다. 안 그랬으면 그 찰나의 순간, 도규의 칼이 시훈의 배를 가를
수도 있었다.

그때 여인들과 아이들을 대피시킨 대피소에서 불길이 치솟았
다. 산채를 속속들이 아는 아귀 패가 은밀히 접근하여 불을 지른
것이었다.

상황이 급변했다.

11

이미 승기를 잡고 소강되어가던 전투가 한순간 멎었다가, 다음 순간 폭발했다. 적만의 울부짖음은 북쪽 대피소에서 치솟는 불길을 보는 순간, 모두의 절규로 변했다. 처자식이 있는 사내들이 대열에서 이탈해 미친 사람처럼 산기슭을 타고 올랐다. 순식간에 전열이 흐트러졌다. 적만은 비척비척대며 아귀와 향아를 향해 터벅터벅 나아갔다. 향아의 목에 들이댄 아귀의 단검 아래에서 한 줄기 피가 흘렀다. 향아는 이미 기진맥진한 상태였다. 금방이라도 쓰러질 듯했다.

쳐들어온 적들은 대부분 부상을 입거나 더 이상 반격을 꾀할 만한 전력이 아니었다. 하지만 산채 사람들의 피해도 상당했다. 산한 모퉁이가 피와 떨어져나간 살점과 쏟아낸 내장에서 올라오는 비린내로 진동했다. 화염이 낳은 매캐한 연기 또한 전황의 살벌함을 더욱 부각시켰다. 불길은 계속 치솟고 있었다. 불길을 다잡지 않으면 산채 전체가 위험할 터였지만, 방금 전 대피소에서 일어난 불길 때문에 다들 제정신이 아니었다.

아귀가 음흉한 미소를 흘렸다.

"자, 자. 다들 진정하라고. 내가 이년 목을 따버리기 전에."

"제발, 제발, 그 아이만은 내버려두어라. 너를 삼촌처럼 따르던 아이가 아니냐?"

적만이 빌었다. 그 목소리에 애절함이 넘쳐흘렀다. 시훈 역시 초조했다. 어떻게든 향아를 무사히 구해내야 했다. 구해내고 자신이 평생을 책임져야 했다. 미안한 만큼 더 애정을 쏟아주어야 했다. 하지만 도규가 여전히 눈을 부라리고 있었다. 자칫하면 향아에게 다가가기도 전에 도규의 칼에 당할 수도 있었다. 도규 역시 시훈을 주시하면서도 곁눈질로 아귀가 하는 양을 불편하게 바라보고 있었다. 그들 사이에 암묵적인 소강상태가 찾아왔다.

"하하, 삼촌이라…… 네놈은 내가 이년에게 마음이 있다는 것을 진즉에 알고 있었지. 그런데도 나와 이년 사이를 계속 멀리 두려 한 것을 모를 줄 알았더냐? 어디 한번이라도 나를 제대로 인정한 적이 있었냔 말이다! 저 빌어먹을 놈에게 두목 자리도 내주고 딸도 그리 쉽게 주면서, 어찌 반평생을 함께한 내게는 이리 박대하였더냐. 내 오늘 기필코 이 자리에서 복수를 하고야 말 것이다."

적만이 털썩 무릎을 꿇었다.

"나를 죽여라. 그 아이를 살려주고 나를 죽여라. 그 아이 없이 나는 아무것도 아니다."

"물론 그럴 것이다. 네놈을 찢어 죽이고 이년도 치욕을 맛보게 할 것이야. 그리고 죽어버리면 이 한세상 그만이다. 하지만 애석하게도 네놈을 죽일 자는 저기 저 고수다."

아귀가 도규를 가리켰다. 도규가 적만을 빤히 바라보았다. 아귀는 시훈을 가리키며 말했다.

"그리고 나는 저놈의 목을 가져야겠다. 기실 따지고 보면 다 저놈이 굴러들어와 생긴 일이 아니겠나. 너희 두 놈이 목숨을 버리지 않으면 나는 기필코 이년을 죽이고 여기서 세상을 등질 것이다. 어차피 죽기로 작정한 몸, 무엇이 두려우랴."

시훈이 얼음같이 차가운 목소리로 말했다.

"버러지 같은 놈…… 어찌 그러고도 네가 사내라고 할 수 있겠는가."

"사내라…… 애초에 그런 건 바라지도 않았다. 나는 그저 타고난 산적일 뿐이다. 어서 칼을 버리고 무릎을 꿇어라."

적만은 이미 무너진 후였다. 시훈이 칼을 버리면 저 도규라는 자가 당장 그의 목을 벨 것이고, 이미 이긴 싸움은 다시 혼전으로 돌아갈 터였다. 불길은 계속 치솟고 있었다. 세자의 군사가 이대로 소멸되어선 안 되는 일인데…… 그리고 불현듯 빙애가 떠올랐다. 보고 싶었다. 한 번만, 딱 한 번만 더.

향아는 기진한 상태로 시훈의 얼굴에 깃든 갈등을 보았다. 그리고 그 순간 그녀 마음속의 무언가가 툭 끊어졌다.

다음 순간 아귀의 단도가 한마디 경고도 없이 날아가 적만의 어깨에 꽂혔다. 으윽, 비명 소리와 함께 적만이 뒤로 넘어졌다.

"이것은 내 팔의 상처에 대한 대가다. 이제 네게 볼일은 끝났다. 이보시오, 이제 이자는 당신 몫이오."

모두의 시선이 일제히 도규를 향했다. 시훈이 붙잡기도 전에 도규가 몸을 솟구쳐 적만 앞에 섰다. 시훈이 곧바로 쫓으려 하였으나, 아귀의 경고가 다시 터져나왔다.

"이제 마지막이다. 네놈이 한 발이라도 옮기면 일단 이년의 목부터 칠 것이다."

시훈이 주춤했다. 이대로는 모두 몰살당할 판이었다. 산불이 점점 거세지고 있었다. 불길은 주변의 움집들을 쓰러뜨리고, 이제 주조장을 향해 맹렬히 질주하고 있었다.

적만이 신음 소리를 내뱉으며 도규를 올려다보았다.

"댁은 뉘시기에, 이리하는 것이오. 부탁이오, 내 딸만은 살려주오."

"네놈 딸만 딸인 것이냐. 네놈이 이십여 년 전 경상도에서 죽인 내 처자식의 원혼은 어떨지 생각이나 해보았느냐?"

그 순간, 더 이상의 설명은 필요하지 않았다. 적만은 모든 것을 이해했다. 그 살인은 그의 한평생을 따라다닌 죄책이었다.

"당신이 장붕익의 서자요?"

"그래, 그렇다. 이제야 알겠느냐? 내가 네놈을 파멸시키기 위해 살아온 세월이 오늘에야 그 결실을 보게 되는구나."

적만은 고개를 끄덕였다.

"잘 오셨소. 당신 부친이 내 처자식을 죽였지. 나의 죄 때문에 아무 죄도 없는 내 처와 아이가 모든 사람들이 보는 앞에서 비참하게 죽었다오. 나는 이성을 잃었었소. 어찌해야 할지를 몰랐지. 그래서 미쳤던 거요. 도적질은 해도 사람은 해치지 않았었는데, 그만 당신 집에 들어가 살인을 했던 거요. 처음엔 당신을 죽이려 했는데, 마침 당신의 식솔뿐이더군. 내 처자식 생각에 그만 돌이킬 수 없는 짓을 하고 말았소. 믿기지 않겠지만, 그날 이후 지금까지 내내 그 일을 후회하며 살아왔소."

"목숨이 경각에 이르니 그런 소리를 지껄이는 것이로구나. 그런다고 네놈을 살려둘 성싶으냐?"

"나도 처자식을 잃어본 몸이오. 당신이 내게 분노하는 것을 이해할 수 있소. 외려 당신이 직접 그 죄를 물으러 오니 나도 이제 맘이 놓일 정도요. 믿지 않아도 좋소. 다만 부탁이 있소."

도규는 이제껏 자신의 적을 더럽고 비열한 자로만 그려왔다. 처자식을 죽이고 만면에 미소를 짓고 있는 그런 불쾌한 상상 때문에 치를 떨어야만 했다. 하지만 눈앞의 사내는 딸의 목숨 앞에 한없이 작아진 채, 자신의 후회를 읊조리고 담담히 죽음을 받아들이려 하고 있었다. 도규는 마음이 혼란스러웠다. 비명에 간 처자식의 얼굴이 떠올랐다. 다음 순간 그것이 흐릿해지고, 그를 연민의 눈길로 바라보던 박문수 대감의 얼굴이 떠올랐다. 그리고 마지막 순간의 휘의 얼굴이 뒤따랐다.

적만이 무슨 일이라도 할 사람처럼 고개를 조아리고 말했다.

"나는 예서 죽을 것이오. 마땅히 당신의 검을 받겠소. 그러니 제

발 내 딸만은 살려주오. 내 처자식을 잃은 후, 새로 얻은 아내도 병들어 죽고, 저 아이가 하나 남은 혈육이오. 저 아이가 없었더라면 나는 진즉에 죽고 말았을 게요. 당신도 처자식을 잃은 아픔을 알지 않소. 차라리 자신이 죽었더라면 하는 그 마음 말이오. 부탁이오, 제발."

"으아악!"

도규가 절규하며 칼을 들어올렸다. 그대로 내리친 칼날은 적만의 목이 아닌, 곁의 바위를 산산이 부서뜨렸다. 그렇게 있다가는 시훈에게 그대로 당할 수도 있었건만, 그 순간 도규는 아무런 미련이 없어 보였다. 그냥 꺾여버렸다. 자신이 그토록 죽이고 싶어 했던 자도 결국 자신과 같은 슬픔을 가진 아비였던 것이다. 자신이 무엇을 보기 위해, 그 오랜 세월 복수심을 벼려왔는지 알 길이 없어졌다. 비로소 구선을 죽음으로 내몬 박문수의 후회와 통한이 무엇인지 깨달을 수 있었다. 뜨거운 눈물이 차올랐다.

아귀가 뒤에서 버럭 소리쳤다.

"이보시오. 무슨 짓이오? 그리할 것이면 내가 마무리를 짓겠소."

그가 곁에 선 부하에게 눈짓을 했다. 아귀 패 중 하나가 칼을 들고 적만에게로 향했다. 그가 적만의 목을 치려는 그 순간, 시훈과 도규의 검이 동시에 번쩍였다. 검 두 개가 그 찰나의 순간 그 사내의 목을 동시에 갈랐다. 머리통이 사라진 몸만이 비척대며 적만을 향해 계속 전진하다 고꾸라졌다.

적만이 소리쳤다.

"안 돼! 향아를, 향아를!"

아귀가 자포자기의 심정으로 단도를 그녀의 목을 향해 밀어넣었다. 그때 적만이 마치 신접神接이라도 된 듯이 힘을 내 벌떡 일어나더니 몸을 던졌다. 그의 몸이 아귀와 부딪쳐 뒤로 굴렀다. 서로 엉키는 와중에 아귀의 단도가 적만의 심장을 깊숙이 파고들었다.

향아가 쓰러지며 외쳤다.

"아버지!"

시훈은 얼른 달려가 향아를 부둥켜안았다. 그녀의 목에서 피가 흘러내려 시훈의 옷을 적셨다. 아귀가 적만을 떨쳐내고 몸을 일으켰다. 그와 동시에 도규가 몸을 날렸다. 시훈이 아차 싶어 향아를 품에 감싸 안은 채 눈을 감았다.

하지만 도규의 검은 시훈을 찌르지 않았다. 대신 그의 검이 향한 것은 아귀였다. 순식간에 용천검의 날이 아귀의 등을 꿰뚫었다. 그가 눈을 까뒤집으며 도규를 쏘아보았다.

"왜……?"

"눈앞에서 처자식을 잃는 슬픔을 아는가. 그런 짓을 한 놈은 찢어발겨도 좋은 일이다. 네놈이 내 황천길 동무로 마땅하구나."

아귀는 몸을 부르르 떨다 자빠져서는, 그대로 싸늘하게 식어갔다.

시훈의 품 안에서 향아가 손을 올려 그의 뺨을 쓸었다. 시훈이 얼른 목을 더듬어보니, 향아의 베인 상처가 깊었다. 아귀는 정말 향아를 죽일 작정이었던 것이다.

"오라버니, 아버지는요?"

"괜찮다. 걱정하지 마라."

시훈은 거짓말을 했다. 그러자 향아는 고개를 저었다.

"언젠가 오라버니와 혼약식을 할 수도 있을 거라 믿었는데……"

시훈이 울먹였다.

"하자, 하자. 네가 깨어나면 바로 하자."

"아니요. 그건 제 자리가 아닌걸요. 이제 제가 오라버니와 약조한 대로 오라버니의 정인에게 자리를 비워드릴 때가 되었네요."

"아니다, 아니다. 그 아이는 그 아이의 자리가 있고, 내가 있어야 할 곳은 바로 네 옆이다."

"오라버니, 저는 오라버니를 세상 그 누구보다 그 무엇보다 연모했어요. 저 자신보다도 더. 그러니 제 마지막 부탁은 이것입니다. 저 때문에 슬퍼하지 말고 부디 행복하셔요."

"안 된다, 안 돼!"

"저는 알아요. 오라버니와 그분은 떨어질 수 없다는 것을. 그리고 필경 두 분은 다시 만나게 될 거예요. 저를 위해서라도 부디 행복하세요. 괜찮아요, 저는. 정말로 오라버니가 행복하기만 하다면, 그걸로……"

향아가 말을 맺지 못한 채 눈을 감았다. 미동도 없이 생명이 꺼져갔다.

어느새 불길이 모든 것을 휘감고 있었다. 주조장도, 움집들도, 산속의 온갖 나무와 풀들도 화염 속에서 소멸하고 있었다. 쓰러진 시체들도 불길 속에서 저절로 화장火葬이 되었다.

주변이 한순간 고요했다. 오로지 시훈과 도규만이 서 있었다. 시훈이 벌게진 눈을 들어 도규를 보았다. 도규가 용천검을 불길 속으로 집어던졌다.

"다시는 칼을 쥐지 않을 것이다. 아버지의 유산은 이것으로 끝이다. 이제 나를 죽여라. 그것으로 우리의 모든 얽히고설킨 원한을 풀자. 내가 모자란 짓을 하여 세자 저하의 꿈마저 무너뜨렸으니 이제 살 면목 또한 없다."

시훈이 패월도를 잡았다. 아버지의 원수, 빙애와 이별하게 한 자, 향아를 죽음으로 내모는 데 일조한 사내가 눈앞에서 그의 검을 받기 위해 서 있었다. 당장 요절을 내야 했다. 그러고 싶었다. 마음에 차오르는 분노와 향아에 대한 죄책, 그리고 그럼에도 어찌할 수 없는 빙애에 대한 그리움 때문에. 그런데 팔을 올릴 수가 없었다. 그럴 의지가 도무지 생기지 않았다.

모든 것이 허무하고 무의미하게 느껴졌다. 활활 타오르는 불길이 그 모든 것들을 사로잡아 달아나고 있었다. 산채 사람들이 어디에 있는지, 어떻게 되었는지도 알 수 없었다. 사방에 보이는 것이라고는 불길밖에 없었다. 저 불길이 곧 향아와 적만도, 도규와 시훈 자신도 태워버릴 듯했다. 짧은 고통이 지나고 나면 다시는 슬픔도 아픔도 깃들지 못하리라.

시훈이 패월도를 집어던졌다. 그리고 도규에게 말했다.

"우리는 모두 실패한 것이오. 이제 우리 사이의 모든 원한도 이렇게 끝이 났소. 내가 그대를 죽인들 무슨 기쁨이 있고 무슨 득이 있겠소. 그것으로 아버지가 신원되는 것도, 잃어버린 것을 되찾을 것도 아니지 않소. 내 마음에 이 이상의 고통을 심을 여력이 없다오. 그대 또한 그렇지 않소?"

도규는 무너졌다. 풀썩 무릎을 꿇고 눈물을 쏟았다. 오래전 죽은 처자식을 위해, 박문수 대감을 위해, 휘를 위해, 모든 꿈이 물거품이 된 세자 저하를 위해, 눈앞에서 죽어나간 여인과 사내들을 위해. 시훈도 눈물을 터뜨렸다. 모든 것이 그렇게 사라져갔다. 헛된 바람이 불길 속에 모조리 사라지고 있었다. 연기의 기운에 두 사내 모두 서서히 정신이 혼미해져갔다. 각자의 달뜬 환영을 보며 그들은 기꺼이 죽음 앞으로 나아갔다.

명선이 그때 불길을 헤집고 나타나지 않았더라면, 시훈과 도규 모두 그 불길 속에서 한세상을 그대로 등지고 말았을 것이다.

12

김상로는 대로했다. 정휘량은 사시나무 떨듯 떨고 있었다. 기습
은 완벽한 계획하에 진행된 것이었다. 산채 두목을 사로잡고 증거
를 잡을 수 있으리라 기대했다. 그런데 모든 게 실패로 돌아갔다.
올라간 군사들은 전멸했고, 산채는 불길에 휩싸여 한 조각의 흔적
도 남기지 않았으며, 관련자는 모두 행방이 묘연해져버렸다. 산채
가 있던 자리는 그을린 폐허로 변하고 말았다. 세자의 군사가 저
절로 소멸된 것을 제외하면 아무런 득이 없었다.

"세자의 군사를 없앤 것은 불행 중 다행이나, 우리에겐 그보다
더 확실한 증거가 필요했단 말이오, 증거가. 세자를 이대로 영영
끝장내버릴 증거!"

김상로가 계속 혀를 찼다. 정휘량은 애써 얻은 지위가 불안하여
그저 몸을 움츠리고 있었다. 소론 선비 정휘량은 노론의 회유에
넘어갔다. 그들이 약속한 권력과 부가 너무 탐이 났다. 세자의 계

획은 무모하게 느껴졌다. 자신을 끌어준 조재호 대감에게는 미안한 일이지만, 자기 살길은 찾아야 한다고 여겼다. 그래서 김상로에게 세자의 관서행이 지닌 진짜 목적을 고했다. 김상로는 증거를 가져오라 하였고, 정휘량은 묘향산에 사군을 파견하였다. 산세를 잘 아는 자들까지 포섭하여 기습을 감행했다. 그런데 일을 그르치고 말았다.

그럼에도 홍봉한은 상황을 낙관적으로 보았다.

"그래도 세자에게는 큰 타격이 되었을 것입니다. 감히 역모를 꿈꾸다 이리 좌절하게 되었으니 말입니다. 안 그래도 요즘 광증이 도지는 듯하던데, 이것이 거기 큰불을 일으킬 겁니다. 그리고 이미 우리가 세자의 계획을 알고 저지했다는 사실이 주는 충격에서도 헤어나오긴 어려울 것입니다."

김상로는 고개를 끄덕여 그 사실을 인정하면서도 여전히 불만을 드러냈다.

"허나 그것으로 그쳐서는 아니 되오. 아무리 이빨 빠진 호랑이라 하여도 호랑이는 호랑이인 법이오. 발톱도 있고 힘도 있지. 이 나라 주상이라는 위치는 바로 그런 것이오. 그러니 우리는 호랑이의 이빨뿐 아니라 발톱과 힘까지 모두 소진시켜야 하오. 아니, 아예 그 호랑이를 죽여버려야 한단 말이오."

"그리고 이번에 증거를 잡았다면 확실히 그 숨통을 끊었을 테고요."

홍봉한의 맞장구에 김상로가 고개를 끄덕였다. 정휘량이 조심스럽게 아뢰었다.

"제가 전하께 고변을 드릴까요?"

"자네는 스스로를 너무 대단하게 여기는 경향이 있구먼. 물론 자네의 그간 공적을 나 몰라라 하진 않을 것이네. 자네의 보고 덕에 우린 세자의 역변 계획을 알게 되었고, 만반의 대비를 갖출 수 있었으니. 만에 하나 우리가 까마득히 모르고 있었더라면 지금이라도 이 조선에 무슨 일이 벌어졌을지 알 수 없는 일이 아니겠나. 허나 자네가 고변을 한다? 소론인 자네가 변심하여 고변을 한다? 전하께서는 나이를 드셨어도 한번 흐트러짐이 없는 분일세. 노론의 임금이긴 하나, 또한 조선의 임금으로서 신하들을 끊임없이 견제해오셨지. 이번 일은 자칫 신권이 왕권에 도전한 사례로 해석될 수도 있어. 우리가 알아서 넌지시 아뢸 것이니 자네는 이제 그만 자중하시게. 자네의 그 화룡점정이 부족한 것이 실로 애석한 일일세."

김상로는 칭찬과 질책을 섞어서 정휘량을 다루었다. 정휘량은 이내 꼬리를 말았다.

"하지만 이번 사태를 지켜보는 와중에 호랑이를 죽일 다른 수를 하나 찾아냈다오."

김상로가 입맛을 다셨다. 홍봉한은 이미 내막을 알고 있었지만, 회합에 참석한 다른 노론 대신들은 호기심에 눈빛을 반짝였다.

"일전에 세자가 관서지방을 미행으로 떠날 때 동행한 후궁이 있질 않았소. 수칙 박씨 말이오. 세자가 귀애하여 지난번 온궁행도 그렇고 관서행에도 그리 데리고 다녔질 않소. 그런데 금번 평양에서 누군가가 그녀를 보았더란 말이오. 어디선가 본 듯 본 듯하였다는데, 기어이 그 기억을 되찾아보니, 허허, 수칙이 바로 전하께서 직접 국문하신 역적 윤구선의 양딸이라 합디다. 세자가 그런 여인을 곁에 두었다는 것은 무슨 의미이겠소. 설령 세자가 그것을 몰랐다 해도, 이 사실이 전하께 어떤 의미가 되겠소? 또 세자가 그 사실도 모른 채 그 여인을 품었다면, 이는 또 얼마나 큰 충격을 주겠소?"

"아니, 그게 사실입니까? 역적의 딸을, 전하의 지척에 두고 있었단 말입니까. 그게 사실이라면, 당장 그년을⋯⋯"

병조참판이 당장 빙애를 잡아들이려는 듯 몸을 일으켰다. 그의 충정은 진심처럼 보였다.

"그리 가볍게 끝낼 수는 없소. 이 일의 효과를 더욱 극대화시켜야 할 것이오. 호랑이를 자멸로 몰아넣으려면 말이오. 그래서 말인데⋯⋯"

김상로는 홍봉한을 바라보았다.

"빈궁마마께서 좀 나서주셔야겠소, 대감. 전하께서 빈궁마마를 끔찍이 아끼시질 않소. 세손을 낳은 후로는 더욱 그러하시지요. 세손께서 특히 영특하시어 전하의 맘을 흡족게 하고 있질 않소. 세자의 후궁이 역적의 자식이라는 사실을 빈궁마마께서 직접 주상께 아뢰신다면?"

"오, 좋은 생각입니다. 내 빈궁마마께 그 사실을 바로 알리겠습니다. 하지만 증거가 필요하지 않겠습니까?"

"목격자는 섭외해두었소. 다만 다른 물증이 없으니, 우리가 나서기는 다소 위험 부담이 있질 않겠습니까. 하지만 빈궁마마는 워낙에 총애하시는데다 딱히 여기시니, 마마께서 슬쩍 흘리기만 해도 박 수칙을 국문하실 겝니다. 윤구선이라 하면 주상 전하께서도 치를 떠시니 실로 볼만할 것이오. 국문이 시작되면 우리가 포섭한 목격자를 내세우고, 필요하다면 몇몇은 만들어낼 수도 있을 겝니다. 수칙의 궁녀 또한 대동하고 평양을 이리저리 배회하였으니 증언할 것이 있질 않겠소."

"네, 알겠습니다."

"이번엔 확실히 호랑이를 재기 불능의 상태로 만드는 거요. 다들 아시겠소?"

●

혜경궁은 홍봉한의 이야기를 듣고 고개를 끄덕였다. 하지만 당장 응하겠다고는 하지 않았다. 홍봉한으로서는 의외였다.

"빈궁마마, 이 일은 당장 주상 전하께 고하셔야만 합니다. 혹 그 여인이 전하께 위해를 가할 어떤 짓을 저지른다면 어찌할 것입니까?"

하지만 빈은 망설였다. 그것은 미련이었다. 어쨌든 세자는 그의 부군이었고, 세손의 아비였다. 그런 그를 궁지로 몰아넣는 일에 앞장서고 싶지는 않았다. 그리고 또…… 혹여 그분 역시 빙애에게 농락을 당한 것이라면, 그렇다면 이 일이 계기가 되어 그의 마음을 되찾을 수도 있지 않을까, 하는 한 여인으로서의 마음도 없지 않았다. 그렇게 세자만 돌아온다면 모든 것이 수월해질 일이었다. 그는 신하들의 존경을 받는 임금이 되고, 그녀는 중전中殿이 되어 후대에 이름을 남길 것이다. 세손의 지위는 보다 탄탄해질 터였다.

"제가 좀 더 알아보고 그리하겠습니다. 정확하지 않은 일로 어찌 주상 전하의 심기를 거슬리게 할 수 있겠습니까."

"확실한 정보입니다. 목격자도 이미 있고요. 한시가 급한 일입니다."

그러나 빈은 단호했다.

"아버님 말씀은 잘 알겠습니다. 제가 그리하지 않겠다는 것이 아니라, 생각하고 고려할 시간을 달라 부탁드리는 것입니다. 제가 모든 일이 잘되도록 조처할 터이니, 저를 믿고 아버님과 대신 분들은 자중하여주세요."

빈의 의지가 아버지의 청을 물리칠 정도로 단호한 것은 드문 일인지라, 홍봉한은 말을 아꼈다. 아마 그녀의 속이 더욱 화가 난 탓이라 여겼고, 그것은 그것대로 좋은 징조이기도 했다. 그녀의 분노가 진심이 될수록 주상에게 전하는 그녀의 말도 힘을 지닐 터였다.

13

세자는 살아 있으나 죽은 자와 같았다. 그렇게 한순간 모든 것을 잃으리라고는 예상치 못했다. 의심이 없었던 바는 아니지만, 일이 진행되어가는 과정이 나쁘지 않아 전망은 낙관적이었다. 빙애와 시훈의 일을 알게 되기 전까지는 분명 그랬다. 그리고 그때부터 먹구름이 끼었다. 모든 것이 무너지고 있었다. 암운暗雲이 드리우고 그의 얼굴에도 고통이 자리를 잡았다.

그리고 그 결국이, 우려하고 두려웠던 파국이 찾아왔다. 놀랍게도 그 소식을 들고 온 것은 도규였다. 잃어버린 줄로만 알았던 그의 사람. 하지만 그가 돌아온 반가움은 그의 입에서 나온 소식을 통해 절망으로 바뀌었다. 모든 것이 끝나고 말았다. 그의 군사들이 궤멸되었고 세자의 꿈은 불길 속에 한 줌의 재로 사라져버렸다.

"소신, 세자 저하께 죽음을 청하러 왔나이다. 소신의 모자람이 이 모든 일을 자초하였습니다. 부디 제 목을 쳐주시옵소서."

도규는 세자에게 산채에서 벌어진 일의 자초지종을 모두 설명했다. 정휘량이라는 자가 사주한 군사들이 일을 도모했다는 것부터, 시훈과 대면하였던 일과 그의 처가 죽은 이야기까지 모두. 그리고 담담히 죽음을 청했다.

세자는 그를 죽일 수 없었다. 그를 죽일 기력도 의미도 없었다. 믿었던 자가 또 한 번 노론에 포섭되었다는 충격 또한 컸다. 결국 그들의 손바닥 위에서 놀아났던 것인가. 그의 군사가 불길 속에 사라졌다는 사실은 그에게서 한 줌의 희망과 용기마저 뽑아가버렸다. 시훈과 빙애가 자신을 해하려 작당한 것이 아님은 분명해졌다. 그렇다 해도 달라지는 것은 없었다. 시훈과 빙애가 주고받은 그 눈빛만큼은 진심이었을 테니까. 그들 사이에는 누구도 들어가거나 파괴할 수 없는 그 무엇이 있었으니까. 하지만 세자는 절대 빙애를 놓아줄 수 없었다. 그래서 결국 그 누구도 그 누구와 온전히 맺어질 수 없었다.

세자는 도규의 잘못이 아니라는 것을 알았다. 그래서 그를 죽일 필요도 없었다. 어차피 일은 이렇게 될 것이었다. 이 일이 주상의 귀에 들어가면 또 어떤 상황이 벌어질지 몰랐다. 어쩌면 지금 이 순간, 그의 재기는 이미 힘든 지경에 이르렀을지도 모른다. 폐세자라는 극약 처방이 떨어질지도 몰랐다. 그리고 그것은 그의 죽음을 의미하는 것이었다.

그는 도규에게 죽음을 명하는 대신 삶을 명했다.

"그대는 살아 있게. 그대가 정말 내게 빚진 것이 있다 여긴다면 내 다음 명을 기다리게. 그저 존재만으로도 그대는 내게 마지막 힘이 되어줄 것이니 그냥 살아 있도록 하게."

"소신, 이미 불충한 몸, 더 이상 세자 저하께 도움이 되질 못할 것입니다. 죽여주시옵소서."

도규는 그 화염 속에서 살아남았다. 누군가 그를 둘러메고 나왔다. 그가 깨어났을 때, 곁에는 의식을 잃은 시훈이 누워 있었고, 노스님이 앉아 있었다. 노스님은 도규에게 말했다.

"누구나 가슴에 품은 상처가 있는 법일세. 그로 인해 누구는 죽고 누구는 다치지. 하지만 그 상처를 털어내려고 다른 사람을 해한다면, 그것은 상처를 더 깊이 곪게 하는 일밖에 되지 않을 걸세."

그때도 도규는 반복적으로 내뱉었다.

"죽을 것입니다. 죽어야 합니다. 저는 마땅히 그래야만 하는 자입니다."

그런 도규를 세자에게 보낸 것이 스님이었다. 그가 세자의 사람임을 알 리가 없는 스님이었기에, 그는 단순히 말했다.

"가서 죽지 말고, 자네의 할 바를 하게. 사람이란 모름지기 아무리 역경에 내몰려도 해야 할 일이 있는 법이라네. 가만히 생각해보면 답이 보일 것이야."

도규가 명선에게 물었다.

"세자 저하의 군대는 이제 사라진 것입니까?"

"자네가 어찌 그것을 안단 말인가? 역시 비밀이 드러났던 것인가? 그리되었던 것인가?"

도규는 더 이상 말하지 않았다. 하지만 명선은 체념하듯 일러주었다.

"만일 세자 저하를 다시 뵐 기회가 있다면 아뢰어주게. 여기서의 일은 이제 끝났노라고."

그래서 도규는 스스로의 죽음을 유예하고 여기까지 달려온 것이었다. 그리고 이번에도 세자는 그에게 살아 있으라고 명했다. 그는 휘에게 죽음을 명했는데, 그런 자신에게 사람들은 자꾸만 살아 있으라고 했다. 눈물이 났다. 무엇을 위해 어떻게 살아야 할지 알 수 없었다.

●

세자는 며칠 동안 병석에 드러누워 일어나지 못했다. 아무것도 생각할 수 없었고 하고 싶지도 않았다. 차마 빙애를 만나러 갈 수도 없었다. 그것은 그를 완전한 절망의 나락으로 밀어버릴 터였다.

그렇게 답답한 가슴을 부여잡고 주상에게서 명이 떨어지기를 두려운 마음으로 기다리고 있을 때, 의외로 빈궁이 독대를 청했다.

"빈궁이?"

만나고 싶지 않았다. 보고 싶지도 않았다. 하지만 빈궁은 이미 문 앞까지 와 있었다.

"들라 하라."

빈궁이 들어와 예를 갖추었다. 놀랍게도 빈궁의 얼굴에 연민이 어려 있었다. 빈궁이 무엇을 아는 것인가. 세자는 의아했다.

빈궁은 자리에 앉자마자 본론을 꺼냈다. 피차 살가운 말 따위는 사라진 지 오래였다.

"저하, 드릴 말씀이 있사옵니다."

"해보시오. 보시다시피 내 몸이 여의치 않으니 짧게 해주었으면 하오."

"박 수칙의 일입니다."

"빙애?"

세자의 몸이 곧추섰다. 아직 본론을 꺼내지도 않았건만 긴장이 흘렀다.

"저하께서는 그 아이가 역적의 딸이라는 사실을 알고 계셨습니까?"

빈궁은 말을 돌리지 않았다. 그의 반응을 보기 위해 그녀는 정공법으로 나섰다. 세자는 놀랐다. 정말 놀랐다. 하지만 그것은 그 사실을 빈궁이 어찌 알았을까 하는 소스라침이었다. 내색해서는 안 될 일이었다. 그러면 정말 모든 것이 끝날 일이었다.

"그, 그게 무슨 말이오?"

빈궁은 세자의 얼굴을 유심히 바라보았다. 그리고 확신했다. 그가 알고 있었음을. 부아가 치밀었다. 역적의 자식인 줄 알고도 내칠 수가 없었던 것인가. 하지만 그녀 역시 내색하지 않았다.

"주상 전하께서 직접 신문하신 역적 윤구선의 양딸이라 합니다. 호적에는 올리지 않았다 하나 분명 윤구선의 딸이라 하옵니다."

"증, 증거가 있는 것이오?"

세자의 목소리가 떨렸다.

"관서에 행차하실 때 박 수칙과 동행하셨지요. 평양에서 그 아이를 본 자가 있다 합니다."

"수칙은 박씨 성을 가진 중인 집안의 여식이오."

"거짓입니다. 전하를 위해하려고 저하께 접근한 악랄한 여인일 뿐입니다."

"사실이오? 그것이 사실이오?"

"사실입니다. 저하께서는 이제 어찌하실 것인지요?"

빈궁은 대놓고 세자를 압박했다. 세자의 마음이 찢어질 듯 아팠다. 빙애의 목숨이 끊어지기 직전의 한 가닥 실처럼 위태로웠다. 세자가 되물었다.

"내가 묻고 싶소. 내가 어찌해야 하겠소?"

"그 아이를 죽이십시오."

그 단언에 세자는 심장이 덜컥 내려앉았다.

"죽이십시오. 상궁을 죽일 때처럼 베어버리십시오. 그 아이를 살려두고 이를 주상 전하께서 아셔서 국문하신다면 저하께도 큰 화가 될 것입니다. 그러니 그 아이를 베고…… 이제 대신들의 이야기에 귀를 기울이는 임금이 되소서."

'이것이 마지막 기회입니다.'

빈궁은 마지막 말을 삼켰다. 그녀가 삼켰어도 세자는 그 말이 무엇인지 알았다.

"정녕 빈궁의 말이 사실이라면, 내가 직접 요절을 낼 것이오."

빈궁이 세자를 노려보았다. 마주친 눈길에 불꽃이 튀었다.

"필시 그러셔야 할 것입니다. 저는 이 나라 조선의 주상 전하가 어떤 위험에 노출되는 것도 원치 않습니다."

세자의 눈에 고통이 차오르는 것을 지켜보며 빈궁 또한 입술을 악물어야 했다.

빈궁은 세자에게 고통만 덩그러니 남겨둔 채 떠나갔다. 서로에게 아무런 소득도 없이.

빈궁이 떠나자마자 세자는 심장을 움켜쥐고 고꾸라졌다. 절망은 한꺼번에 닥쳐왔다. 꿈이 사그라지고, 자신의 입지는 위태롭게 되었다. 그리고 이제 빙애마저 잃을 위기에 처했다.

이선은 어떤 식으로든 빙애와의 작별의 순간이 다가왔음을 깨달았다. 영영 그녀를 떠나보내야 하는 것이다. 아무리 생각해보아도 빠져나갈 도리가 없었다. 주상에게 잔혹한 국문을 당하지 않게 하려면, 또 그녀의 양부처럼 잔혹하게 죽지 않게 하려면, 그 자신이 직접 죽이는 수밖에 없었다. 단칼에, 고통 없이. 빙애는 그것을 자신을 향한 그의 애정으로 받아들여줄까.

그녀 없이 그가 버틸 수 있을까. 그 그리움을, 끝내 그녀의 마음을 얻지 못한 그 자괴감과 패배감을, 그가 극복할 수 있을까. 세자는 자신이 없었다. 하지만 도리가 없었다. 빙애는 자신의 손에 죽든가, 주상의 손에 죽는 것이다. 그녀로 인해 자신의 입지가 위태로워지는 것은 부차적인 문제였다. 지금 빙애가…… 빙애가……

눈앞에서 사라지려 하고 있었다. 그는 빙애의 죽음을 견딜 수 없을 것 같았다. 그의 남은 세월이 온통 어둠으로 뒤덮인 것만 같았다. 그 세월이 얼마가 될지조차 예측할 수 없었지만.

반나절을 그는 꼼짝도 않고 생각하고 또 생각했다. 그리고 결심했다.

그가 밖에다 대고 소리쳤다.

"도규, 장도규를 불러와라!"

14

저승전 측실은 선이 빙애와 처음으로 마주 앉아 서로를 헤아렸
던 곳이었다. 야심한 밤, 선은 빙애를 그리로 불러냈다. 촛불 하나
만이 위태롭게 흔들리고 있었다. 달빛은 둘의 밀담을 엿듣고 싶다
는 듯, 창호를 뚫고 은은하게 새어들어왔다.

"관서의 산채가 화염에 휩싸여 사라져버렸다 한다."

선이 빙애에게 그리 일러주었을 때, 그는 그녀의 눈에 드리운 고
통을 읽었다. 그것이 그를 아프게 했다. 그녀가 세자의 무너진 꿈보
다 시훈의 생사에 대한 걱정이 앞서 그리한다는 것을 알았기 때문이
다. 선이 스스로에게 상처가 될 것을 알면서도 확인을 하기 위해 입
을 열었다.

"윤시훈이라는 자는 살았다 하더라."

그녀의 눈에 어리는 안도의 기운을 보자 선의 마음이 불같이 타
올랐다.

"그자가 살아서 다행이냐?"

"저하의 뜻을 이뤄줄 자가 아닙니까. 그자가 살았으니 다음을 도모할 수 있는 것 아니겠습니까."

빙애는 속내를 숨겼다.

선에게는 시간이 없었다. 그래서 곧장 핵심으로 나아갔다.

"아니다. 그자가 네 마음속 정인이기 때문이 아니냐. 그자가 살아 있음이 네게는 가장 중한 것이 아니더냐."

순간 빙애의 얼굴이 굳었다. 아, 모두 알고 계셨구나. 빙애는 이 야심한 밤, 이토록 어둡고 음침한 방으로 부른 것이 결국은 자신을 남몰래 살해하기 위함임을 깨달았다. 세자를 속인 죄, 마음속 깊이 그를 정인으로 삼지 못한 죄, 그럼에도 불구하고 그의 아이를 낳은 죄. 어느 하나 그녀가 선택한 것은 아니었고, 그에 대한 악의도 없었지만, 책임을 져야 한다면 결국 그녀가 져야 할 일이었다.

그제야 그간 세자의 냉대와 급변을 이해할 수 있었다. 언제부터일까? 필시 관서로 이동할 때, 세자는 이미 알고 있었으리라. 그녀는 입을 꾹 다물었다. 세자가 검을 뽑아 빙애의 목을 겨누었다.

"네가 중인 박씨의 딸이 아니라, 윤구선의 양딸이라는 것도 안다. 시훈이라는 자가 너의 정인이며, 네가 나의 총애를 받으면서도 끝끝내 버리지 않은 사랑이라는 것도 안다. 그리고 지금 이 순간에도 네게는 나보다 그자가 먼저라는 것도 안다. 정녕 그러한 것이냐?"

빙애는 입을 다물었다. 달리 무슨 말을 할 것인가. 거짓을 고하고 살아남을 것인가. 진실을 고하여 세자를 아프게 할 것인가. 어차피 결정된 운명이라면, 이것이 그녀에게 예정된 결국이라면 받아들이리라. 다만 눈앞의 사내에게 미안한 마음과, 한 번이라도 더 시훈을 보고 싶은 그리움뿐이었다.

"어찌 말이 없느냐? 정녕 네 뜻이 그러하단 말이냐. 기어이 내게 이리할 것이냐. 어찌 말이 없느냐?"

그녀가 입을 닫았다. 죽음에 대한 두려움 때문에 거짓을 아뢸 수는 없었다. 선의 보검이 아스라하게 스며들어온 달빛에 서슬 퍼렇게 빛났다. 이미 답을 알면서도, 세자는 미련스럽게 물었다.

"마지막으로 남길 말은…… 없는가?"

"저하, 부디 뜻대로 하소서."

그 체념의 목소리에서 세자는 깊은 절망과 질투심을 느꼈다. 정녕 죽이고 싶었다. 분이 풀릴 때까지 그녀를 베고 싶었다. 자신의 마음을 거부하는 그녀를 완전히 망가뜨리고 싶었다. 두 아이조차 이대로 버리고 떠나려는 그녀가 미웠다.

"정녕 네 자식들의 아비인 내게 남길 말이 하나도 없단 말이냐!"

빙애는 역시 말이 없었다. 그런데 그런 그녀가 여전히 좋았다. 미칠 듯이 그녀가 좋았다. 이제 다시 품을 수 없을 그녀가 벌써 사무치게 그리웠다.

두 사람의 가슴을 먹먹하게 만드는 침묵이 흘렀다. 빙애는 모든 것을 내려놓은 듯 평온해 보였다. 그것 또한 세자는 부러웠다.

"네 마음은 그토록 평온한 것이냐? 너는 더 이상 삶에 미련을 두지 않은 것이로구나······ 나도 그러고 싶다. 그래, 정녕 너와 함께 죽어 평안을 누리고 싶구나. 우리 죽어 다시 태어난다면, 그땐 이깟 세자 노릇, 왕이 될 꿈같은 것은 다 집어치우고 네 마음의 정인이 되어 저 산에서 들에서 소꿉놀이하듯 그리 살고 싶구나. 그리 꿈만이라도 꾸면 안 되겠느냐?"

빙애가 마침내 눈물을 흘리며 울먹였다.

"그리 꿈꾸소서. 그리고 부디 그날까지 만수무강하소서."

세자는 패배감을 드러내지 않기 위해 무던히 애썼다. 질투의 감정은 녹아내렸다. 이제 마지막이다. 그녀를 보는 것은 이것이 마지막이 될 터였다. 저 고운 얼굴. 저 보드라운 피부. 저 매혹적인 목소리. 모두 마지막이었다. 눈앞에 서 있는 여인을 보고 있는 와중에도 한없는 그리움이 차올랐다.

"그래, 고맙다, 빙애야. ······잘 가거라. 이제 네가 가게 될 곳에서는 더 행복하거라."

빙애는 눈을 감았다. 세자의 칼이 높이 올라갔다. 창호 틈으로 비집고 들어온 달빛이 만류하듯 칼날을 휘감았다. 다음 순간 칼이 빙애의 정수리를 향해 호를 그렸다.

한순간 빙애는 자신이 살아온 기구한 삶을 다시 산 것만 같았다. 오랜 기억들이 그 찰나의 순간을 비집고 들어와 마치 영원처럼 유장하게 흘러갔다.

●

    어둑어둑한 암흑의 시간이 얼마간 흘렀다.

    빙애는 눈을 떴다. 그녀는 여전히 살아 있었다. 온몸의 살이 떨리고 땀이 흘렀지만, 그녀는 여전히 살아 있었다. 세자의 검이 그녀의 머리 바로 위의 벽에 꽂혀 있었다. 너무 강력해서 검이 벽에 깊이 박혀들었다.

    눈앞에서 세자가 흐느끼고 있었다. 빙애의 눈에서도 뜨거운 눈물이 흘렀다. 빙애가 손을 뻗어 세자의 얼굴을 만졌다. 그의 눈물을 닦아주었다. 마음이 너무 아팠다. 이것이 마지막 순간이라 생각하니 더욱 그랬다. 그렇게 둘은 말없이 한참을 울었다.

    잠시 후, 세자가 위엄을 되찾고 말했다.

    "이제 빙애는 여기서 죽었다."

    빙애가 눈물로 흐릿한 눈을 들어 세자를 보았다.

    "알았느냐. 빙애는 여기서 나의 손에 죽었다. 그이는 여기 나와 남았다. 온전히 내게 속한 여인이 되었단 말이다. 너는 이제 빙애가 아니다. 이제 네가 네 이름을 무엇이라 하든 나는 상관하지 않겠다. 하지만 빙애라는 이름은 온전히 내 것이다. 알겠느냐?"

    마지막 말은 위엄을 가장했음에도 울먹임이 깊숙이 배어 있었다.

    빙애는 말없이 고개를 끄덕였다.

    살아 있는 빙애의 마지막 모습을 뇌리에 새기듯 세자가 한동안 그녀를 물끄러미 바라보았다. 침묵 속에서 한참을 그렇게, 눈물을 안으로 삼키며 그렇게.

마침내 세자가 처연한 눈빛으로 고개를 끄덕이고는 밖을 향해 말했다.

"들어오라."

문이 열리고 도규가 들어왔다.

"이 사람을 그자에게 데려다 주어라."

빙애는 그 사내를 한눈에 알아보았다. 도규, 아버지를 잡아간 자. 세자가 먼저 입을 열었다.

"네 양부를 잡아들인 자이니 잘 알 것이다. 허나 지금은 이자를 믿는 수밖에 없다. 이자가 너를 네 정인에게 데려다 줄 것이다. 여기 준비해온 옷으로 환복換服하고 이자를 따르거라. 나머지는 내가 알아서 할 것이다. 은전군과 청근현주도 내가 잘 돌볼 것이다. 그러니 너는 이 사람을 따라가 모든 것을 잊고 다른 여인으로 다시 태어나 살아라. 빙애가 아닌 다른 여인으로. 허나…… 부디 행복하여라."

빙애는 혼란스러웠다. 하지만 지금은 어떤 말도 필요치 않았다. 어떤 일도 일어날 수 있는 밤이었다. 방금 전 이미 세상을 떠날 수도 있었다. 그리고 지금은 그녀의 원수가 그녀를 시훈에게로 데려다 주겠다 하는 것이다.

세자가 성큼성큼 걸어 문으로 향했다. 이제는 다시 보지 못할 얼굴이었다. 빙애가 얼른 말했다.

"저하……"

하지만 무슨 말을 해야 할지 알 수 없었다. 정말 시훈에게 가도 되는 것일까. 왜 이런 마음이 드는지 모르겠지만, 차라리 방금 전 세자의 칼에 죽었으면 싶었다.

"저하, 차라리 죽여주십시오. 저는 여기서 죽어도……"

"모르겠느냐. 내가 그걸 받아들일 수 없다, 내가! 그러니 가거라."

그녀는 울먹이며 큰절을 올렸다. 세자는 등을 돌린 채 빙애의 절을 받고는, 힘겨운 발걸음으로 문을 열고 나갔다. 도규가 그녀에게 옷가지를 건네주었다.

"시간이 없으니 서두르시오. 자칫하다간 세자 저하께도 해가 될 것입니다."

빙애는 간신히 몸을 일으켜 옷을 갈아입었다. 십일 년에 걸친 궁 생활이 이제 끝나려 하고 있었다. 그 세월의 무게가 실체 없는 꿈처럼 손아귀에서 빠져나가 스르륵 사라지고 있었다.

15

"내 그 요망한 아이를 죽였소. 이제 되었소?"

세자는 빈에게 말했다. 세자빈은 그의 피 묻은 칼을 보았다. 거적에 말린 채 불에 태워진 여인의 사체도 보았다. 하지만 빈은 세자의 마음에 자신의 자리가 여전히 없다는 것을 깨달았다. 빙애가 죽음으로써 그의 마음을 영원히 가져가버렸다는 것도. 그의 눈에 담긴 슬픔이 너무 진실해, 그녀는 의심할 수 없었다.

하지만 임금은 분노했다.

"한때는 그리 죽고 못 살 것처럼 계집질에 빠지더니, 이제는 죽여버려? 뭐 의복을 다루는 정성이 부족해 죽였다고? 애정이 식었다 해도, 네 아이들의 어미이질 않더냐? 이 나라의 임금이 될 자가 이리 광증에 빠지다니, 네가 정녕 어찌 되려 하는 것이냐?"

세자는 주상이 어디까지 알고 있는 것인지 궁금했다. 그가 군사를 키운 것도 이미 알고 있을까. 임금의 불호령은 그칠 줄을 몰랐지만, 세자의 마음은 이미 모든 것을 초탈한 듯 두둥실 떠 있었다.

'빙애는 어디까지 갔을까? 그자를 만났을까? 이미 이렇게 된 것, 그 아이만이라도 살아 행복해야 할 터인데.'

가슴이 먹먹했다.

장인 홍봉한이 뒤에서 그를 지켜보고 있었다. 의중에 무엇이 들었는지 알 수 없었다. 하지만 상관없었다. 이 순간 세자의 마음은 오로지 빙애의 안위만을 바랄 뿐이었다. 그녀가 행복하다면, 그가 누리지 못한 행복의 단면이라도 누릴 수 있다면, 자신의 선택은 옳았으리라.

벌써부터 그녀가 다시 보고 싶어 세자는 눈물이 핑 돌았다.

"어찌 이만한 꾸지람에 눈물을 보이는가. 부끄러운 줄은 아는 것이더냐!"

임금의 불호령은 계속되었다. 그는 어쩌면 자신이 정말로 미칠지도 모르겠다는 생각을 했다.

16

구선 대감의 버려진 폐가에 빗방울이 듣기 시작했다. 아버지와 함께 감홍로를 나누었던 대청에 앉아 시훈은 문전을 물끄러미 바라보고 있었다. 약조된 시간을 한참 지나고 있었다. 초조했다.

빗방울 소리는 언제나 그를 사무치게 했지만, 이날만큼은 그 감흥이 달랐다. 좋을 것은 없었지만, 마냥 싫지만은 않았다. 여전히 슬픔이 그득했지만, 희망 또한 존재했다. 어쨌거나 폭우가 쏟아지던 날 잃었던 빙애가, 이제 이 빗길을 뚫고 시훈에게로 오고 있는 것이었다.

행복한 것만은 아니었다. 그럴 수가 없었다. 산채 사람들 상당수가 죽거나 그 화염 속에서 뿔뿔이 흩어졌다. 아귀 패의 잔악한 행각 때문에 처자식을 잃은 이들도 부지기수였다. 새로운 원한이 그날 불길에 에워싸인 산채에서 싹텄으리라. 그들을 수습하기에는 역부족이었다. 화염은 모든 것을 삼켜버렸다. 망연자실하여 저

마다 살길을 찾아 떠났다. 자칫 관군에라도 들키면 목이 달아날 판이었다. 역모죄에 연루될 수도 있다는 것을 모르지 않았다. 그가 그들을 책임지지 못한 것이 가슴 아프고 죄스러웠다. 그런 시훈에게 명선이 말했다.

"네 잘못이 아니다. 세상의 운명과 흐름을 어찌 한 개인이 모두 지고 갈 수 있겠느냐. 그들에게 미안하다면 네가 더 잘 사는 것으로 갚도록 해라."

그리고 명선 역시 길을 떠났다.

"나는 본디 전국 팔도를 떠도는 땡중이었다. 어찌하다 보니 이 산채에 발목이 묶여 옴짝달싹 못했는데, 이제야 풀려나는구나. 나는 내 길을 가련다. 또 어떤 인연이 눈앞에 있을지 아느냐. 너와도 연이 닿으면 또 만날 수 있을 터."

그렇게 명선은 노구를 이끌고 고단한 길을 떠났다. 그러나 명선 역시 손녀처럼 여겨온 향아를 잃은 슬픔에서 달아나고자 함이라는 것을 시훈은 모르지 않았다.

향아를 생각하면 여전히 마음이 뜨겁고 아팠다. 그리 살다 떠날 줄 알았더라면 혼약이라도 올릴 것을, 하는 안타까움이 가시질 않았다. 그 아이의 최후가 그리 슬플 줄 알았더라면. 차라리 그를 만나지 않았더라면, 향아는 향아 나름으로 행복한 삶을 살 수 있었을 것이다. 그녀의 슬픈 종국終局이 결국은 자신의 책임이라는 사실에 그는 영원히 지울 수 없는 상처 하나를 품에 새겼다. 그리고 그는 그것을 잊지 않으리라 다짐했다. 그가 평생을 품고 가야 할 상흔이었다. 함께 사는 동안, 그녀에게 할 수 있는 한의 애정은 쏟았다 생각했지만, 이리되고 보니 못해준 것이 더 많이 기억에 남았다. 누군가를 가슴 아프게 한 죄책에서 달아나지 못한 채 시작해야 하는 삶은 어떤 모양이어야 하는 것인지 그는 알 수 없었다.

이제 어디로 가야 할지, 어떻게 살아야 할지, 무엇을 해야 할지 전혀 알 수 없었다.

폐가에 깃든 빗방울이 깨진 기와 사이로도 떨어져내렸다. 이곳은 점점 붕괴되어가고 있었다. 마치 저주가 붙은 곳마냥 사람들의 발길이 끊긴 곳이었다. 감홍로를 받아올 때마다 들여놓던 창고도 텅 비어 있었고, 시훈이 글을 읽던 방이나 무예 연습을 하던 마당도 곰팡이와 잡초 따위로 얼룩져 있었다. 빙애의 방도 마찬가지였다. 그 방 앞에서 빙애를 안았었지. 그리고 그게 시작이었다. 그들의 삶이 이토록 얽혀든 것이.

확실한 것은 이제 빙애를 만나면 다시는 이 땅을 밟을 일이 없으리라는 것이었다. 작별이었다. 이 과거에 발목이 잡혀 더는 고통 받지 않기 위해, 빙애와 둘이 새로운 삶을 시작할 수 있는 곳을 향해, 어디가 되었든 무작정 떠날 생각이었다.

그는 중문 앞에 서서 빙애를 엿보던 일을 떠올리며 그렇게 담벼락 밖을 내다보았다. 어린 빙애가, 아직 세상의 무게를 온전히 느끼지 않아도 좋았던 열두 살의 빙애가 거기서 해맑게 뛰고 있었다. 시훈은 그녀를 쫓았다. 그녀가 중문을 벗어나 그들만의 장소였던 대동강 둔덕을 향해 문밖으로 먼저 달음질쳤다. 그녀를 쫓아 문간으로 가던 시훈의 발이 멈춰 섰다. 빗물이 그의 온몸을 적시고 있었다.

소녀의 모습으로 문을 달려나간 빙애가, 이제 성숙한 여인이 되어 빗물을 맞으며 문간에 돌아와 있었다. 눈물이 흘렀다. 달려가지도 못했다. 그저 서서 그녀를 바라볼 뿐이었다. 무슨 말을 먼저 해야 할지 알 수 없었다. 시훈이나 빙애나 너무 많은 사람들을 아프고 다치게 한 후였다. 그들의 마음에도 이미 생채기가 적지 않았다. 그럼에도, 그들은 다시 만났다. 마치 꿈처럼, 기적처럼.

"빙애야……"

"오라버니……"

두 사람은 달려와 서로를 부둥켜안았다. 처음 서로를 안았을 때는 한없이 풋풋하고 맑은 소녀와 소년이었는데, 참으로 먼 길을 돌아왔다. 그사이 그들은 아픔과 슬픔을 온몸에 휘감고도 기어이 그 삶을 이어가야 하는 그런 사내와 여인이 되어 있었다. 빗물이 그들의 어깨를 계속 적셨다.

담벼락 옆에 서 있던 도규가 빗물에 몸을 적시며 돌아섰다. 세자는 빙애를 시훈에게 데려다 주고 그도 새 삶을 찾아 떠나라 했다. 죽지만 말라 했다. 하지만 어디로? 그는 갈 곳을 모른 채 터벅터벅 걸음을 옮겼다.

17

    도규는 저잣거리에서 명주를 우연히 만났다. 한양을 향배 없이 돌아다니던 어느 날이었다. 그녀는 중인 박씨의 도움을 받고 있다 했다. 명주가 먼저 도규를 알아보았다.

    "무사님 아니시어요? 절 아시겠어요?"

    "너는 박 수칙의 궁인이 아니던가."

    그 말에 명주의 얼굴이 급격히 우울해졌다. 명주는 여전히 빙애가 세자에게 참살당한 줄로만 알 터였다. 제가 모시던 상전이 그리된 후 출궁된 모양이었다. 다행히 빙애를 궁에 입궐시켜준 중인이 그녀를 돌봐주어 생활에 부족함은 없다 했다. 앳된 얼굴이 우울했다.

    "그리 가실 분이 아니었어요. 세자 저하의 광증이 어찌 수칙마마님께······"

    그 얼굴을 보니 사실을 말해주고 싶었다. 빙애는 어디선가 잘

살고 있을 것이다. 세자 저하는 그리 악한 분이 아니시다. 저하께
서 그리하신 것은 모두 그이를 위함이었다. 하지만 도규는 입을
다물었다. 죽을 때까지 함구하여야 할 비밀이었다. 도규는 명주가
빙애와 연루되지 않고 무사히 출궁할 수 있었던 데 세자의 손길이
닿았을 것임을 모르지 않았다.

"무사님은 요즘 어찌 지내시오? 궁에는 아니 계신 모양입니다."

"그래, 나는 요즘 한량이다. 그저 이리저리 다니다 일을 거들고
밥 얻어먹고 산다."

죽지 못한 이유는 죽어야 할 이유조차 상실했기 때문이고, 한양
을 떠나지 못한 것은 또 언젠가 세자가 자신을 급히 필요로 할지
도 모른다는 의무감 때문이었다.

"그럼 적적하시겠네요. 저도 그런데. 가끔 이리 뵙고 놀면 어떻
겠습니까? 제가 아는 거라곤 궁궐 이야기뿐인데 예서는 같이 나
눌 사람이 없지 뭡니까. 게다가 이제 혼인도 못하는 처지인데, 남
은 인생은 구만 리 같으니 쓸쓸하기만 합니다. 헌데 이리 무사님
을 뵈니 옛 전우를 만난 듯 기쁘기 그지없습니다."

"그래? 허나 궁녀였던 여인이 외간 남자를 자주 만나면 모양이
그렇지 않겠느냐?"

"뭘요, 아무도 나 같은 거엔 관심도 없는걸요. 그런 걱정일랑 붙
들어 매십시오. 궁에서도 주목받지 못했던 제가 여기서 주목받을
일이 뭐가 있답니까?"

그런 자기비하가 귀여워서 도규가 웃음을 터뜨렸다. 샐쭉한 표

정을 지어 보이는 명주가 또 귀여워 다시 한 번 웃었다. 그러고 나서야 문득 자신이 얼마 만에 허식 없이 웃는 것인지 깨닫고 놀랐다. 이것이었다. 박문수 대감이 그에게 보이라 하였던 그 웃음이.

장도규는 신이 나서 더욱 호방하게 웃어젖혔다.

18

　장돌뱅이 하나가 미색의 여인 하나를 데리고 전국을 돌아다녔
다. 하염없이 남쪽으로, 남쪽으로 그렇게 돌았다. 부부 같았지만,
부부연하지 않았고, 오누이 같기도 하였지만 오누이로 치부하기
에는 바라보는 눈길이 깊었다. 그냥 장돌뱅이 하나와 그를 돕는
여인 하나였다. 사내의 힘이 좋고 여인의 자수 실력이 좋아 가는
곳마다 환대를 받았지만, 얼마 머무르지 않고 또 길을 나섰다. 마
치 고행을 하는 스님처럼.

　여인이 어느 날, 장터에 나갔다가 입방정이 심한 아낙에게서 소
문을 들었다.

　"아, 글씨, 임금께서 세자를 뒤주에 가둬 굶겨 직였다 안 하요?
참말, 임금께서 하신 일이니 내가 뭐라 뭐라 해쌀 일은 아니지만
서도, 아무리 그래도 그렇지, 우째 즈 아들을 뒤주에 가둬 직이노.
여드레 만이었다 카드만. 아이고 무서버라. 내 그럴 바에야 임금

안 하고 말지, 안 그러오?"

그러고는 자신이 무슨 불경한 말을 해서 잡혀가는 건 아닌가 싶어 얼른 주위를 살폈다. 아낙들 사이에서 수를 놓던 여인이 순간 손을 멈추었다.

"그것이 참이오?"

"아, 진짜라니께. 지금 장안에 소문이 자자하다 카이. 세자가 미쳐버려갖고, 자기 후궁도 직이고 기생질에다 금주령도 어기고, 신하들도 도살하고 하여간 완전히 맛이 갔다 카더라고. 그러니 임금도 직일 수밖에. 그런 광인이 임금이 되면 우리 조선이 우찌 되겠나?"

다른 아낙이 처음 말을 꺼낸 아낙의 동정심을 타박하며 말했다. 그녀는 임금이 나라를 위해 정당한 처신을 했다는 투였다.

"암만 그래도, 어찌 친아들을……"

"하긴, 그래. 어찌 뒤주에 가둬 죽였을까. 실로 끔찍하네. 그 마지막이 그리 비참한 것은 아무리 광증 때문이라도 안됐지, 안됐어."

"아, 근데 그게 우의정인 홍봉한 대감이 바친 뒤주라 합디다. 홍봉한 대감이라 하면 세자의 장인 아니오, 장인."

"참말로, 궁궐 안에서는 우리 같은 사람은 상상도 못할 일이 벌어지는갑제. 높으신 분들의 의중이야 우리가 어찌 알겠냐마는 나는 시켜줘도 못할 것 같네."

"암만. 못 먹고 못 배우고 살아도, 이리 사람답게 사는 게 다행이지."

여인들은 자수 놓는 여인의 반응은 눈치채지 못한 채 계속 입방아를 찢어댔다. 그러다 한순간 입을 다물었다. 자수를 놓던 뜨내기 여인이 갑자기 굵은 눈물방울을 툭 떨어뜨렸기 때문이었다.

●

빙애는 그날, 세자의 얼굴을 다시 그려보았다. 성군의 자질이 충만했던 분이었는데. 뜻 한번 제대로 펴지 못한 채 결국 그리 가셨다. 죽었어야 하는 것은 자신이었는데, 자신은 살고 그분이 죽었다. 아이들 생각도 났다. 아비와 어미를 모두 잃고 아무런 지지 기반도 가지지 못한 불운한 아들과 딸. 그 아이들의 미래 또한 암담했다. 그녀가 궁을 떠난 이후 애써 잊으려 했던 얼굴들이 선연히 떠올랐다.

'뒤주라니. 이게 말이 되는가. 그리 가셔서는 아니 될 분인데. 저하⋯⋯'

마치 자신이 세자의 장래를 망쳐버린 장본인인 듯해 그녀는 마음이 쓰라렸다. 무엇보다 그녀는 그분이 뒤주에 갇혀 굶어 죽었다는 사실이 너무 견디기 어려웠다.

오래전, 그녀는 바닥에 파묻힌 장독대 안에 반나절을 갇힌 적이 있었다. 그 밀폐의 고통, 구원 없는 절망, 죽음을 향한 침식의 감각을 몸은 여태 기억하고 있었다. 단 몇 시각의 고립이 불러온 공포와 절망을, 세자는 여드레나 견뎌야 했다. 그 외로움이 그녀의 몸속으로 깊이 침투해, 그녀는 뼈마디가 녹는 듯했다.

장터에 나가 일을 거들고 돌아온 시훈은 넋이 나간 얼굴의 빙애를 보았다. 얼른 달려가 그녀를 안았다. 빙애는 시훈에게 말했다.

"혹시 들으셨어요? 세자 저하께서…… 그분이……"

시훈이 그녀를 꼭 껴안았다.

"나도 들었다."

그는 아무 말도 하지 않았다. 빙애는 그의 품에 안겨 오열했다. 그녀는 그래도 자신을 안아주는 그 품이 있어서 다행이라 생각했다. 고통으로 몸부림치는 마지막 순간에 그분의 곁에는 아무도 없었으리라 생각하니 마음이 천 갈래 만 갈래로 찢어졌다.

시훈은 팔에 더욱 힘을 주어 그녀를 안았다. 그 팔 때문에, 그 너른 품 때문에, 기어이 빙애는 다시 살아가게 될 것이었다. 더 이상 세자가 존재하지 않는 세상을.

19

선은 마지막 순간, 빙애를 보았다. 여드레나 먹지 못해 그의 입술이 바싹 마르고 정신이 혼미했다. 처음에 막연하게나마 기대했던 구원의 희망은 모조리 산산조각 나고 말았다. 구원은 어디에도 없을 터였다. 괜찮았다. 이제는 괜찮았다. 오히려 이쪽이 나았다. 죽음은 모든 것을 평화롭게 만들 것이었다.

다만 빙애가 보고 싶었다. 이리 끝날 것을 알았더라면 끝까지 빙애를 곁에 둘 것을. 아니, 아니다. 그랬다간 빙애 역시 끔찍한 죽음을 맞았을 것이고, 그것을 그는 견디지 못했을 터였다. 빙애는 어디에 있을까. 그자와 행복할까. 잘 살고 있을까.

그녀와 함께 그려보던 세상, 그 꿈은 실현되지 않았다. 어쩌면 자신의 아들, 산이는 해낼지도 몰랐다. 영특한 아이였다. 뒤주에 갇힌 다음에도 산이만이 몰래 음식을 가져왔다. 결국 주상의 꾸지람을 듣고 더 이상 이 못난 아비에게 오지 못하는 것이겠지만. 상관없었다. 다만 모든 것이 미안할 뿐. 그 아이는 아마 자신의 세상을 잘 만들어갈 터였다. 그리고 동생들도 잘 돌봐줄 것이다.

이제 그런 근심과 번민으로부터, 끝없는 그리움과 불안으로부터 곧 해방될 것이었다. 마침내 해방이었다. 그때 그 마지막 순간, 빙애의 얼굴이 선연히 떠올랐다. 처음 그녀를 만나고, 그녀와 밤을 지새우고, 그녀를 품에 안았던 행복했던 순간들만 떠올렸다. 이제 곧 죽을 터인데, 아픈 기억은 불러내 무엇할 것인가.

다음 생엔 세자 같은 것 말고, 양반도 말고, 그저 마음 가는 대로 살아도 되는 그런 사내로 태어나 빙애와 마음껏 연모의 정을 나누고 싶었다. 빙애도 그러자고 했다. 그러자고. 다음 생엔 다르게 살아보자고.

눈앞에서 불꽃처럼 환하게 빛나던 빙애의 얼굴이 서서히 사라지기 시작했다. 놓치기 싫은데…… 좀 더 보고 싶은데…… 손을 들어 사라지는 빙애의 얼굴을 만져보려 했지만 몸은 더 이상 움직이지 않았다. 의식은 희미해졌다.

마침내 불꽃은 소진되고 온전한 어둠만이 남았다.

(끝)

작가의 말

　이 이야기를 쓰자고 마음먹은 때는 이 년을 더 거슬러 올라간다. 전에
역사소설《아버지의 길》을 냈던 출판사 대표님께서 역사소설을 한 편
더 써볼 의향이 있느냐고 제의를 하셨다. 그분이 들고 온 아이템은 조선
시대의 금주령이었다. 소설 제목도 금주령으로 하면 어떻겠느냐고.
　별 관심이 없던 소재라 그저 틈나는 대로《조선왕조실록》과 관련 서
적을 뒤적거렸다. 그러던 중 전혀 뜬금없는 인물이 눈에 들어왔다. 금
주령하고는 아무 상관도 없는, 사도세자의 여인이.
　빙애. 후대에 경빈景嬪 박씨朴氏로 추봉된 이 여인은 출생 연도조차
불분명한, 흔한 궁인에 불과했다. 그러나 나는 확신한다. 이 여인이야
말로 문제적 인물 사도세자가 진심으로 욕망했던 여인이라고. 사도세
자 하면 떠오르는 혜경궁 홍씨에게는 미안하지만, 당시 왕실의 혼례
라는 것이 본인의 마음과는 전혀 상관없이 이루어지는 공적인 행사가
아니었던가.
　빙애는 사도세자의 할머니뻘인 인원왕후의 침방나인(바느질하는 궁
녀)이었다. 당시 조선의 법도에 따르면 윗사람이 부리는 나인을 건드
리는 일은 윗사람의 물건을 취하는 것과 마찬가지로 엄격하게 금지
하는 일이었다. 그럼에도 불구하고 사도세자는 1757년(영조 33년) 음

력 십일월 십일 일 기어코 빙애를 취하고 만다. 이 사건은 혜경궁 홍씨가 지은 《한중록》에 구체적으로 기록되어 있기도 하다.

그때가 언제인가. 영조와 사도세자의 관계가 최악으로 악화되어가던, 영조의 말 한 마디에 벌벌 떨고 기절하기까지 하던 즈음이 아니던가. 서슬 퍼런 아버지가 있는 궁 안에서 왕실의 법도까지 어겨가며 취하고야 만 여인이 바로 빙애였던 것이다. 어지간한 열망이 아니고서는 할 수 없는 일이다.

사도세자는 빙애와의 사이에서 아들과 딸을 하나씩 낳았다. 그런데 어찌 된 일일까. 연을 맺은 지 불과 사 년 만에 사도세자는 자기 손으로 빙애를 죽이고 말았다. 목숨을 걸고 취한 여인을 제 손으로 죽이고만 징글징글한 사랑이었다. 한낱 궁녀에서 왕세자의 여자가 되었던 빙애는 결국 겨우 젖을 뗀 아이 둘을 남겨두고 남편의 손에 세상을 떠나고 만 것이다.

이 기구한 운명의 여인에 대해 쓰고 싶었다. 조선왕조 오백 년의 역사 중에서 가장 많이 주목받았던 시대의 한복판에 살았으면서, 그중에서도 가장 많이 주목받았던 인물의 여자로 살았으면서도, 정작 본인은 한 번도 주목받지 못한 여인에 대해 쓰고 싶었다.

이 소설의 배경은 역사에 고증한 것이지만, 주요 인물인 빙애와 시훈을 둘러싼 사건들은 모두 만든 것이다. 사도세자와 빙애의 사랑 또한 소설적 상상의 산물일 수밖에 없다. 아무리 찾고 물어봐도, 어떤 역사서에서도 그녀를 다루지 않았으니. 마피아와 같은 밀주단과 복수를 꿈꾸는 사내들의 추격전 역시 상상의 산물이다. 그렇게 빙애의 이야기는 로맨스와 활극이 씨줄과 날줄로 엮인 한 편의 소설로 탄생했다.

조선시대를 배경으로 한 소설 중에서 제일 재미있는 소설을 쓰고 싶었다. 무모한 욕심이 이뤄졌을 턱이 없으나 내가 미처 채우지 못한 재미와 감동을 채우는 영화나 드라마가 곧 탄생할 것 같은 예감이 든다.

책 표지에서부터 공저임을 밝힌 것처럼 이 소설은 나 말고 또 다른 저자가 있다. 내가 썼던 초고는 캐릭터와 이야기의 뼈대는 다 담겨 있으나 분량은 지금의 절반밖에 안 되는, 그야말로 책장이 후루룩 넘어가는 '이재익 스타일'의 소설이었다. 그러나 소설의 소재와 주제를 생각할 때 좀 더 진중하고 풍부한 내용으로 키웠으면 좋겠다는 출판사의 권유를 받아들여 다른 작가분에게 그 임무를 넘겨드렸다.

그러기를 잘했다는 생각이 든다. 그분의 노고를 통해 이 이야기는 두 배로 더 풍성하고 재미있는 소설로 태어났다. 구현 작가님, 감사드립니다.

그러고 보니 이 책은 내가 쓴 스무 번째 책이다. 언제나 같은 문장으로 스무 번째 작가의 말도 마칠까 한다.

더 재미있는 이야기와 함께 돌아올게요.

이재익

내가 이 소설에서 맡은 역할은 이야기에 숨결을 불어넣는 일이었다. 에피소드를 만들고 역사를 개입시키고 인물을 입체적으로 부풀렸다. 비운의 인물인 사도세자와, 그의 사랑을 받았으나 그의 손에 죽음을

맞은 것으로 기록된 여인이 주인공인 소설이니 파국으로 치달을 수밖에 없는 이야기이다. 가상의 인물인 시훈, 구선, 도규, 휘, 적만, 향아 등 등도 모두 그런 비극적 흐름 속에 저마다의 슬픔과 사연을 가지고 자리했다. 운명이 이끄는 대로 끌려가다 그 운명을 거슬러보려 하였고, 기어이 극복해보려 하였으나 미약한 한 개인으로서 역사의 흐름에, 운명의 광포에 휩쓸려버린 이들의 이야기이다. 자신의 죄책과 강박에서 자유롭지 못한 이들의 아프고 쓰라린 마음에 관한 이야기이기도 하다. 그런 이야기를 쓰며 마음이 마냥 행복하기는 힘들었으나, 그들과 호흡하면서 때때로 위로를 받는 순간도 있었다. 역사 속의 한 개인으로 살아가는 우리 또한 거대한 흐름에 무작정 휩쓸리기도 하고, 오래 묵은 기억과 강박에 사로잡힌 채 헤어나오지 못해 비틀거리기도 하니까. 힘겹게 자신들의 운명을 살아내고 장렬하게 패배하는 이들의 모습이 알 수 없는 위로가 되기도 하였다.

이재익 작가님을 통해 빙애라는 여인을 알게 되었다. 사도세자의 후궁인지라 역사적 기록이 미미할 수밖에 없어 실체적 진실에 어느 정도 접근했는지는 알 길이 없다. 이런저런 이들의 상반된 평가를 접하기도 했다. 주지하다시피, 사도세자에 대한 의론 역시 분분했다. 사도세자와 빙애에 관한 사실이나 해석 중, 이야기의 극적인 흐름을 고려하여 취사선택할 수밖에 없었다. 버린 것들이 진실일 수도 있다. 그리 생각한다면, 이 이야기에 담긴 것은 온전히 소설적 상상이라 여겨주시면 되겠다.

이재익 작가님과 나 외에도 문학사상의 윤혜준 편집장님이 언급되지 않은 또 한 사람의 저자나 마찬가지이다. 두 작가 사이를 오가며 의견을 조율하고 프로젝트의 방향을 잡고 때로 아이디어도 내셨다. 문학사상 편집부에서 꼼꼼하게 교정을 봐주신 것도 감사하다. 이 작가님을 필두로, 그 모든 노력이 모여 하나의 소설이 되었다. 이 작품이 그 값을 하면 좋을 텐데, 못한다면 그건 이야기에 숨결을 불어넣기로 한 나의 미숙함 탓이다.

부디 너그러운 마음으로 읽어주시길.

구현